Elogios para

The Reddening Path
(*Por la ruta escarlata*)

A la vez que teje múltiples relatos que se desarrollan en varios tiempos, Hale crea una fascinante historia sobre la identidad, el deseo y la devastación de los primeros pueblos de México y Guatemala.

—*Susan G. Cole*

Podría decirse que La Malinche, al facilitar la conquista de México por Cortés, ha tenido una mayor influencia en la evolución de la vida de Norteamérica que cualquier otra mujer. Me alegra que Amanda Hale le haya presentado esta extraordinaria mujer indígena al público angloparlante.

—*Alan Twigg*

Por la ruta escarlata es una guía indispensable para todo aquel que desee comprender la situación actual de violencia en Guatemala. Esta novela tan bien documentada de Hale, que se desarrolla en gran parte en la Guatemala de hoy en día, integra material histórico de manera que ilumina el entendimiento del lector acerca de uno de los países más agitados de Latinoamérica.

—*Nery Espinosa, Escritora y activista política guatemalteca*

Elogios para

Mi dulce curiosidad

Cuando la pasión por el conocimiento se torna
obsesión, solo queda obedecer; atravesar las tinieblas de
la ignorancia y descubrir el misterio. Eso fue lo que
hizo Andrés Vesalio y, gracias a su tenacidad, cambió
el curso de la historia. Escrita por Amanda Hale y
traducida al español por Patricia Schaefer Röder, *Mi
dulce curiosidad* los cautivará por su prosa impecable,
accesible a todos los lectores.

—Sandra Santana, Escritora puertorriqueña

Una traducción rica y elegante que mantiene intactas las
imágenes sensoriales de la obra de Amanda Hale,
donde los personajes se cuelan en la realidad cotidiana
del lector. La narrativa de las tramas paralelas que
comprenden esta novela es inteligente y embruja,
permitiendo que las dicotomías se fundan en armonía;
enlazando el pasado con el presente, las artes con las
ciencias, el amor con la fantasía, la pasión con la
solidaridad y la ficción con la realidad…

—Bella Martínez, Escritora puertorriqueña

AMANDA HALE

Por la ruta escarlata

Amanda Hale ha publicado cuatro novelas, dos colecciones de historias enmarcadas en el pueblo de Baracoa, Cuba, y dos poemarios de bolsillo. Es merecedora del premio Prism International en narrativa creativa de no ficción por *The Death of Pedro Iván*, y dos veces ha resultado finalista en los premios Canadian Relit Fiction. Amanda Hale es la libretista de la ópera *Pomegranate,* que se desarrolla en la antigua Pompeya, estrenada en Toronto, Canadá en junio de 2019.

Por la ruta escarlata

AMANDA HALE

Traducción de Patricia Schaefer Röder

Colección Galápago

Ediciones Scriba NYC

Por la ruta escarlata, Amanda Hale
Traducción © 2019 Patricia Schaefer Röder

Ediciones Scriba NYC
Colección Galápago — Novela
Narrativa

Publicado originalmente en inglés en Canadá por
Thistledown Press Ltd. en 2007 con el título de
The Reddening Path.
© 2007 Amanda Hale.

Arte de portada: Jorge Muñoz
Diagramación: Scriba NYC
© 2019 Ediciones Scriba NYC

ISBN: 978-1-7326767-4-9

Impresión: Kindle Direct Publishing

Scriba NYC
Soluciones Lingüísticas Integradas
26 Carr. 883, Suite 816
Guaynabo, Puerto Rico 00971
+1 787 2873728
www.scribanyc.com

Noviembre 2019

Para Alejandro, Zoila, Byron, Alex,
Juana, Tijax, Joel y Marco:
mi familia maya

AGRADECIMIENTOS

Gracias a todas las generosas personas que me ayudaron de diferentes maneras, en especial aquellas en la Ciudad de Guatemala, quienes me proporcionaron información invaluable y que, por razones de mesura, deben permanecer en el anonimato. Gracias especiales a Zoila Ramírez, Alejandro Ruiz, Aija Mara, Mariana Trucco, Tom Knott, Lorenne Clark, George Buvyer, Nancy Goldhar, Louise Jarvis, Ana Miriam Leigh, Sara De Rose por la información, el ánimo y las ideas; a Basil du Plessis y Tom Lownie por salir a mi rescate en asuntos de computadoras; y a Anna Lanyon por sus excelentes libros sobre La Malinche y Martín Cortés. Gracias también a los demás escritores y especialistas, vivos y muertos, cuyos libros me inspiraron y están citados en el texto. Gracias a mis lectores: Susan Cole, Nery Espinoza, Rosemary Sullivan, Alan Twigg y George Szanto, tan generosos con su tiempo. Gracias a Al Forrie, gerente editorial de Thistledown Press, y a mi versado editor, John Lent, por su visión al apoyar este libro; y a todo el talentoso personal de Thistledown Press. Gracias a Joy Gugeler, que tan generosamente me ha regalado su tiempo y pericia para el desarrollo de esta novela. Y ahora, sobre todo, muchas gracias a Patricia Schaefer Röder por su excelente traducción; y a María Eugenia Mann y Verdecielo por una anterior edición en español.

Amanda Hale

PALABRAS DE LA TRADUCTORA

Me gusta pensar que cada novela es un mundo. Como traductora, puedo mostrarle ese mundo a un nuevo universo de lectores, que a través de mí conocerán una historia fascinante de la mano de sus protagonistas. Así sucedió con *Por la ruta escarlata*, pero además debo admitir que, como latinoamericana, tengo una relación especial con esta contundente novela. En ella, Amanda Hale nos confronta con el instinto de supervivencia, la diáspora, la asimilación y la identidad; temas indelebles que definen la historia de América Latina y la idiosincrasia de sus pueblos.

Al viajar a Guatemala en busca de su madre biológica, Pamela, una chica canadiense de origen maya, adoptada por una pareja de mujeres que viven en Toronto, va descubriendo una serie de sucesos dolorosos acerca de su propia procedencia, que retumban en ella como ecos brutales de la historia de la conquista española de México en general y de la relación entre Hernán Cortés y La Malinche en particular.

Por la ruta escarlata nos sacude en medio de la realidad contemporánea y eterna de las migraciones, las conquistas, el deseo de sobrevivir, los desplazados; todo aquello que da lugar a las diásporas y al consecuente desarraigo de quienes las protagonizan. Para ello, Hale nos muestra en un espejo de tiempo cómo la historia se repite una y otra vez, siguiendo la sangrienta ruta que marcan la ambición, el poder y el hilo de la vida.

Como hija de inmigrantes que se fueron de su tierra en pos de una mejor vida, como traductora y sobre todo, como latinoamericana, puedo verme claramente reflejada en las historias de Pamela, que persigue sus raíces; de La Malinche, que sirvió de puente entre dos culturas; de Hannah y Fern, que trabajan por darle un futuro digno a su hija; de Fabiana, que debe tomar una muy difícil decisión; y de todos aquellos que por cualquier razón están en el exilio, haciendo lo que pueden con lo que tienen, y con el corazón dividido entre la tierra que los vio nacer y la que les abrió los brazos para permitirles sobrevivir.

La traducción al español de esta novela excelente y tan bien documentada constituye mi granito de arena en la importante tarea de divulgar la historia latinoamericana para propiciar el acercamiento entre los pueblos. Espero que la disfruten.

Patricia Schaefer Röder

Por la ruta escarlata

AMANDA HALE

Prólogo

*

Madrid, 2003

Mi rostro es amplio y está marcado como la piedra. Mi frente se inclina vertiginosamente sobre el estrecho puente de una nariz aguileña, curva como mi espalda, y estalla en la plenitud de las narinas. Mis ojos miran al suelo, oscuros como una tormenta que se avecina, los labios entrecerrados sobre dientes incrustados de jade. Sobre mí se eleva un elaborado tocado como un velo sobre el mundo, enjoyado de jade y turquesa. Soy una vieja amargada, arrugada y torcida; mi dulzura se fermentó por lo que he visto y por lo que hice para sobrevivir. Pero no siempre fue así. Yo bebí cacao, el elíxir de los dioses, con mi esposo Itzamna, y todos los dioses fueron progenie de nuestro placer, todos de mi cuerpo.

He estado callada por siglos. Ahora tengo que hablar.

Escuchen.

El lugar de mi santuario yace ahora bajo el pasto. Mi sombra sube por la ladera de aquella pequeña isla en la costa de lo que ellos llaman Yucatán. Las olas revientan abajo en la playa, columnas de rocío que se elevan por el aire azul. Con los brazos cruzados sobre mi pecho, veo crecer el maíz en la sangre de mi pueblo y observo los rostros de los mayas emerger de cáscaras sedosas. Mi falda ondea en el viento. A lo largo de las laderas, en el borde de la tierra, se posan los fantasmas de templos orgullosos; mi propio templo saqueado por aquel que llamaban Tonatiuh, el capitán rubio del dios español, Cortés.

Mi cuerpo, vuelto piedra, ha zarpado hacia el este, meciéndose entre el botín dorado de los templos. Y desde mi interior rocoso, presa detrás de un cristal en este museo, he aprendido a difundir mi conciencia por todo el mundo, más allá del espacio y el tiempo.

Veo los rostros de mi pueblo, sus tatuajes oscurecidos por el carimbo. Sus pieles son pergaminos de poder, marca sobre marca grabadas en sus cuerpos, destruyéndolos. Mi espíritu regresa a la verde piel de las montañas; sé que están vivas porque las siento temblar al correr la sangre por los ríos. Escucho su respiración y veo el vaho de su aliento que envuelve los horrores. La selva está respirando. No lloro; no puedo. Tejí una hamaca que cruza los océanos y abarca los mundos, el viejo y el nuevo, y la he colgado alto, donde me tiendo en los Cielos y extiendo la mano para tocar las estrellas. He estado tendida aquí por siglos. Mi espalda curva dentro de la luna ilumina la Tierra mientras mi cuerpo se exhibe en Madrid como una curiosidad. He visto barcos imponentes levantarse y caer, rodar con oleadas de conquistadores. He visto las tierras de los mayas, los aztecas, los culhua mexica, brotar de nuevo con maíz blanco, maíz rojo y amarillo, de la tierra quemada y desangrada. Me veo a mí misma presa, veo a la gente que paga para ver el botín, los trofeos de guerra. Ellos me escudriñan a través del cristal, se inclinan cerca y cuando la alarma suena, saltan atrás, avergonzados. Óiganlos.

—Qué criatura tan extraña. Su espalda está doblada dos veces. ¿Qué es, una curandera?

—"Ix Chak Chel, la Vieja Diosa del tejido, el agua, la medicina y el alumbramiento. La esposa de Itzamna, el Dios de la Creación".

—Aquí está de nuevo, "Señora Arcoíris". Y mira allí, está sentada en la luna cargando un conejo.

—Aquí hay otra. Esta no es ella. Su cabello es una masa de serpientes, manos y pies con garras, huesos cruzados bordados en la falda…

—Aquí lo dice: "Ixchel… prueba que ella es el equivalente de Coatlicue, Gran Madre de los aztecas".

Veo al devoto cristiano, Cristóbal Colón, izar las velas.

"¡Debemos divulgar la palabra!" grita, pero sus hombres están trastornados, los ojos encendidos con el sueño del oro. Una flota de galeones zarpa un viernes con la bendición de Isabel la Católica, reina de España. Van cargados de barriles de vino y aceitunas, los sacerdotes sostienen reliquias sobre el agua y señalan el camino.

1492, un año decisivo para España, el renacimiento de la débil Inquisición medieval. Una marea recorre la roja tierra española al sacar a los moros de Granada, Córdoba y Sevilla, y al expulsar a los judíos por un edicto real de Fernando e Isabel, quienes luchan por la ortodoxia religiosa y la pureza racial. Son empujados hacia el sur, cruzan la tierra reseca hacia las frías aguas saladas. La marea se sigue moviendo por el océano, cruza las tierras de un Nuevo Mundo cuando los españoles, guiados por Hernández de Córdoba, desembarcan en 1517 y caminan por olas turquesas, espumosas y tibias. A medida que los cascos de los primeros caballos españoles pisan la tierra de México, un portaestandarte cubierto de metal galopa delante. Lleva la cruz en alto, y mi pueblo corre ante él, aterrorizado por la bestia humana de cuatro patas.

—¿Dónde estamos, dónde estamos? —gritan los españoles.

—Ma c'ubah than, Ma c'ubah than —grita mi pueblo, porque no entiende a los barbados quienes, a su vez, no saben dónde están, en arenas doradas bordeadas con pirámides esculpidas en piedra.

Desesperados por una respuesta, un compañero moreno hace su propia interpretación de nuestro idioma.

—¡Yucatán! —grita y entonces se ubican, dejándose caer en la playa, marcando con sus pesadas botas la arena escurridiza.

Veo al viejo Martín Cortés trabajando en su viñedo en Medellín, en la provincia de Extremadura. Separa la parra y la recorta con habilidad, los dedos gruesos y lastimados por el trabajo. Martín luchó por sacar a los moros de Granada en las etapas finales de La Reconquista. España fue conquistada por los romanos, los visigodos y por último por los árabes, que reestructuraron el país con su Gran Mezquita en Córdoba, el palacio en Medina Azahara y la Alhambra, en cuyos muros inscribieron historias que no podían contarse en imágenes, porque el Corán prohíbe la representación del cuerpo humano. Ha cambiado la marea y los españoles están superando siglos de subyugación. Pero la expulsión de los moros ha sido una empresa sangrienta y Martín quiere algo diferente para su hijo; una educación, una profesión fuera del ejército. Con el vino de su viñedo, el dinero de la colmena de su esposa y lo recaudado del molino de harina, envían a Hernán a la Universidad de Salamanca, donde oye boquiabierto las fabulosas historias del descubrimiento de un Nuevo Mundo. Hernán lee las grandes novelas de caballería de la época: El Amadís de Gaula *y* La balada de Montesinos. *Tan absorto está en el mundo de la imaginación, que fracasa en sus estudios; pero oh, encuentra inspiración en las mesas de juego, la alcoba y al lomo de su caballo. Al desmontar una noche de luna bajo la ventana de doña Carmen, esposa de su envejecido profesor de filosofía, el joven Hernán es sorprendido por don Argüelles.*

—¿Qué busca en la ventana de la alcoba de mi mujer, Cortés?

—Estoy recibiendo instrucción de ella en las artes del placer, Señor. Y permítame informarle que ya he aprendido más de su mujer en tan solo una noche de instrucción, de lo que he aprendido de usted en todo un trimestre.

Veo a Hernán saltar hacia el muro, asirse a una enredadera gruesa y comenzar su rápido ascenso hacia la ventana abierta. Desarma a todos a su paso y sueña cada noche con las nuevas tierras descubiertas por Cristóbal Colón. A los diecinueve años se despide de su país y zarpa hacia las Indias. Desembarca en Santo Domingo, en la isla de La Española, en 1504.

Lo veo de pie, con las manos en las caderas, ante el gobernador español de La Española. Donde hubo algunos de pie, a veces quedan sombras como yo. Y ahora Cortés está de pie, en una elegante mansión adornada con tapices y cuadros de España; los ojos cafés brillan al recordar su comienzo.

—Te voy a otorgar un terreno —dice el gobernador—. Y con el tiempo adquirirás indios para que te sirvan.

—*¡Pero yo vine a conseguir oro, no a labrar la tierra como un campesino! ¿No hay alguna expedición a la que me pueda unir?*

—*Para conseguir oro tienes que tener oro. Primero debes trabajar, Cortés.*

Pronto sus tierras están rebosantes de caña de azúcar. Cuadruplica sus ganancias en las mesas de juego y se hace de una reputación como duelista que llegará hasta donde sea por mantener el favor de las damas. Solo una vez resulta herido, por Miguel Gutiérrez, quien, enfurecido por la seducción de su mujer por parte de Hernán y por su arrogante insolencia —"Estoy arando por usted, Gutiérrez. Pienso que usted es culpable de descuidar su tierra. Usted me debe por mi trabajo"—, lo corta hábilmente bajo el mismo labio arrogante y le deja una línea sangrienta que madura en forma de una fina cicatriz blanca. Audaz, Cortés cae en los brazos de la señora Gutiérrez esa misma noche y recibe el consuelo de sus besos sobre la única herida.

1511: Lo veo unirse a Diego Velásquez en la conquista de Cuba y probarse a sí mismo tan valiente que Velásquez, gobernador de la nueva colonia, lo recompensa con una rica plantación y esclavos. Pero Cortés, de veintiséis años de edad e hinchado de ambición, no es un buen seguidor. Su relación se estropea y Velásquez lo castiga, preso con cadenas y grilletes. Cortés escapa y logra ganarse de nuevo a Velásquez al aceptar casarse con Catalina Suárez, una bella mujer cuya reputación hizo peligrar Cortés por su largo devaneo con ella. Los españoles son grandes caballeros. Velásquez recompensa a Cortés nombrándolo alcalde de Santiago.

Yo sé de la esclavitud y de estar atrapada, pero he aprendido a escapar. Estoy en muchos lugares, lo veo todo. Veo mi reflejo, un lucero dorado que flota en mi tierra mojada de rojo, empapada de la sangre de setenta millones de indios. Yo, que parí a todos los dioses, veo mi vientre hincharse como una gran esfera que atrae la luz de las estrellas e ilumina la oscuridad mientras los Cielos suspiran, palpitantes de almas perdidas. Este es solo el comienzo de un interminable río de sangre. Esta es la historia de la Tierra, la fundación de un Nuevo Mundo.

Cortés no es un hombre que se establezca en ningún lugar. Cuando Pedro de Alvarado, aquel que llaman Tonatiuh, llega con las noticias de una tierra dorada al oeste, su apetito por la aventura se agudiza. Alvarado es rubio como Cortés es moreno. Son almas gemelas, el sol y la luna, ambos malditos con una inexorable energía para la conquista.

—El lugar se llama Yucatán y lo habitan los indios mayas —dice Alvarado—. Ellos tienen caminos y canteras de piedra, y ornamentos hechos de oro y plata con piedras preciosas —lo veo mirar los ojos de Hernán. Sabe que ya lo tiene.

Cuando Velásquez envía una expedición a Yucatán en busca de Juan de Grijalva, un explorador que no regresó después de más de un año, escoge a Cortés como oficial al mando.

—Oficialmente irás en busca de Grijalva —dice—, pero entre tú y yo, Hernán, eres libre de comerciar con los indios por lo que puedas conseguir.

Velásquez se detiene un momento, la mirada de acero fija en Hernán.

—En mi nombre, por supuesto —agrega.

Esa noche, en la mesa, Catalina palidece cuando Cortés menciona el tema de su partida. Su mujer respira hondo varias veces antes de colocar con cuidado los cubiertos de vuelta sobre el plato.

—Hernán, ¿qué será de la plantación? No puedo dirigirla sin ti.

—No soy un granjero, Cata. ¿Tú crees que quiero pasarme la vida cortando caña para endulzarle los labios al rey Carlos?

—Pero tenemos esclavos —responde—. Tus manos están limpias.

—Cuando nos casamos sabías que yo no era un perro faldero, querida.

Las manos de Catalina vuelan raudas a su cuello. Veo este gesto una y otra vez; en su momento de pánico, todo gira alrededor de la tierra. Catalina juega nerviosa con las perlas que bordean su blanco cuello. Hernán se las dio en la noche de bodas. Sacude la cabeza.

—Hernán, quiero un hijo.

—Así es. ¿Y acaso no estoy cumpliendo con mi deber, como lo juré ante el sacerdote?

—Pero si te vas...

—He de regresar. Y si no regreso, enviaré por ti, puedes estar tranquila.

—Pero Hernán... te voy a extrañar —ahora tiene el rostro ruborizado, la voz llena de súplicas, sus dedos enroscan las perlas.

Mientras Hernán la mira desde el extremo de la larga mesa, un músculo le tiembla en la quijada. Termina su cena y abandona la mesa para comenzar los preparativos del viaje.

El día de la partida, Velásquez sigue a Cortés por la plancha del navío líder con un bulto bajo el brazo envuelto en un paño de hilo dorado. A salvo, dentro de los confines del camarote del Capitán, Velásquez abre el paño.

—La Virgen del Socorro, para que te guíe en el viaje —dice, poniendo la figura de madera pintada en las manos de Cortés—. La traje de España. Ella me ha traído buena fortuna. Ahora es tuya.

Cortés presiona el labio con la cicatriz contra el manto que cubre el rubio cabello de la Virgen. Una capa oscura cubre todo menos una lista roja del vestido que baja por el centro del cuerpo a la vez que socorre a su hijo.

—Usted me ha bendecido, Don Diego. Ahora tiene que regresar a tierra firme.

Lo veo desembarcar en la primavera de 1519, capitán general de una armada de 11 barcos con 100 marineros, 508 soldados, 10 cañones, 16 caballos y muchos sirvientes indios de la isla de Cuba. A medida que las velas se hinchan y empujan su galeón hacia el mar, Cortés le da la espalda al puerto de Santiago y camina hacia la proa del barco. Con el viento en la cara, sostiene a la Virgen del Socorro sobre las aguas y bendice su ruta hacia un Nuevo Mundo.

Veo la flota anclada en los mares tempestuosos frente a la costa de Tabasco. El cacique Taabscoob los ve y prepara a sus *guerreros para la lucha. El cacique conoce a los españoles; ya había dispensado a Grijalva y su expedición. Cortés se reúne con sus oficiales Pedro de Alvarado, Cristóbal de Olid, Alonso de Puertocarrero y Gonzalo de Sandoval.*

Alvarado da la pauta.

—Debemos desembarcar —afirma—. El que mueve primero siempre gana.

—Enviemos primero a Jerónimo de Aguilar para que les diga que venimos en son de paz —dice Sandoval.

Cortés se llevó a Aguilar a bordo en Cozumel. Jerónimo de Aguilar es un sacerdote que naufragó en una expedición anterior a Yucatán. Ha vivido con mi pueblo por ocho años y habla nuestra lengua, maya chontal.

—Enviemos a Aguilar de inmediato, mi Capitán, mientras preparamos nuestros hombres y caballos para el desembarco —añade Puertocarrero.

Cortés le da una palmada en el hombro.

—Por supuesto —dice—. Estamos buscando a Grijalva. Y aquellos tesoros dorados que Alvarado nos prometió. ¡No me vayas a decepcionar, Pedro!

Sus carcajadas llenan el camarote. Alvarado agacha su dorada cabeza por la puerta baja y salta a cubierta. Cortés se vuelve hacia el nicho de la Virgen, cae sobre sus rodillas y se persigna. Sus labios se mueven en un rezo silencioso, sus ojos no se apartan de los de ella, luego la besa en la coronilla y sale del camarote en dos zancadas.

Cortés deja 800 muertos y pierde solo dos de sus hombres. Los españoles sellan las heridas de los soldados con la grasa derretida de la carne de nuestros muertos. Taabscoob envía regalos a los vencedores para apaciguarlos: jícaras llenas de fruta y pájaros de colores brillantes, cada uno atado a una vara con una liana larga para que pueda revolotear en el aire, pero nunca escapar. Además reciben tazones de oro y brazaletes. Y reciben veinte indias, esclavas otorgadas por Taabscoob. La número trece es Malintzin, aquella que llamarán La Malinche. Cortés no la reconoce al principio, una esclava delgada de tez morena. Está preocupado. Se la da a

Puertocarrero, pero ya resultó marcado por su mirada. Veo a Malintzin abandonar su cuerpo esa noche cuando el joven español la penetra. "Quetzalcoatl me está poniendo a prueba", piensa, y mira desde el cielo nocturno cómo Puertocarrero rueda al lecho desde la cima de su cuerpo y cae en un profundo sueño. La veo regresar a la tierra, agacharse en las sombras de la lumbre, estirar los brazos por encima del cuerpo del español y llenarse la boca de pan y carne. Ella tendrá el estómago lleno y nunca más será vendida.

Llegó el momento de contar la historia. ¿Acaso pensaban que esto era todo? ¡Oh, no! Me agacho para regar la Tierra y el Sol atrapa mi chorro dorado; así lanza un arcoíris a través de los Cielos. Aquí escojo mis hebras: azul del océano, dorado del sol, escarlata sangriento y amarillo del maíz, magenta y jade, la verde Tierra incrustada de turquesa. Tejo una historia, más allá del tiempo, como siempre son las historias. Mi lanzadera va y viene, trama sobre urdimbre. Cada hilo va desapareciendo y se vuelve parte del diseño. Divulgo mi historia. Estoy en todas partes; presten atención.

Primera parte

**

Mestizo no significa solamente una mezcla de sangre, un hijo nacido de padres de diferentes razas, sino también la mezcla irrevocable de culturas que yace en el corazón de la historia latinoamericana. Ser mestizo es tanto una cualidad histórica como biológica.

—Ana Mendieta
Las esculturas rupestres

Toronto, 2003

Los pies descalzos de Pamela golpeaban el linóleo de la cocina de la nevera a la estufa. Fruncía el ceño intentando recordar lo que había soñado mientras vertía chocolate en una gran taza azul. La leche chisporroteaba al borde de la olla, así que esperó unos segundos a que hiciera espuma antes de ponerla en la taza a cucharadas. Aún estaba en camisón; su cabello negro caía espeso sobre los hombros y oscilaba con el movimiento del cuerpo al caminar a la sala de la angulosa casa de tres pisos que compartía con sus madres, a un paso de Withrow Park. La casa tenía una atmósfera oscura y suntuosa, a la sombra de frondosos arces y castaños en el verano.

Fue adoptada por Hannah y Fern en noviembre de 1982, a los nueve meses de edad. Las dos viajaron a Guatemala para recogerla y la adoraron desde el primer

27

momento; Hannah tenía la cara adolorida de tanto sonreír y Fern lloró cuando la chica del orfanato trajo a Pamela al salón de la agencia de adopción. Hannah y Fern eran pilares de la comunidad lesbo-feminista de Toronto; Hannah, abogada de inmigración y Fern, profesora en el Instituto Ontario de Estudios en Educación, de la Universidad de Toronto. Le dieron una crianza bilingüe y tomaron clases de español para no quedarse atrás en esta rápida lengua. De pequeña la llevaron a las reuniones anuales con sus compañeros adoptados en Montréal y Ottawa. La llevaron a Cuba, a la República Dominicana y a México. Habían hablado de llevarla a Guatemala, pero decidieron que ese pudiera ser un lugar que ella querría visitar más tarde, cuando madurara. Lo hicieron todo bien, pero últimamente a Pamela la molestaban ciertos sueños que la despertaban por la noche. Lloraba por algo que no podía recordar y quedaba apesadumbrada todo el día.

Se reclinó en la silla y sorbió el espeso y dulce líquido.

—Qué rico —murmuró. Había despertado con ansias de sentir el chocolate en la lengua. El rico sabor la consoló, mezclándose con la oscuridad de su sueño. La luz de una pálida lámpara de invierno entraba por la ventana. Cerró los párpados e intentó recordar de nuevo. Sus ojos se movían hacia delante y hacia atrás a medida que cruzaba las fronteras del sueño, límites que destellaban con una extraña luminosidad. De pronto estaba dentro; fuera de su propia piel, en otro lugar, y las imágenes comenzaron a llegar.

Está agachada en la esquina del salón de clase con Mamá y todos los niños. El sudor le baja por las sienes. Ve temblar los labios de Mamá. Están aglomerados, todas las mujeres y los niños.

—¿Por qué estamos aquí? ¿Por qué tenemos que estar calladas?

—¡Shhhh! —Mamá le pone el dedo en los labios.

Ella lloriquea y Mamá la estrecha contra su pecho, cubriéndole la cabeza, acariciándola, acariciándola. Un solo disparo sacude todo su cuerpo y Mamá la aprieta tan fuerte, que cree que se va a morir. Luego el aire se llena de gritos y tiros, uno tras otro, ¡pum pum pum! como mil truenos. Cuando al fin pasa, el aire está blanco, los rostros de las mujeres también están blancos. Una de ellas mira por una grieta en la pared y se dobla, sollozando. Tiembla como un tallo de maíz cuando llega el viento con el olor que advierte la llegada de la lluvia de verano. Entonces, la puerta se abre de golpe y oye voces fuertes, siente la vibración de botas que golpean el suelo. El apretón de las manos de Mamá se hace más fuerte sobre sus hombros, por sus caderas. Se eleva por el aire, vuela a través de los gritos, cruza el salón de clase y cae en la esquina. Allí se agacha, enroscada como un caracol, con los ojos cerrados fuertemente.

Cuando desenrolla su cuerpo, es casi de noche y todos se han ido. Un terrible silencio flota en el aire oscuro. Camina por el piso de tierra, sus pies descalzos levantan pequeñas nubes de polvo. El pizarrón está vacío, limpio. Afuera, la tierra está oscurecida con sangre. Puede oír a la tierra tragar; bebe y bebe, y oscurece más con cada trago. Todos los papás están tendidos en una pila, con las bocas abiertas, espantados por la terrible sorpresa. Sigue caminando, las plantas de los pies se ponen rojas al caminar sobre la tierra que sigue tragando. Para el momento en que llega a su casa, está vacía. No hay nadie. No quedó nadie, solo las extremidades incorpóreas de su madre, una brillante tela tejida aún en una de sus manos, todas las mujeres y niños descuartizados con machetes, la sangre de la masacre mezclada con la de bebés que oscilan en círculos, con las cabezas rajadas sobre el blanco yeso moldeado por las manos de sus padres, sus hermanos, sus tíos. Por todas partes ve manos: sujetan, dan palmaditas, suavizan, escarban, blanden, acarician; no puede diferenciar una de otra. Comienza a caminar con la sangre hasta los tobillos hacia fuera del pueblo, hacia la selva. Pasa por la montaña de papás, pasa por las milpas humeantes, ve todos los tallos del maíz quemados como extremidades desechadas. Se ve a sí misma desaparecer por una ruta escarlata y despierta sollozando.

Pamela se secó los ojos con la manga del camisón y tragó el resto de su chocolate. Tenía que ir a clases; era estudiante del segundo año en la Universidad de Toronto en las carreras de Historia y Ciencias Políticas. Mientras se duchaba y vestía, intentó sacudirse la pena que la había invadido. *Es solo un sueño. No tiene nada que ver conmigo. Ni siquiera caminaba cuando dejé Guatemala.* Al peinarse, viéndose triste en el espejo, la tarjeta atrapó su mirada: un grabado de la orquídea descarada de Georgia O'Keefe. La misiva la miraba de manera un tanto rapaz. Volvió a abrir la gruesa tarjeta blanca.

> *Mi belleza maya… nunca te olvidaré.*
> *El río sigue su curso, no estés triste, Talya*

Debió hacerle caso a Hannah y Fern. Por supuesto, pensó que ellas estarían encantadas de que se hubiera enamorado de una mujer. Todo sucedió tan rápido. Casi no había oído sus advertencias.

"Cuida tu corazón, querida. Ella tiene cierta reputación", le decía Hannah. Y cuando Pamela protestaba, Fern interrumpía rápido: "Sé que esto es diferente, pero no queremos verte sufrir".

Se había abierto como la flor de la tarjeta de despedida de Talya; tres meses de gloria, y de repente se acabó sin explicación. Tan solo otra aventura para Talya, pero destrozó a Pamela. Era su primera experiencia de pérdida, la primera que podía recordar. En aquellos últimos días llamó a Talya tres o cuatro veces al día, dejándole mensajes. Pasó por su apartamento entre una y otra clase, dejándole notas: *¡Vamos Tal, llámame! Estoy tan preocupada. ¿Dónde estás?* Luchó contra la sensación de hundimiento que sentía en su interior, hasta que llegó la tarjeta con su mensaje, que la atravesó como una descarga eléctrica. Pamela perdió la confianza en sí misma, pero dentro de ella vivía un espíritu fiero, titánico, que parecía salir de la oscuridad. Provenía del mismo lugar que sus sueños y la empujaba hacia delante por el mundo. Tres días de suplicio después de recibir la tarjeta, días en que despertaba con los ojos hinchados y la garganta adolorida, llena de nostalgia por alguien que ya no estaba ahí, comenzó a buscar a su madre de nacimiento; investigó referencias de agencias de adopción en Guatemala por el Internet. La información fue bastante reveladora. Aunque no llegó más cerca de rastrear sus propios orígenes, se había enterado de que la adopción en el tercer mundo era un negocio próspero. Aún no les había contado a sus madres sobre la búsqueda. Estaba encogida, enrollada sobre sí misma, atendiendo la humillación del rechazo. No podía resistir la idea de la lástima bien intencionada de Hannah y Fern. No quería molestarse con ellas; eran demasiado buenas. Y había pensado que todo el mundo era como ellas, al menos todos en el mundo inmediato en el centro de Toronto.

Pamela se dio cuenta de que estaba acariciando el papel de textura cremosa de la tarjeta. La superficie era como braille bajo sus dedos. La dobló de manera abrupta y ya la iba a romper en dos y tirarla en la papelera, pero cambió de idea y en lugar de eso, la guardó al fondo del cajón de la ropa interior.

Pamela miró con detenimiento los estantes de la Biblioteca Robarts. Acumuló libros hasta que ya no le cupieron en los brazos. Tenía que hacer un trabajo para su curso de historia latinoamericana desde la época precolombina, pasando por el período colonial, hasta las guerras de independencia. Lo fue dejando para más tarde, pero ahora estaba agradecida de tener un objetivo en el cual centrarse para mantener su mente apartada de aquel sueño recurrente y de la infructuosa búsqueda de su madre de nacimiento. Se tambaleó hasta un cubículo para comenzar la investigación, con la pila de libros que se bamboleaba, hasta que los puso sobre el escritorio. William H. Prescott, *Historia de la conquista de México;* Hugh Thomas, *Conquest: Montezuma, Cortés and the Fall of Old Mexico;* W.J. Jacobs, *Hernán Cortés;* John Wilkes, *Hernán Cortés—Conquest of Mexico;* Gloria Durán, *Malinche, princesa esclava;* Bernal Díaz del Castillo, *Historia verdadera de la conquista de la Nueva España;* Ronald Wright, *Continentes robados;* Oakland Ross, *The Dark Virgin.*

Pamela se recostó en el espaldar de la silla, abrumada. Hurgó en su mochila y encontró la nota del curso de Historia 291.

Discuta las circunstancias que le permitieron a Cortés conquistar los pueblos aztecas de México. Se sugiere que el estudiante comience su investigación con un estudio del personaje de Hernán Cortés y la situación de la época, tanto en España como en América, prestando especial atención a los diferentes grupos dentro de la nación azteca, como los culhua mexica de Tenochtitlán. Discuta el choque de culturas entre el Viejo y el Nuevo Mundo, europeo y primitivo, usando ejemplos de la Conquista española.

Cerró los ojos y recorrió con los dedos la torre de libros, inclinándose para oler las páginas viejas y mohosas. Cuando abrió los ojos y encontró el libro de Gloria Durán en sus manos, se rio y comenzó a leer.

*

La oscuridad se cernió sobre Malintzin hasta que ya no pudo respirar. Tragó buscando sustento en el aire pantanoso del Golfo. Despertó con la boca llena de sangre y escupió en el suelo terroso. *¿Dónde estás, Tonantzin? ¿Dónde te escondes, Madre Luna? ¿Es sangre lo que quieres?* Malintzin había oído que la Diosa Madre tenía su propio altar en la gran pirámide de Tenochtitlán cerca de Huitzilopochtli, el Dios Sol. Su padre le había contado acerca de su viaje a la gran ciudad de los culhua mexica y describió los templos de allá. Siete años atrás, luego de la muerte de su padre, fue vendida como esclava a la casa del acaudalado cacique Taabscoob, jefe del pueblo de Potonchán. Al principio vivía con las otras sirvientas de la casa y aprendió a tejer las finas telas de la región. Pero cuando maduró, su amo se percató de Malintzin y la escogió. Ella luchó como una fiera y fue desterrada a esta choza al borde del pantano. Se le dieron las tareas más bajas; lavar, limpiar, cargar sacos pesados de maíz y harina, y sus raciones de comida fueron cuarteadas. Malintzin rezó a Tonantzin y a Chicomecoatl, Diosa del Maíz Maduro, para que la ayudaran con su hambre. Soñaba con tortillas tibias, tamales humeantes, rico atole y pinole. *¿Es este mi castigo,* susurró en la oscuridad, *por rechazar a mi amo? ¿O lo es porque nací bajo el signo de los problemas y los conflictos?* La sacerdotisa había predicho el nacimiento de un hijo varón que iba a reinar sobre un imperio, pero nunca sobre su propio corazón. El padre de Malintzin, cacique del pueblo de Paynala en la región del golfo de Coatzacoalcos, la había criado según la profecía, a pesar de la sorpresa de su sexo. Coatzacoalcos está en el lado del golfo en el Istmo de Tehuantepec, la parte más estrecha de México.

"Ella conocerá grandes victorias y derrotas. En su camino encontrará muerte y destrucción", había dicho la sacerdotisa. "Pero Quetzalcoatl guiará su viaje por la Tierra y le dará un lugar junto a él en los Cielos".

Cuando nació Malintzin a principios del siglo europeo, diecinueve años antes del vaticinado retorno de Quetzalcoatl, el día *Ce Acatl*, Día del Junco, en el año 2 Conejo del calendario azteca, los presagios aún no habían comenzado. Pero pronto, desde Tenochtitlán hasta el Golfo, la gente comenzó a oír de nuevo el sonido de una mujer que gemía en la noche.

"Cihuacoatl", decían. "¿Por qué gime? ¿Aún por la pérdida de sus hijos?".

Cihuacoatl era adorada por los culhua mexica, pero no se había originado con ellos. Cuando la tribu conquistadora se movió hacia el sur y estableció la ciudad de Tenochtitlán, se apropió de Cihuacoatl, la Diosa Serpiente de los habitantes vencidos del Valle de México. Después de la conquista se decía que Cihuacoatl vagaba en la noche, gimiendo por su profanación y sus hijos perdidos. Ella plantó el terror en los corazones de quienes la oían y recordaban las historias sangrientas de la masacre. Malintzin también había oído los gemidos, y había visto rayos de luz que destellaban por el cielo, y llamas que salían de la tierra.

Un perro aullaba con los primeros rayos del amanecer y pronto todos los perros del conjunto de casas del amo estaban aullando. Malintzin dejó la choza de las esclavas, metió una pequeña bolsa, oscura y húmeda, en el cinturón de su túnica y se lavó la cara con agua de la jícara que estaba afuera. Recordó que Quetzalcoatl había descubierto el primer grano de maíz con la ayuda de una hormiga, cuando el mundo todavía estaba en la oscuridad; una noche eterna en la que todos los dioses se reunieron para soñar a los reyes, los sacerdotes y los guerreros que poblarían el imperio azteca. Corrió por el estrecho sendero hasta el altar de Quetzalcoatl, llamado Kukulkán por sus señores mayas, los tabasqueños. Ellos tenían sus propios dioses y a veces Malintzin le rezaba a la diosa maya Ixchel como también a su propia Diosa Madre Luna, Tonantzin.

El ennegrecido dios de piedra estaba en una gruta entre pétalos dispersos y ofrendas de alimentos. En el aire flotaba humo con olor a copal. Había círculos de fuego que dibujaban la tierra esparcida con flores rojas, amarillas, blancas, cuyos pétalos se arrastraban en las cenizas. Malintzin corrió hacia Quetzalcoatl, raspándose las rodillas al resbalar y caer al suelo. Miró con detenimiento el rostro de piedra. *Dame alimento, oh, Padre, dame maíz para llenar mi panza.* Las lágrimas rodaban por su rostro y entraban en la boca salada. La humedad invadió todas sus partes y se relajó cuando la luz la rodeó y su estómago hambriento se llenó de elotes que caían de las manos de Quetzalcoatl. El Dios Serpiente se enrolló con fuerza a su alrededor y ella se rindió, acariciada por aquel cuerpo emplumado. Cuando la boca de la serpiente se abrió, debajo de los colmillos apareció un rostro humano con la boca abierta, que estaba por hablar. Entonces desapareció y apareció la cara de Chicomecoatl, resplandeciente en su tocado de varas cubiertas con tiras de papel de amacalli. *¡Oh, Diosa del Maíz Maduro!*, rezó Malintzin. *Algo va a suceder. Me estás advirtiendo, pero no comprendo.* Tenía miedo por su alma. Su pueblo creía que cuando se robaba un niño de la aldea, se separaba de su alma, la cual permanecía en el lugar de nacimiento y lo esperaba fielmente. Y si moría y lo enterraban lejos de la aldea, su alma vagaría por siempre, exiliada del mundo de sus ancestros. Malintzin sacó la bolsa húmeda de su cinturón, la abrió y pellizcó un poco de tierra negra con los dedos. Puso la tierra sobre la lengua y dejó que se le derritiera en la boca. Cada vez que comía la tierra de su hogar, que cogió y ocultó cuando se la llevaron por la fuerza, se renovaba su deseo de regresar a casa.

El rostro del dios era inmutable y Malintzin se sintió despreciada. No había hablado después de todo. Se puso en pie y corrió al bosque, pero tropezó con la raíz de una ceiba gigante y cayó bocabajo, con la panza sobre la tierra, cerrada con fuerza en un puño de hambre. Regresó corriendo al complejo de casas cuando sintió el olor a tortillas que flotaba en el aire pantanoso. Merodeó por la choza de la cocina y cogió rauda una tortilla cuando el cocinero se volteaba a recoger la masa. Hincó los dientes en la masa de maíz caliente, delgada como una oblea, que se burlaba de ella. *Nunca más pasaré hambre. No importa lo que suceda, este es mi deseo. Nunca, nunca más.*

Malintzin golpeaba paños mojados sobre una roca, meciéndose hacia delante y hacia atrás, doblándose y enderezándose hasta que le palpitaba la espalda. Se echó atrás con las manos en las caderas, arqueándose para mitigar el dolor.

—¿Estás bien? —preguntó Zaachila.

Se movía despacio, su cara estaba pálida y soñolienta mientras restregaba una pila de ropas agachada junto al agua.

—Estoy cansada. La Llorona me despertó de nuevo anoche. ¿La oíste?

—Tenía tanto miedo. ¿Qué significa, Malintzin?

—Dicen que la tierra está llena de presagios. Se le oye llorar y gemir de noche en las calles. En Tenochtitlán, el templo de Huitzilopochtli estalló en llamas y todas las columnas de madera se quemaron. Y la gente cuenta de olas altísimas en el Golfo, más grandes que cualquier cosa que hayan visto antes.

—Escuché algo ayer —susurró la chica—. Mi amo vino de la casa de Taabscoob. Dijo que enviaron a un mensajero a Tenochtitlán para informar al emperador. Vieron casas flotantes en el Golfo y hombres que hacen relámpagos y humo en el cielo.

—¡Shhh! —Malintzin le tapó la boca con la mano—. No debes decir esas cosas.

—Tengo miedo —Zaachila rompió a llorar. Echó los brazos alrededor de la cintura de Malintzin y sollozó.

—¿Qué sucede? ¿Qué pasa? —Malintzin se arrodilló y tomó la cara de Zaachila en sus manos, obligándola a mirarla.

—Mi... mi sangre paró.

—¿Tu amo?

—Sí —Zaachila bajó la mirada y sus hombros comenzaron a temblar—. Me puso la mano al cuello. ¡Pensé que me mataría!

—Shh. Sé lo que debemos hacer. Te daré unas hierbas para deshacerte del bebé.

—¿Me dolerá?

—Tendrás calambres en el vientre y vomitarás, pero cuando fluya la sangre estarás bien.

—Él viene a menudo y me sorprende, en el baño, en el camino al altar...

—No debes dejar que se te acerque, Zaachila.

—¿Cómo lo puedo detener?

—Quédate cerca de tu señora. Asegúrate de no estar nunca sola. Tienes que ser muy fuerte.

—Igual que tú.

—Estoy cansada. No nací para vivir como un perro, escondiéndome en las sombras.

—¿Te pasó a ti?

Malintzin negó con la cabeza.

—Aprendí sobre las hierbas con la sacerdotisa cuando tuve la sangre por primera vez, justo antes de que muriera mi padre. Me enseñó a cuidarme —sacudió la cabeza, orgullosa, y caminó a la roca lisa donde estaban las ropas mojadas—. Debo terminar de lavar. Mi señora me buscará.

De pie en el agua mientras lavaba la ropa en las piedras, golpeando y enjuagando, exprimiendo y tendiendo la ropa en los arbustos, su mente voló de regreso a la sacudida que sufrió al morir su padre, su incredulidad cuando tan solo esa misma mañana habían ido a caminar juntos y ella sintió su brazo fuerte sobre el hombro. Tenía el corazón hinchado de amor por él. Su madre se volvió a casar pronto y tuvo un hijo. Después del nacimiento, el padrastro de Malintzin comenzó a tocarla; no la dejaba sola. Lo odiaba porque él la hacía sentirse como una traidora. Al final perdió los estribos y lo atacó, hiriéndolo en la mejilla. Al día siguiente, su madre dejó al bebé en casa y llevó a Malintzin al río. Era el sitio preferido de Malintzin. Amaba el agua y se sentía feliz de poder estar sola con su madre al fin. Estaba parada en la orilla mojándose los pies cuando llegaron los comerciantes, hombres de Xicalango, una zona comercial famosa a lo largo de la orilla protegida de una laguna, al este de Potonchan. Observó a los elegantes comerciantes mayas entrar en silenciosa procesión por el monte. Marcaban el camino con sus varas negras, emblemas de su profesión. Los seguían una fila de sirvientes que llevaban bultos de paños y pieles de conejo, herramientas de cobre, jades y turquesas; todo atado en los brazos y sobre las espaldas. La madre de Malintzin le sujetó los brazos, y antes de que se percatara de lo que sucedía, la ataron a la espalda de uno de los sirvientes. Él la tomó de las muñecas con firmeza y la aguantó. Uno de los comerciantes, un hombre de cara amplia y lisa, le dio a la madre una bolsa con dinero. Malintzin oyó el tintineo. No pudo gritar; se había quedado muda, incrédula de lo que sucedía.

Cuando estuvieron suficientemente lejos del río, el sirviente se la sacudió de la espalda. Comenzó a desenrollar una cuerda de sisal para atarle las manos, pero Malintzin se echó a correr al monte y llamó a gritos a su madre. Sentía el suelo latir con las pisadas de los sirvientes que la perseguían. Cuando dejó de gritar por su madre, que ya iba camino a casa para contarles a todos que su hija se había ahogado, oyó los gritos furiosos de los comerciantes. No entendía lo que decían porque hablaban una lengua extranjera: maya chontal. Casi había llegado a la orilla del río, lista para lanzarse y nadar por las profundidades llenas de juncos a una cueva bajo el agua que conocía y que salía hacia un hoyo al otro lado del río, cuando tropezó y la atraparon. Malintzin tuvo tiempo de agarrar un puñado de tierra húmeda de la orilla del río y asegurarlo en el dobladillo de su túnica con un nudo, antes de que le ataran las manos y la acarrearan con la soga de sisal, alejándola de su terruño. Se la llevaron lejos, a Xicalango y la vendieron a Taabscoob, pero primero los sirvientes saciaron su deseo con ella; dos de ellos allí junto al río, presionaron su cuerpo contra la tierra suave. Cuando su sangre paró, no sabía cuál semilla quedó plantada en su cuerpo, solo sabía que tenía que deshacerse de ella.

—¿Las traerás mañana?

Malintzin volteó, sobresaltada.

—Las hierbas, Malintzin. Me ayudarás, ¿no es cierto?

—Por supuesto. Las recogeré al amanecer y las secaré con el sol de la mañana. Ven al mediodía.

Zaachila se limpió las manos con el frente de su vientre; lo presionaba como si pudiera obligar al niño a salir de ella.

—Tengo tanta hambre todo el tiempo —lloriqueó.

—Con eso no te puedo ayudar. Mejor te acostumbras.

*

El aire brillaba con las profecías de Chilam Balam. Las montañas temblaban con la voz del sacerdote maya, boca de los dioses, mientras dejaba registro de su clarividente conocimiento en un códice de textos místicos.

Prepárense, oh, mis pequeños hermanos, porque ha llegado el gemelo blanco del cielo,

y él castrará al sol, traerá la noche, y la tristeza, y el peso del dolor.

*

Malintzin dormía inquieta. El humo le acariciaba la cara. Olor a copal, incienso de sangre, el gemido de la sacerdotisa, un corazón arrancado. Un grito agudo que se hacía cada vez más fuerte, hasta que ensordeció y despertó aterrorizada por lo que vendría. Corrió hacia la noche, por el camino hacia el altar. Quetzalcoatl era invisible en la oscuridad, pero ella lo conocía. Tocaba la piedra áspera con los dedos al rezar arrodillada a los pies del dios. Sus ojos rodaron hacia atrás, hasta convertirla en una chica ciega, llena del espíritu de lo que vendría, y comenzó a entender que no tenía alternativa. Su espíritu avanzó con precaución por un laberinto en busca de una ruta segura. El cuerpo lo sabía y se preparó para los conquistadores. Las luces que destellaban en el cielo iluminaban sus ojos hasta el interior del cráneo. El rugido en ella era como el océano y cayó al suelo. Allí durmió, en un sueño profundo.

En el sueño vio once aves grandes, con las alas blancas abiertas, que volaban por el cielo. Sus ojos estaban llenos de aquella blancura. Quetzalcoatl se deslizó detrás de Malintzin mientras ella veía los galeones caer del cielo, uno por uno, flotando hacia ella. El dios puso las manos sobre las suyas y acunó sus caderas. Sintió su aliento tibio cuando se inclinó para acariciarle el cuello con la boca y deslizar la lengua en su oreja. Un gran dolor le invadió la garganta a la vez que se llenaba de lágrimas; lágrimas por su padre y por su hambre, lágrimas por la pérdida de lo que fue su vida. "¿Cómo puedes desearme así?", lloró, con las manos en su flaco cuerpo, los brazos en las costillas, las manos de él sobre las de ella. Entonces, el hambre la despertó, gruñendo, y allí estaba, inmóvil. Su espíritu galopante quedó anclado.

*

—¿Cómo va el trabajo de historia? —quiso saber Fern.

—Todavía no empiezo a escribir. Aún estoy investigando —dijo Pamela—. Hay tanto material sobre la conquista.

—No descuides los otros cursos —aconsejó Fern, moviéndose rápida por la cocina, reuniendo frascos de vidrio, plásticos y latas—. Este no es el único trabajo que tienes que hacer.

—No te preocupes, que puedo con él. El único problema es que hay miles de libros sobre Cortés, pero casi nada sobre La Malinche.

—¡No me digas! —rio Fern—. Una mujer indígena que vivió en esa época; ¿qué esperabas?

—Pero ella fue decisiva para la conquista.

—¿Lo fue? —Fern levantó las cejas—. ¿La Malinche, la traidora? ¿No es eso un cliché?

—Por supuesto que lo es. De hecho, yo no creo que ella haya sido considerada una traidora por su propio pueblo. Por lo que he leído hasta ahora, parece una nueva versión de la historia. La Malinche fue llamada traidora 300 años después de la conquista por los líderes de la Revolución mexicana, que eran todos descendientes de españoles.

—A los chicos siempre les gusta echarle la culpa a una mujer —bromeó Fern—. ¿Pero por qué dices que La Malinche fue decisiva para la conquista? —comenzó a llenar cajas plásticas con artículos reciclables.

—Porque la masacre de Cholula fue clave y ella la fraguó. Ella fue la intérprete de Cortés. Sin ella, él no se hubiera enterado de la conspiración en Cholula. Por supuesto que hay otros argumentos, como la estrategia militar superior de los españoles y el factor de la desesperación, porque quedaron varados después de que Cortés hundió la flota en Veracruz; y estaban luchando contra una nación dividida...

—Esos *sí* son argumentos académicos buenos, que pueden respaldarse con investigaciones sólidas. No te quedes atrapada en un dilema ético-histórico, Pam. Es solo un trabajo; uno de muchos. ¿Ya viste los libros de Prescott y Hugh Thomas?

—Sí —dijo Pamela algo impaciente—, y Wilkes, Jacobs, Carlos Fuentes, Salvador de Madariaga… pero los que más me inspiran son los de historia novelada: Oakland Ross, Gloria Durán, Graciela Limón; esos te llevan al lugar y te ponen en el escenario, así te puedes imaginar lo que pudo haber pasado en realidad.

—Ese no es precisamente un enfoque académico, querida.

— Hasta ahora, lo que aprendí en la academia es que cuando algo se vuelve historia se convierte en ficción, así que ¿por qué no incluir ficción histórica en mi investigación? Al menos la mía no pretende ser la única versión.

—¿Qué fuentes estás usando?

—*Lanzas rotas;* voces de los mismos aztecas, tomadas de manuscritos preservados.

—¿Dónde? ¿Dónde están preservados?

—Oh, en la Biblioteca Nacional en París, la Biblioteca Laurenziana en Florencia…

—¿Y qué hay del Museo de Antropología en la Ciudad de México? Nosotras te llevamos, ¿recuerdas?

—Sí, allí también; algunos son de 1528.

—Es bueno tener las dos caras de la historia.

—Los relatos aztecas son muy poéticos. Hablan de "los ocho malos presagios" o "augurios" que precedieron la llegada de los españoles. Y está la voz de Cihuacoatl, una diosa vidente que predice los desastres. Puedes ver el choque cultural en la primera batalla. Los aztecas siempre comenzaban una batalla con un ritual de aviso; al enemigo se le enviaban escudos, flechas y mantos como una declaración formal. Quedaron desconcertados por el ataque repentino de los españoles.

—Ayúdame a llevar las cajas de reciclaje al carro, querida.

Pamela levantó una caja llena de botellas de plástico y siguió a Fern por la escalera de atrás.

—Ya leí las cartas de Cortés al rey Carlos, y apenas comienzo con Bernal Díaz. Es tan emocionante saber que Díaz de verdad estuvo allí, presenciando todo el proceso. Es como la diferencia entre leer un artículo del periódico, intentando leer entre líneas e interpretar la inclinación de alguien, y oír a un testigo real. Como aquella manifestación a las puertas de la Embajada de los Estados Unidos el mes pasado. ¿Recuerdas cómo los medios de comunicación le quitaron importancia y minimizaron todo el evento? ¡Pero nosotras estábamos allí! Nosotras sabemos lo inmensa que fue la protesta. ¡Fuimos parte de ella!

—No quiero empañar tu entusiasmo, Pam —dijo Fern mientras ponía su caja con botellas de vidrio en el suelo y abría la puerta trasera del vehículo—, pero recuerda que todas esas fuentes han sido traducidas y una traducción es solo una interpretación. Tómalo todo con cuidado.

—No te preocupes, que eso hago. Pero estoy inspirada por esta historia. Incluso estoy empezando a soñar con ella. Cuando las personas escriben cosas, establecen una comunicación que continúa por siempre. En la tradición oral las historias crecen y evolucionan con cambios culturales, pero la palabra escrita queda, aunque solo sea una interpretación. Puedo *sentir* la diferencia entre una investigación histórica y la versión de una fuente presencial, Fern.

—Y además están tus relatos ficticios de la imaginación —bromeó Fern. Comenzaba a cansarse un poco del apasionamiento estudiantil. ¿A cuántas mujeres jóvenes y entusiastas había apoyado hasta ahora en sus descubrimientos?

—Los cuales inspiran mi propia imaginación. ¿Y qué es la imaginación? Quizás no sea tan ficticia como pensamos —Pamela subió su caja con botellas al carro.

—Puede que des con algo aquí, pero recuerda, Pam, este es un trabajo académico. Será calificado por sus argumentos lógicos y la veracidad de los hechos. No quiero verte decepcionada si te dan menos de una A.

Fern recogió una botella de refresco que había rodado por el suelo y la tiró en el vehículo.

*

"...*caímos sobre los indios con tal energía, que con nosotros a un lado y los jinetes al otro, huyeron pronto. Los indios pensaban que el caballo y su jinete eran un solo animal, porque nunca habían visto caballos hasta ahora... Como era el día de la Anunciación de María, le dimos al pueblo que luego fue fundado aquí el nombre de Santa María de la Victoria. Esta fue la primera batalla que peleamos bajo el mando de Cortés en la Nueva España... vendamos a los heridos con paños. Y atendimos a los caballos cauterizando sus heridas con la grasa del cuerpo de un indio muerto, al que descuartizamos para obtener la grasa, y fuimos a ver a los muertos que yacían en la llanura y había más de ochocientos de ellos, la mayoría muertos por estocadas, los otros por el cañón, los mosquetes y las ballestas, y muchos estaban tendidos en el suelo medio muertos... La batalla duró más de una hora, y los indios lucharon todo el tiempo como bravos guerreros, hasta que llegaron los jinetes*".

—Bernal Díaz del Castillo
Descubrimiento y conquista de México

Vinieron a buscarla temprano por la mañana. Ella fue por voluntad propia; su cuerpo ya lo sabía. De nuevo cambiaba de manos, pero esta vez sería distinto. Iba mirando al suelo hasta que llegó ante él; entonces levantó la mirada y lo supo. "El dios ha llegado". Vio la serpiente emplumada en su cara, cubriéndole la boca y barbilla. Vio su cabello largo y sus finas manos blancas, su cuerpo acorazado, sus piernas musculosas. Al fin había emergido de la boca de la serpiente y llegado a ella.

*

"Le trajeron, en tazones de oro puro, cierta bebida hecha de cacao, y las mujeres le sirvieron esta bebida con gran reverencia".

—Bernal Díaz del Castillo
Descubrimiento y conquista de México

El emperador Moctezuma estaba lleno de presagios cuando se acercaba *Ce Acatl* en el año 2 Conejo, el día que regresaría Quetzalcoatl, el gran dios azteca, parte ave, parte serpiente acuática. Quetzalcoatl había creado el Quinto Sol y le dio movimiento. Fundó una civilización con centro en Tula y luego desapareció, algunos dicen que hacia el este, a Chichen Itzá, donde los mayas lo llamaron Kukulkán. Su rival, Tezcatlipoca, Dios del Espejo Humeante, le reveló a Quetzalcoatl su forma terrestre reflejada en el espejo, y lo tentó con pulque. Quetzalcoatl tomó cinco tragos del agave fermentado y se acostó con su hermana, Xochiquetzal, la hermosa Diosa del Amor. Después se arrepintió e hizo un gran fuego y se lanzó en él. Cuando su corazón subía por el cielo, Quetzalcoatl viajó a la Tierra de los Muertos acompañado de su gemelo, el príncipe Xolotl, Señor de la Oscuridad, con forma de perro. Después de muchos juicios en el infierno, se alzó triunfante como Venus, el Lucero de la Mañana, Señor del Amanecer, y por la noche apareció en el oeste como el Lucero de la Tarde.

Moctezuma conocía la ciencia de la predicción y los presagios. Fue sacerdote en el templo de Tenochtitlán hasta que se convirtió en emperador en 1502. Había arrancado corazones vivos de los cuerpos de los esclavos para alimentar a Huitzilopochtli con su sangre. Ahora se dividía entre las palabras opuestas de sus consejeros, los sacerdotes y videntes que lo rodeaban en el templo, y la aparición nocturna de Cihuacoatl, que gemía su grito de advertencia y helaba la sangre. Moctezuma era un hombre delgado, de huesos finos y ojos grises, y una nariz delgada y sensible. Su pueblo era una tribu del norte, de Aztlán, el lugar de la garza de plumas blancas. Durante el siglo doce europeo migraron hacia el sur, al valle central de México, donde desplazaron al pueblo que vivía a las orillas del lago de Texcoco y fundaron su propia ciudad de Tenochtitlán. Fueron ridiculizados por el pueblo derrotado llamándolos *azteca,* pueblo de origen humilde, pero cuando los ancestros de Moctezuma marcharon hacia el sur desde Tula para levantar su propia ciudad, se llamaron a sí mismos los culhua mexica y llamaron a su capital Tenochtitlán. Era una ciudad grandiosa, levantada en medio del lago de Texcoco con muchos canales y vías navegables para el transporte, y un paso elevado hacia tierra firme. Construyeron templos para sus dioses, el principal de ellos fue Huitzilopochtli. Conquistaron los territorios de los alrededores, se apropiaron de sus deidades y cobraban tributo a los habitantes en forma de impuestos y esclavos para sacrificarlos a Huitzilopochtli. Los culhua mexica creían que debían ofrecerle a su dios corazones humanos vivos, palpitantes, para asegurar su salida cada día. Era el Sol; el Dios de la Guerra. Tenochtitlán se volvió un lugar de tributo sangriento y el aire se llenaba de enjambres de moscas color jade y del olor metálico de la sangre.

Parado en los escalones ensangrentados del templo, Moctezuma cavilaba. Por primera vez en su vida se sintió inseguro. Recordó el sacrificio anual en honor a Quetzalcoatl. En primavera, cuando la tierra estaba repleta de vida nueva, con retoños que atravesaban su verde manto, un hombre joven era sacrificado en la imagen de Tezcatlipoca, el Espejo Humeante. El joven era elegido con cuidado y, vestido con finos trajes ceremoniales y engalanado con flores, caminaba por las calles de Tenochtitlán tocando su flauta. Ocho pajes lo acompañaban y todos a quienes encontraba lo honraban. Tomaba cuatro vírgenes como esposas y se celebraban muchas fiestas y banquetes para él, el elegido. Cuando llegaba el momento del sacrificio, subía a la pirámide templo y se tendía en sumisión mientras lo ataban sobre el vientre del Chac Mool. La figura reclinada de piedra miraba a la distancia mientras el sacerdote abría el pecho del muchacho con su cuchillo de obsidiana y levantaba el corazón palpitante fuera del cuerpo, alzándolo hacia el cielo.

Moctezuma acarició su mejilla sedosa y se pasó un dedo por todo el labio inferior. Había enviado mensajeros al Golfo con presentes: una máscara de serpiente incrustada de turquesas, un peto de plumas de quetzal, un collar tejido con un disco de oro en el centro, un escudo decorado con oro y nácar, ribeteado con plumas de quetzal; el tesoro de Quetzalcoatl. Ahora esperaba noticias del dios pródigo mientras la flota española zarpaba hacia el oeste a lo largo de la costa del Golfo guiada por Aguilar, quien se había enterado por el cacique Taabscoob que los mensajeros de Moctezuma los esperaban en la costa.

*

El 21 de abril de 1519, Viernes Santo, Cortés caminó por el agua hacia la costa una segunda vez, arrodillándose para rezar. La arena se pegaba a sus calzas mojadas al avanzar despacio hacia la tierra sobre las rodillas. Cerró los ojos y sintió el abrazo del aire cálido, denso, con una mezcla indefinible de olores y sentimientos. Oyó caer mameyes más adelante, donde la arena se convierte en tierra.

—Nuestra Señora está conmigo —murmuró—. Ella bendice mi empresa.

Su cuerpo se levantó de pronto y juntó las manos hacia el cielo al ver el rostro de la Virgen, mojado y contraído, mirando a su hijo en la cruz. Captó el momento y bautizó ese lugar encantado como "Villa Rica de la Veracruz" y lo reclamó en el nombre de Carlos, rey de España y emperador del Santo Imperio Romano.

*

"Doña Marina hablaba la lengua de Coatzacoalcos, que es común a México, y hablaba la de Tabasco, como también lo hacía Jerónimo de Aguilar, que hablaba la lengua de Yucatán y Tabasco, que es una y la misma. Así que ellos dos podían entenderse mutuamente con claridad, y Aguilar tradujo al castellano para Cortés. Este fue el comienzo de nuestras conquistas y así, gracias sean a Dios, las cosas prosperaron para nosotros. Quise explicar este asunto, porque sin la ayuda de Doña Marina no hubiéramos entendido el lenguaje de la Nueva España y México".

—Bernal Díaz del Castillo
Descubrimiento y conquista de México

Los mensajeros de Moctezuma esperaban. Se recibieron sus obsequios y fueron despedidos, pero no se quisieron ir. Hablaban; repetían una y otra vez palabras que nadie entendía.

—Están hablando náhuatl —dijo Aguilar—. Yo solo sé maya chontal, mi Capitán.

—Ellos quieren saber qué desea el Señor Quetzalcoatl en nuestro territorio.

Aguilar se dio media vuelta para mirar a la esclava que le había hablado en maya chontal.

—¿Tú hablas náhuatl?

—Aprendí de mi padre. Soy de Paynala, donde hablamos nuestra propia lengua, popoluca. Mi padre era el cacique y yo iba a ser su sucesora, pero cuando él murió me vendieron como esclava a Taabscoob. He aprendido a hablar la lengua de mi amo.

—¡La chica es un regalo de Dios, mi Capitán! ¡Ella habla ambas lenguas! Y es de buena cuna. Su padre fue un cacique.

Cortés miró a Malintzin y se percató de ella por primera vez, una india flaca con labios carnosos y ojos encendidos. La llamó con un movimiento de cabeza, pero ella se mantuvo firme. Una sonrisa se extendió por su rostro barbado cuando caminaba hacia ella.

—¿Cuál es su nombre?

—Malintzin —contestó, antes de que Aguilar pudiera decir nada.

Cortés levantó las cejas.

—Te llamaremos… Marina —afirmó—. Ven —extendió la mano y, luego de un momento de vacilación, ella la tomó y se dejó llevar adonde estaba Aguilar con los mensajeros de Moctezuma.

Y así, Malintzin fue bautizada con un nombre español y comenzó su nueva vida. Con su don de lenguas interpretó el Nuevo Mundo para Hernán Cortés y fue traduciéndose en carne, alimentándose de manera voraz de las provisiones españolas, llenándose y redondeándose su cuerpo, como un paisaje exuberante que se alza desde la tierra rocosa. A medida que las preguntas y respuestas viajaban desde Cortés hacia Aguilar, a Malintzin, a los mensajeros y de vuelta, la joven se percató del poder de la interpretación, el primer poder que había tenido en su corta vida, dado a ella por Cortés, quien no tenía otra opción. Prestó atención a los españoles y se propuso ampliar su lengua una tercera vez, para aumentar su valor para el Señor Quetzalcoatl.

Él quiere que yo le traduzca el mundo. Lo haré y aprenderé su lengua, y tendré la panza llena.

*

—El Dios Blanco quiere entrar en nuestra ciudad de Tenochtitlán. Él habla a través de la Serpiente Emplumada y la mujer, Malintzin, cambia sus palabras a nuestro náhuatl.

Moctezuma giró la cabeza con el dedo índice en la hondonada de la mejilla. Luego de un momento de reflexión, despidió a los mensajeros jadeantes y mandó a llamar a nuevos mensajeros. Abandonaron la ciudad cargados de más presentes de oro y telas finas para los aventureros, y la petición de que regresaran a sus tierras en el cielo.

Pero Cortés no tenía intención de regresar.

—Avanzaremos a toda costa —declaró—, bajo la Verdadera Cruz, recogiendo almas para Dios.

Formó una colonia en Veracruz en el nombre del rey, y, de rodillas ante la Virgen del Socorro, recordó al gobernador que lo esperaba en Cuba. Antes de que Velásquez pudiera enterarse de su traición, Cortés puso una de sus naves bajo el mando de Alonso Puertocarrero y comandó al joven capitán a que regresara a España. El barco zarpó, revoloteando con aves de colores, cargado de pedacitos de historia del Nuevo Mundo atrapados dentro de trozos traslúcidos de ámbar, las cubiertas llenas de hombres de tez morena que llevaban encima el enorme peso de discos y ornamentos de oro; todos obsequios de Moctezuma. Llevaron cestas llenas de aguacates y mameyes para el viaje y arrancaron aves del paraíso, silvestres y frescas el día de la partida. Las flores exóticas murieron una semana después, en el largo viaje.

Muchos de sus seguidores querían regresar a Cuba, así que Cortés hundió el resto de la flota para asegurar la lealtad de los hombres. Su único camino era hacia delante, para descubrir la fabulosa riqueza de Tenochtitlán, les dijo. Cortés comandaba con la Virgen del Socorro en una mano y su espada en la otra.

*

Malintzin temblaba al borde del círculo de la hoguera, con la bolsita de tierra colgada entre sus pechos. Cuando se palpó, a duras penas reconoció las formas hinchadas de su cuerpo. Sus dedos asombrados trazaron el nuevo paisaje y se excitó. Los españoles estaban sentados alrededor del fuego, bebiendo y comiendo; sobre sus barbas goteaban la grasa y el vino. Acamparon a treinta millas de Tlaxcala, un asentamiento de 50.000 guerreros bravíos. Ya habían atravesado casi 200 millas de tierra hostil, desde pantanos infestados de insectos, pasando por bosques espesos habitados por jaguares y cascabeles, hasta montañas entumecedoras que les arrancaban el aliento a sus cuerpos. Los tlaxcaltecas eran ahora la única barrera entre los 400 hombres de la expedición española y la ciudad dorada de Tenochtitlán.

Cortés estaba sentado en la lumbre titilante, sin darse cuenta de la presencia de la chica que lo miraba desde el borde, oculta en la oscuridad, libre ahora que Puertocarrero se había ido. Cortés planeaba su estrategia con Alvarado y Sandoval. Los hombres se inclinaban unos hacia otros, las manos agarraban hombros, palmaban muslos, las voces profundas y las carcajadas resonaban en la oscuridad desde los círculos emplumados de sus bocas. Malintzin absorbía la lengua española como si fuera música mientras sus rápidos ojos volaban de una boca a la otra. Cada sonido tenía un color y un gesto, que ella memorizaba y comparaba, saltando de uno a otro, a medida que distinguía patrones en la lengua castellana, que se convertiría para ella en el idioma del amor. Sabía que él sería suyo, el cacique pálido de cabello oscuro. Con los ojos dibujó sus hombros, luego los músculos de la espalda, que bajaban serpenteando por la curva de la columna y se ensanchaban en fuertes nalgas.

—No me venderán de nuevo. Nunca más tendré hambre. El cacique español será mío —salmodiaba su hechizo una y otra vez, en náhuatl y popoluca, grabándolo en el vientre, sellándose ella misma con las palabras. Invocó a Tonantzin, Chicomecoatl e Ixchel, todos los dioses a los que rezó en su sufrimiento, y les dio las gracias por su repentina buena fortuna. El Señor Quetzalcoatl había venido; la Serpiente Emplumada había regresado y ella le daría su cuerpo en devoto rezo. Puso su oscura cabeza sobre el suelo, nubló los ojos como un gato dormido, que oye y vigila hasta el último momento, y cruzó el límite del sueño.

Soñó que hablaba en lenguas desconocidas. Su cuerpo era un gran templo y el Señor Quetzalcoatl entraba en él. A medida que él subía, ella se llenaba de luz y su cuerpo y alma reverberaban en castellano, náhuatl, maya chontal, popoluca; cuatro lenguas de fuego que destellaban en su boca.

Cortés bostezó y estiró los brazos hacia el cielo nocturno.

—Tenemos que dormir. Avanzaremos hacia los tlaxcaltecas al amanecer.

Se estiró en el suelo donde estaba sentado, con la cara hacia la hoguera. Veía cómo saltaban las llamas agonizantes, pequeñas lenguas que acariciaban el aire, y cuando comenzó a quedarse dormido, vio en el fuego los ojos felinos de Malintzin y se acomodó como si la misma tierra se estuviese abriendo para recibirlo.

—Mi lengua —movió los labios en silencio mientras caía dormido, estirándose y cediendo, como carbones que se apagan.

52

*

Malintzin tradujo con destreza una alianza con los tlaxcaltecas después de que Cortés los venciera con sus cañones y caballería.

—Él será emperador —dijo ella—. Él es el dios que hemos esperado para restablecer el orden en nuestra tierra. Él mantendrá su palabra.

No fue difícil persuadir a los tlaxcaltecas a que se unieran a los españoles y avanzaran hacia Tenochtitlán. Ellos odiaban a Moctezuma. Les cobraba impuestos altos y sacrificaba a su pueblo en el templo de Huitzilopochtli.

—Malinche, Malinche, perdónanos por haberte atacado —dijo el cacique, e hizo una reverencia a Cortés.

...en todos los pueblos que pasamos, Cortés era llamado Malinche... La razón es que Doña Marina, nuestra intérprete, siempre lo acompañaba, sobre todo cuando llegaban embajadores, y ella les hablaba en lengua mexicana. Así que le dieron a Cortés el nombre de "Capitán de Marina", abreviado Malinche.

—Bernal Díaz del Castillo
Descubrimiento y conquista de México

*

Cortés cayó enfermo con la fiebre del pantano que ya había cobrado la vida de tres de sus hombres en el trayecto hacia el oeste. Le ardía el cuerpo y el miedo lo consumía como el fuego cuando no hay aire que lo encienda. En su delirio sintió unos dedos fríos sobre la frente.

—*Tlacopatli* —oyó decir a una voz familiar—. La raíz de esta hierba lo hará sudar y le devolverá las fuerzas.

Sintió cómo ella le ponía la raíz babosa y fría alrededor de la garganta y en el pecho. El fuego le saltó del cuerpo y estalló en llamas, que azotaron su piel toda la noche. Cuando se desató la fiebre, él la llamó por su nombre. Ya en la mañana, estaba seco y limpio.

*

Moctezuma cambió de opinión misteriosamente. Envió mensajeros para invitar a Cortés a Tenochtitlán.

—Pero primero debe parar en la famosa ciudad de Cholula, donde los súbditos del emperador lo refrescarán después de su largo viaje —dijo Malintzin a Aguilar, quien tradujo el mensaje al castellano.

Cortés oía, pero sus ojos estaban en Malintzin. Esa noche la tomó. No era ella la primera india que él tomaba, pero era la primera que valoraba. Su apetito era voraz. Quería saber todo lo que estaba grabado en las costumbres de su pueblo, los secretos de la tierra, los árboles, el alto cielo. Deseaba su cuerpo, apuntalado con la poesía y los mitos de su pueblo, hebras brillantes de sangre que él extraía y con las que la ataba; pero al hacerlo, sentía sus propias manos atadas. La necesitaba una y otra vez, y de nuevo a su lado mientras dormía, para poder despertar y tomarla una vez más. Su deseo por ella no estaba separado de su ambición. "Marina, mi corazón", susurraba, y ella se entregaba, tartamudeando a su oído las primeras palabras en español. En medio del abrazo tenía visiones que latían en colores brillantes; una extraña música la ensordecía con el rugir de la sangre en los oídos. Era otro mundo el que compartían, un Nuevo Mundo más allá del lenguaje. Ella lo tenía y se quedaría con él.

Antes de dejar Tlaxcala, Cortés se arrodilló ante la Virgen del Socorro y pidió su bendición. Pero fue un rezo a medio corazón; él ya no la necesitaba, ahora que tenía a

Malintzin a su lado. Cuando entraron en la ciudad de Cholula la gente llenó las calles, dándoles la bienvenida a los españoles y los tlaxcaltecas. Los alimentaron con generosidad y los hospedaron en las mejores casas, pero Malintzin leyó la mente de los caciques y vio sangre correr por las canaletas alrededor de la gran pirámide de Cholula; vio miembros amputados y gente correr, las bocas abiertas en gritos mudos. Intentó verse en aquella visión, pero no pudo. Esa noche, en la oscuridad, le susurró la visión a Cortés. Al día siguiente fue a la casa de la esposa de un cacique. Cuando la mujer la miró con frialdad, le susurró:

—Él me golpea, mire —y le mostró los moretones en sus muslos, los bordes oscuros de sus mordidas en la suave carne—. Soy una prisionera —lloró—, una esclava. ¿Cómo podré escapar algún día?

La mujer del cacique se ablandó.

—Pobre niña —dijo—. Tú eres una de nosotros, de noble cuna como mi propia familia. Te ayudaré. Ven —puso el brazo sobre los hombros de Malintzin y la llevó a la casa—. Nadie puede oír lo que te voy a contar —dijo, y le susurró al oído, en voz muy baja como la brisa, la conspiración de Cholula.

—Moctezuma dice que reducirá nuestros impuestos y liberará a los prisioneros cholultecas que están en Tenochtitlán. Son nuestros hijos y hermanos, nuestros esposos y padres. No podemos negarnos a su pedido. Mañana vamos a asaltar a los españoles cuando marchen fuera de la ciudad. Nunca llegarán a la capital.

Malintzin apretó las manos de la mujer.

—¿Es cierto eso?

La mujer asintió, solemne.

—Tienes que venir a refugiarte aquí —dijo. Entonces se le encendieron los ojos—. ¡Me devolverán a mi hijo! Te casarás con él y vivirás en nuestra casa, hija mía. Estarás a salvo.

Malintzin se fue sigilosa por la estrecha puerta.
Iba con pasos precipitados, buscando las sombras.

La masacre comenzó al amanecer. Ella se tapó los
oídos y oyó un río que corría. Percibió una presencia
sigilosa que se le acercaba por detrás. Sintió el cuerpo
atado, las muñecas agarradas; oyó el tintineo de monedas.
Malintzin presenció sin derramar ni una lágrima cómo
corría la sangre de los caciques desde la pirámide de
Cholula mientras los gritos de las esposas cercaban sus
oídos sordos. Para el mediodía, el sol quedó borrado por
la matanza y por bandadas de cuervos y buitres, que se
acercaban en masa y caían en picada, sacándoles los ojos a
los muertos recientes. La masacre continuó por dos días
hasta que hubo 8.000 cholultecas muertos.

*

Fern estaba acostada con la cabeza en aquella
dulce hondonada, ese lugar especial entre el cuello y el
hombro de su amada, a la deriva entre la vigilia y el sueño.

—Mmmm —suspiró—. Estoy en el cielo, mi
amor. Justo cuando creo que te conozco, me sorprendes
con algo más. Eres eternamente maravillosa.

Fern levantó su delicada cara ruborizada de placer
y besó los suaves labios de Hannah. En ese momento
apenas podía reconocerse como un ser propio. Entonces,
con todos sus sentidos alertas, sintió la tensión bajo la
aparente calma de Hannah.

—¿Qué pasa, Hannah? Tienes algo.

Hannah titubeó por un momento. No quería
romper la magia, pero no podía ocultarle nada a Fern.

—Pamela me dijo que está buscando a su madre
de nacimiento.

El cuerpo de Fern se estremeció.

—¿De verdad? No me dijo nada.

—Subí a su cuarto esta tarde por la ropa sucia y ella estaba en la computadora. Ahí estaba, una búsqueda en Google de agencias de adopción en Guatemala. No pude evitar ver. No es nada de lo que haya que preocuparse; sabíamos que en algún momento sucedería.

—Pero estás preocupada, ¿no?

—No —Hannah respiró hondo—. Si tan solo pudiera lograr que lavara su propia ropa…

—No intentes ocultarlo —bromeó Fern—. Más de veinte años, Hannah. Somos una familia. No hay nada de qué preocuparse— tomó a Hannah en sus brazos y le acarició el cabello. Era mullido, con rizos color cobre que destellaban a la luz de las velas de su habitación. *Como su brillante mente*, pensó Fern, *feroz y viva, llena de vueltas y curvas.* Su propia mente estaba alerta ahora; sus sentidos aminoraban—. ¿Y qué dijo?

—Lo tomó de manera casual. Dijo que solo tenía curiosidad. Pero estaba hermética. Nuestra Pam nunca fue así.

—Acaban de romperle el corazón por primera vez. ¿No recuerdas cómo eran aquellos amores de adolescentes?

—Quizás debí tener un hijo biológico —susurró Hannah.

—¿Cómo puedes imaginar nuestras vidas sin Pamela?

—Además de ella, quise decir. Pudo haber sido una manera de traer de vuelta a Bubby y Zaideh, de mantener viva su línea genética. Aún me siento culpable, Fern. No puedo evitarlo.

Fern acercó más a Hannah y le acarició la espalda, tratando de tranquilizarla. Debajo de aquella calma externa siempre estaba preocupada, siempre intentaba probarse a sí misma para justificar su existencia.

—Pero hubiera sido egoísta, ¿no crees?, traer otro niño a este mundo loco.

—Sin contar el lío de tratar con el donante de
semen y todo el procedimiento. ¿Y qué hubiera pasado si
hubiese sido un niño? —bromeó Fern, para sacarle una
sonrisa.

—Eso hubiera estado bien.

—No para mí, querida. Yo crecí con tres
hermanos, ¿recuerdas?

El embarazo nunca fue una opción para Fern, que
quedó estéril a los veintidós años por una fuerte infección
causada por un DIU. Creció a la usanza católica, con
fobia a quedar embarazada, porque sabía que sus padres
nunca la dejarían abortar. Su primera amante femenina
fue la enfermera que la cuidó en el hospital cuando se
recuperaba de la infección que casi la había matado. Al
principio no se llamó a sí misma lesbiana y prefirió el
término "bisexual", pero no le tomó mucho tiempo darse
cuenta de que había entrado en una subcultura y que su
nueva manera de vivir, con esa otra perspectiva, era lo
que determinaba su identidad como lesbiana, más que la
tan vendida etiqueta de "preferencia sexual". Conoció a
Hannah cuando ella terminaba de estudiar Leyes en
Osgoode Hall. Fern tenía su doctorado y ya daba el curso
de Estudios de la Mujer. Fue en 1980, el primer año del
gobierno sandinista en Nicaragua y el agobiante bloqueo
de los EE.UU. Las dos trabajaban en la organización
Canadian Action for Nicaragua y se conocieron en una
manifestación frente a la Embajada de los Estados
Unidos. Fern se enamoró enseguida; nada nunca fue tan
claro para ella. Hannah tenía veinticuatro años, uno
menos que Fern, y trabajaba como loca, movida por una
culpa crónica, como si nunca pudiera hacer lo suficiente
para compensar lo que se había perdido. Pasaron por
muchas cosas juntas; la eventual derrota del gobierno
sandinista, los ataques a la clínica de abortos, el incendio
de la librería Women's Bookstore y muchos encuentros
dolorosos con sus familias antes de que su relación fuese

tomada en serio y aceptada al fin. La madre de Hannah fue la única hija de una pareja de judíos alemanes que murieron en Dachau. Se habían escondido y ya estaban débiles y enfermos cuando los capturaron, porque le habían dado todas sus raciones de alimento a la niña. Ella estaba sana y sobrevivió mientras que Bubby y Zaideh murieron debido a los trabajos forzados en unas pocas semanas. Cuando los aliados liberaron Europa, la madre de Hannah fue enviada a Nueva York. Tenía nueve años. A los veinte, se casó con un judío de Nueva York; un hombre dulce y gentil que nunca se entrometió en su dolor, y Hannah fue su única hija. Logró escapar de la presión callada por compensar la pérdida que había sufrido su madre, pero terminó trayéndola consigo a Montréal y después a Toronto. Cuando el padre murió repentinamente de un ataque al corazón, Hannah le pidió a su madre que fuera a vivir a Canadá, pero ella se negó, más esquiva que nunca, e insistió en vivir sola todos esos años. Y ahora le habían diagnosticado Alzheimer; la única sobreviviente estaba retrocediendo aún más en el silencio de su pasado.

—Creo que deberíamos ayudarla en su búsqueda, Fern.

—Tenemos que dejarla hacer esto por su cuenta —Fern extendió la mano para alcanzar un vaso con agua en la mesa de noche.

—Al menos podríamos animarla para que sepa que nosotras...

—¿...Estamos muertas del miedo y queremos controlar todo lo que hace?

—¡Eso no es justo! —Hannah se sentó en la cama, con dos manchas de enfado que comenzaron a esparcirse por sus mejillas.

—Tú sabes que si ella encuentra una pista puede querer ir a Guatemala.

—Oh, Dios mío —gimió Hannah—. No puedo resistirlo, Fern. ¡No resisto la idea de perderla!

—Shhh, todo va a estar bien.

—¿Y si encuentra a su madre de nacimiento y nos rechaza?

—¿Estás loca? Eso no va a pasar.

—Abrázame. Por favor, abrázame —Hannah empezó a llorar. Sollozaba en rachas enormes y sonoras.

—Vamos, mi amor —Fern la estrechó en sus brazos—. Pase lo que pase, nos tenemos una a la otra.

—Nadie más me ha visto así —lloraba Hannah.

—Así es como más te amo —dijo Fern, acariciándole el rostro mojado.

*

A medida que crecía su fascinación con la historia de México y Guatemala, Pamela comenzó a faltar a clases. Perdía la noción del tiempo sentada en su cubículo en la biblioteca, rodeada de pilas de libros. Leyó sobre los mayas, sus creencias y prácticas religiosas; leyó acerca de los aztecas, sus guerras y ritos de sacrificios; leyó sobre los españoles y su avanzada en la ciudad de Tenochtitlán. Leyó a Eduardo Galeano, Frank Waters, Tzvetan Todorov, Michael D. Coe y Dennis Tedlock. Ellos llenaron su mente y la distrajeron de pensar en la traición de Talya y en su pesadilla recurrente. Pero su cuerpo recordaba y la llevaba allá en la noche, a la aldea de la masacre. Despertaba llorando y temblando, ansiando que la abrazaran. Leyó que 440 aldeas fueron arrasadas del mapa de Guatemala.

—¿Has tenido suerte en tu búsqueda? —preguntó Hannah, estirando el brazo para alcanzar la mermelada.

Pamela sacudió la cabeza, triste. La ligera curva descendente en la comisura externa de los párpados le daba una mirada trágica que solo los hoyuelos de su sonrisa podían transformar.

—La agencia de adopción ya no existe. Supongo que las organizaciones no duran mucho en Guatemala por la inestabilidad política.

—Pero yo creía que las cosas se habían calmado desde que se firmó el tratado de paz —dijo Hannah, frunciendo el ceño—. ¿Cuándo fue…?

—En el noventa y seis —agregó Fern—. Yo sospecho que tan solo ya no escuchamos más del conflicto. Ahora los medios están llenos del Oriente Medio y de quién se queda con el petróleo.

—La gente tiene que sembrar el maíz y el café casi a la puerta de sus casas, porque el ochenta por ciento de la tierra está en manos de corporaciones de los Estados Unidos —dijo Pamela indignada—. ¿Ustedes saben de cuál pueblo era mi madre? Encontré una página Web de una agencia del gobierno que maneja el registro de los nacimientos, pero necesitan al menos un nombre, y si es posible, una dirección.

—Ellos no nos dijeron nada en la agencia de adopción —dijo Hannah—, excepto que tu madre te había dejado en un orfanato, que yo creo era llevado por monjas. La chica que trajo a Pam a la agencia era una monja, ¿no es cierto, Fern?

—La verdad, era solo una niña… ¿catorce, quince? ¿Qué edad tienen que tener para tomar el velo?

—Ellas ya no usan velo.

—Tú sabes lo que quiero decir… los votos —rio Fern.

—¡Oh, es imposible! —dijo Pamela, impaciente.

—No, no lo es —dijo Hannah—. ¿Qué tal si intentas…?

—No la voy a encontrar nunca. Cuando llamé a las familias que adoptaron al mismo tiempo en Montréal y

Ottawa, dijeron que no sabían nada. ¿Por qué nadie preguntó detalles?

—¿Los LaPierre? —exclamó Hannah—. ¿Hablaste con ellos?

—Sí. Madame LaPierre les manda saludos.

—No los hemos visto en años. ¿Cómo están?

Pamela suspiró.

—"Oh, todo está bien" —comenzó a canturrear con una vocecita que imitaba el acento de los quebequenses—. "Estaba tan contenta de saber de mí, Michel estudia ingeniería en la Universidad de Montréal"...

—Deja ya, Pam. No me gusta tu actitud —dijo Fern, severa.

—¡Y a mí no me gusta toda esta escena! A la Señora Lozano ni siquiera le importa. Ella dice que Peter hace como si no fuese adoptado. Su padre es colombiano, así que combina muy bien con su familia.

—Cuando tú eras pequeña, la gente siempre pensó que Fern era tu madre, con su cabello oscuro y...

—¿Ustedes saben qué dijo la Señora Lozano? "¿Por qué armar lío? Dale las gracias a tus madres por salvarte".

—Pero tú siempre me llamabas "Mamá", y tú corrías, y...

—Pam, estás tomando todo esto demasiado en serio —dijo Fern con brusquedad.

—Qué pérdida de tiempo hablar con aquellas "familias felices". Y perdí mi tiempo haciendo búsquedas por computadora cuando pude haber investigado para mi trabajo. Bueno, por supuesto que no tengo nada mejor que hacer desde que Talya me dejó.

Pamela estalló en llanto. Puso la cabeza sobre la mesa y lloró. Fern se inclinó y le tomó la mano mientras Hannah, con la cara encendida por la preocupación, saltó y se agachó al lado de Pamela.

—¿Qué es lo que pasa en verdad? —preguntó suavemente, rodeándola con los brazos, amortiguando el llanto de Pamela en su suave busto. El cuerpo de la chica se estremeció y su arrebato se apagó de pronto, de la misma manera que comenzó, como una tormenta de verano.

—Lo siento —dijo, levantando la cabeza.

—Mira, tienes mantequilla en tu hermoso cabello —dijo Fern, ofreciéndole una servilleta.

Pamela se limpió el pelo; sus ojos se encontraron con los de Fern y las dos comenzaron a reír. Entonces le dio hipo y Hannah corrió por un vaso de agua. Pamela bebió varios tragos grandes y luego dijo jadeando:

—Me siento tan estúpida.

—Oh, querida, tú eres la chica más lista del mundo —dijo Hannah.

—Recuerdo cuando te vimos por primera vez —Fern acercó su silla a la de Pamela—. ¿Te acuerdas, Hannah, lo emocionadas que estábamos?

—Oh, cuando esa chica entró en la sala trayéndote en los brazos... Me enamoré de ti en un instante. Y Fern estaba llorando; ¡estaba tan feliz!

—Esperamos tanto tiempo por ti y de pronto estabas allí, una personita de verdad, de nueve meses de edad. No podía creerlo.

—Tú estiraste los brazos hacia mí. No tenías nada de miedo. Y cuando te cargué, me acariciaste el cuello con la boca.

—La chica estaba llorando —dijo Fern—. Lo sentía mucho por ella, pero estábamos tan emocionadas de tenerte.

—¿Por qué no preguntaron el nombre de mi madre? ¿No se imaginaron que querría encontrarla algún día?

Fern se alborotó el cabello.

—Yo nunca pensé...

—Francamente —dijo Hannah, con sus ojos verdes preocupados en el rostro encendido—, fue hace mucho tiempo y...

—¡Pero *no* es justo! Nada en esta situación es justo. Tengo pesadillas todas las noches. No sé quién soy. Y me siento tan malagradecida. No quiero herirlas, pero ustedes no saben lo que se siente. Tengo que esperar a tener la suerte casi imposible de que mi madre de nacimiento me busque, y que se ponga en contacto con una de las agencias en las que yo me registré. ¿Y si olvidó que yo existo? ¿Y si está muerta?

—Cálmate, mi amor —Fern se levantó de la silla y se paró detrás de Pamela, masajeándole los hombros—. Has pasado por una época dura. Las cosas van a mejorar, te lo prometo.

—Lo siento tanto, cariño. No sabía que era tan importante para ti —dijo Hannah—. ¿Qué harás si no la encuentras?

Pamela miró fijamente la mesa, recogiéndose, abandonada y sola en aquel lugar familiar y extraño que era todo lo que ella conocía. Ante sus ojos llorosos, la mesa se convirtió en un mar brillante con una flotilla de barcos de velas blancas con armazones de oro, y el olor a bananas y mangos maduros llenó sus sentidos.

—Podrías... ir a Guatemala... a tu país, a ver cómo es —dijo Hannah mientras apretaba la mano de Fern.

—No, no puedo —dijo en tono brusco—. ¿Qué hay de la universidad? Tengo que escribir este ensayo. Además, tengo miedo de volar. ¡Y *este* es mi hogar! —salió corriendo de la cocina, casi tumbando la silla, y subió las escaleras de dos en dos, hasta que alcanzó el refugio de su habitación en el tercer piso.

*

"Cuando vimos tantas ciudades y aldeas construidas en las aguas del lago y otros grandes pueblos en tierra firme y aquel paso elevado derecho y llano que iba hacia México, nos asombramos y dijimos que era como los encantamientos que cuentan en la leyenda del Amadís, debido a las grandes torres y templos y edificios que salían del agua, todos construidos en piedra. Y algunos de nuestros soldados incluso preguntaron si las cosas que veíamos no eran un sueño".

—Bernal Díaz del Castillo
Descubrimiento y conquista de México

El 8 de noviembre de 1519, los españoles entraron a la ciudad encantada de Tenochtitlán, acompañados de unos 6.000 aliados tlaxcaltecas. Vieron canales de aguas cristalinas, un lago incrustado de templos y palacios, pasos elevados llenos de gente morena que cargaba cestas de frutas, flores, maíz seco; sus tobillos y muñecas tamborileaban con pequeñas jícaras y conchas, las cabezas iban adornadas con penachos de plumas iridiscentes.

Malintzin estaba cerca de Cortés, ante el templo que se levanta en el extremo este del lago de Texcoco. Sobre la escalinata había una estatua de Huitzilopochtli con la boca manchada de la sangre que le ofrecían diariamente de los corazones aún palpitantes de los esclavos silentes. Los cráneos de las víctimas honradas se exhibían en el tzompantli, un muro al pie de la pirámide templo. Ella observaba a Cortés, cuyo labio cicatrizado se torcía del asco. El bajo vientre de Malintzin se estremecía al recordar aquel rostro que flotaba sobre ella y el grito de él cuando llegó al clímax. Ella lo observaba en todo momento; la curva de su boca, la barba emplumada y el bigote que se rizaba alrededor de los labios como una serpiente en movimiento. Miró de nuevo a Huitzilopochtli, el poderoso Dios de la Guerra, y recordó

65

lo que su padre le había contado sobre los culhua mexica que venían del norte para conquistar a los pueblos del valle. Su imperio había crecido, extendiéndose por toda la zona, pero nunca llegaron a controlar el pueblo de su padre, el pueblo del Istmo que rodea la ciudad de Coatzacoalcos en el Golfo. Ellos mantuvieron su lengua, popoluca, y también su autonomía. Ahora que Quetzalcoatl había venido, Malintzin no sabía a dónde pertenecía; a él o a la gente de su tierra. Sintió moverse el suelo bajo sus pies descalzos; eran las capas movedizas de arena y arenilla que estaban bajo el terreno pantanoso de Tenochtitlán.

Cortés veía cómo se acercaba Moctezuma, sentado alto en una litera que llevaban seis esclavos. La mirada fija del emperador se cruzó con la de Cortés mientras bajaba y caminaba sobre el paño extendido para él. Cortés se movió hacia delante para abrazarlo, pero de inmediato los esclavos rodearon a su emperador. Nadie debía tocarlo. Malintzin y Aguilar estaban al lado de Cortés y, cuando empezó a hablar a través de ellos con el intocable emperador, Malintzin le robó las palabras; se las sacaba de la boca como una hebra escarlata que se hacía más robusta a medida que interpretaba para Moctezuma, casi antes de que Aguilar tuviera tiempo de completar su propia traducción. El emperador levantó una ceja delineada cuando se percató del papel de Malintzin. No estaba acostumbrado a tratar con mujeres en asuntos de Estado.

Llevaron a los españoles por el paso elevado hasta un palacio donde los alojaron con todo lujo, lejos del hedor de los templos sangrientos. A diario llegaban ropas nuevas y obsequios de oro, alimentos finamente preparados y esclavas para servir a los hombres. Cortés se relajó por primera vez desde que llegó al Nuevo Mundo. Malintzin siempre estaba a su lado y él hablaba con Moctezuma por medio de ella. Juntos embelesaron al emperador, pero cuando ella intentó hablar con las esclavas enviadas para servir a los españoles, la rechazaron. Habían oído rumores sobre la masacre de Cholula y le temían. Así que se mantuvo reservada y se maravilló por todos los cambios que hubo en su corta vida mientras veía a los españoles acumular oro.

Llegaron noticias de un ataque en Veracruz por un grupo azteca. Varios españoles habían muerto. Cortés le exigió a Moctezuma que trajera a los líderes a Tenochtitlán y los quemase vivos. Mientras la gente presenciaba el acto horrorizada, un padre franciscano subió a la pirámide ensangrentada y colocó una imagen de la Virgen al lado de Huitzilopochtli. Antes de terminar su descenso, la figura resultó manchada y destrozada en mil pedazos.

Velásquez, enterándose de la traición de Cortés, lo había declarado bandido y traidor. Envió a Pánfilo de Narváez al mando de una flotilla de dieciocho barcos españoles, con instrucciones de colgar a Cortés. Los galeones zarparon de Cuba hacia el oeste a través de las fuertes olas del Atlántico mientras Cortés y sus hombres salían de Cholula, dejando huellas sangrientas por toda la tierra. Cuando las noticias de la llegada de la flotilla a Veracruz alcanzaron a Cortés en Tenochtitlán, dejó a Pedro de Alvarado al mando y marchó con Malintzin y su leal amigo, Sandoval, de regreso a la costa. Su intención era derrotar a Narváez antes de darle la oportunidad a él.

Fue un viaje difícil para Malintzin. Había crecido en las tierras bajas del Golfo, siempre cerca del océano. Las montañas le quitaban el aliento, se envolvían en él y llenaban de neblina el escaso aire que la rodeaba. La nariz le sangraba y la cabeza le latía con fuerza mientras subía a ciegas, junto a los soldados españoles que soltaban palabrotas todo el tiempo. Un respeto a regañadientes se fue convirtiendo en aceptación de la chica de las tres lenguas. Tenía la piel ribeteada de picadas, los pies hinchados con ampollas y cortadas, de tanto hacerle frente a las rocas. Cuando comenzaron el descenso, su matriz se apretó en un puño y una fina estela de sangre marcó su ruta. Dejó al hijo de Cortés en el Pico de Orizaba, a más de 5.000 metros sobre el mar; una mancha escarlata sobre la piedra. Cuando se unió de nuevo a la procesión, que bajaba por la montaña hacia las tierras bajas boscosas, tenía la cara pálida, pero su corazón latía en calma.

—Voy a crecer otro —dijo—. Le daré un hijo.

*

Cuba, 1519: Catalina Suárez caminaba de un lado a otro en el dormitorio. Veía el reflejo en el espejo oscurecido y lloraba por los estragos en su ansioso cuerpo. Se había puesto pálida y delgada en la ausencia de Hernán. Se dejaba caer sobre la cama y yacía despierta durante la larga noche. Cuando caía como una piedra en un sueño repentino, despertaba sobresaltada por visiones terribles. Anhelaba a Hernán igual que los torturados anhelan la muerte. Rezaba a la Virgen por su regreso sano y salvo, contando las perlas de su collar cual si fuese un rosario. Todo su deseo entraba en aquellas esferillas dolorosas, granos de arena nacarados.

*

Un grupo de gente bronceada le sonreía desde las paredes. Había una mujer recostada en la arena blanca bajo una enorme palmera; en la mano tenía un vaso de coctel lleno de fruta y una pequeña sombrilla.

—¿Puedo ayudarla?

La agente de viajes de ojos claros estaba al otro lado del escritorio. Pamela la miraba sin comprender. Tenía un millón de preguntas. ¿Es peligroso ir sola a

Guatemala? ¿Puedo comprar un boleto abierto? ¿Dónde me quedaré? ¿Cuánto tiempo me tomará encontrarla? ¿Qué les diré a Hannah y Fern? ¿Me prestarán el dinero?

—¿Se siente bien? —la mujer estiró el brazo para tocar la mano de Pamela.

Ella saltó como si la hubiera picado una abeja.

—Yo... yo quiero ir a Guatemala —se oyó a sí misma decir—. Quiero ir a casa.

Hannah dio una palmada de emoción y sonrió nerviosa, casi haciendo desaparecer sus chispeantes ojos.

—¡*Por supuesto* que te daré el dinero! ¡Claro que sí! ¡Claro!

—¿De veras? —Pamela la miró dudosa.

—Me dieron un bono muy generoso en Navidad y creo que este es el mejor uso que le puedo dar, cariño.

—Eres tan valiente —dijo Fern, abrazándola—. ¿Vuelas el 1ro. de mayo?

—¿Cuánto tiempo dura tu visa? —quiso saber Hannah.

—Tres meses. Pero lo más probable es que se me acabe el dinero antes.

—Es muy barato viajar por Guatemala. Los hoteles, la comida, los autobuses; todo es muchísimo más barato allá en comparación con Canadá —afirmó Fern.

—Quizás subas hasta México. ¿Recuerdas cuánto te gustó cuando fuimos a Yucatán? —dijo Hannah.

—Claro que recuerdo. Cumplí diez años cuando estábamos allí. Y eran los 500 años del Descubrimiento.

—Oh, querida —dijo Hannah, apretando las manos—, ¿nos prometes que te mantendrás en contacto?

—Claro que sí. Escribiré correos electrónicos.

—Y llama de vez en cuando, para que podamos oír tu voz —pidió Fern.

—Y manda postales —dijo Hannah—; estaremos pensando en ti a cada momento.

—Mamá, aún faltan tres semanas.

—Pero tienes mucho que hacer antes de irte —dijo Fern—. ¿Qué hay de aquel trabajo sobre Cortés?

—Cambié el enfoque. Lo estoy llamando "El papel de La Malinche en la conquista de los culhua mexica". Es tan complejo y tan emocionante que no puedo dejar de investigar.

—No exageres la cantidad de trabajo, Pam. He visto muchos trabajos brillantes abortados por dejarlos para más tarde —advirtió Fern.

—No estoy dejándolo para más tarde. Tengo información nueva; un libro entero sobre La Malinche por Anna Lanyon, y un libro sobre Martín Cortés, su hijo y el primer mestizo importante.

—¿Para cuándo es?

—Para fin de mes, pero me podrían dar una prórroga. He investigado tanto hasta ahora, que ya no puedo distinguir entre lo que he leído y lo que he soñado. Me estoy volviendo loca.

Esa noche soñó con un lugar que apenas recordaba: Yucatán, donde el aire es espeso como un fuerte abrazo y los árboles están arraigados en la Tierra pantanosa, aguantándola; las pisadas retumban por la Tierra dentro de cavernas calizas llenas de agua, reino del Dios de la Lluvia, Chac. El techo caído, el cielo reflejado en una caverna acuosa, un gran agujero circular, ojo de la Tierra que mira hacia arriba. El cenote sagrado de Chichen Itzá... Itzá... Itzá... El chacmool mira fijamente a través de la ciénaga de Yucatán, recostado hacia atrás sobre los codos, con el vientre expuesto para recibir su corazón.

*

Cortés soñó que arrancaba árboles con las manos, cogía aves brillantes y las lanzaba hacia el cielo de Castilla. Con una sola bocanada llenó las velas de su galeón y lo envió veloz por el océano, el interior de la nave abarrotado con gente de tez morena. Encima del mástil mayor, en una plataforma de un pie cuadrado, bailaban los voladores de Papantla, hombres voladores de una aldea en el bosque cerca de Veracruz. Los hombres pájaro morenos bailaban, sin hacer caso a las alturas que comandaban, lanzándose dentro del límpido aire, con fuertes lianas apretadas entre los dientes. Volaban en círculos alrededor del mástil, una y otra vez, en círculos decrecientes. En el sueño, Cortés miró al espejo de los ojos de Moctezuma, donde yacía enrollada una serpiente emplumada, sensual y peligrosa. "Yo soy dios", silbó.

Malintzin miraba a Cortés cuando se levantó de la cama. Se movía con suavidad por la habitación, descalzo en su camisa de dormir, con el pelo rizado saliéndose por el cuello. Vio cómo desenvolvía a la Virgen del Socorro de su paño de hilo dorado y la colocaba con cuidado en la esquina junto a la mesa. Luego se arrodilló ante ella, dándole la espalda a Malintzin. Ella oía el rezo que susurraba y veía la turgencia de sus nalgas, que atrapaban la camisa de dormir. Cerró los ojos cuando él se levantó y se dio la vuelta. Oyó el crujir de una silla cuando se sentó, lo oyó aclarar la garganta y mojar la pluma en la tinta. Se acurrucó en la cama, haló las mantas hasta la barbilla y abrió los ojos para verlo escribir. Ella misma era un libro ilegible marcado de manera invisible con su propia historia.

Mi Alteza Real, Emperador del Santo Imperio Romano, he quemado más de diez pueblos, de más de tres mil casas, que se resistían a la Santa Palabra. Antes del amanecer caí sobre dos pueblos, en los cuales maté a muchos infieles. Las mujeres y los niños corrían desnudos por las calles. Los sorprendí desarmados, caí sobre ellos y les causé algunas pérdidas y daños.

No le contó al rey Carlos sobre los miembros arrancados de los cuerpos por los salvajes perros de lucha, de los que cada uno pesaba 100 kilos con armadura. No le escribió acerca de las fogatas que chisporroteaban en la noche con grasa humana, sobre los huesos verdes que se retorcían y gritaban en el intenso calor, tampoco sobre Narváez, asesinado en su tienda por Sandoval, con una lanza que le atravesó el ojo derecho. Cortés había comandado sus fuerzas como peones en un juego de ajedrez, prometiéndoles una parte de las riquezas en oro del Nuevo Mundo. Hombres sin un líder, no tenían alternativa. Y Cortés era persuasivo.

Siguió adelante con el tema de la recompensa:

Su flotilla se redujo mucho en altamar, y el capitán se perdió. Le envío un galeón repleto de tesoros del Nuevo Mundo, donde continuamos su trabajo misionero con fervor. De las joyas y copas de oro derretidas le envío su quinto real, quedándome yo con un quinto, y distribuyendo el resto entre mis hombres según el rango. Plus ultra... aún hay más. Estamos buscando las minas de donde salieron estas riquezas...

Cuando Cortés regresó a Tenochtitlán, encontró la ciudad en rebelión silente.

—¡Estaban matando a los esclavos! —protestó Alvarado—. ¡Les arrancaban el corazón y lo ponían en la boca de su ídolo! ¡Teníamos que pararlos!

Los culhua mexica llamaban a Alvarado *Tonatiuh*, el Sol, por su corona de rizos dorados. Era alto y apuesto, pero también era un exaltado y había aprovechado la ausencia de Cortés para provocar a los culhua mexica, atacándolos durante una ceremonia religiosa en el templo de Huitzilopochtli. La masacre y el pillaje que siguieron satisfizo la ambición de sus hombres por el oro, pero dejó al pueblo en un horror mudo. Ese silencio se rompió con un ataque de los españoles, seguido de días de luchas. Malintzin pensó que había entendido mal cuando oyó a

Cortés dar la orden, y aún no lo podía creer cuando vio a sus hombres derribar al Dios de la Guerra por la escalinata de la pirámide templo. El dios se hizo añicos por su propio peso al pie de los escalones, y en el terrible silencio que siguió, se desató un estruendo que retumbó por el agua. Por primera vez, Cortés se arrepintió de sus actos. *Plus ultra;* había llegado demasiado lejos. Apeló a Moctezuma por una retirada segura, pero cuando el emperador habló desde el balcón de su palacio, una piedra le dio en la frente y un chorro de sangre brillante le cayó en los ojos. Los españoles lo arrastraron adentro del palacio para que muriera; nadie diría si murió a causa de la herida o a manos de ellos. Comenzaron su retirada a la medianoche del 30 de junio de 1520, cuando el sol estaba en el medio cielo y cedía el día de mala gana a una luna brillante en una corta noche de mitad de verano. Pero La Noche Triste fue suficientemente larga para matar a más de la mitad del ejército español y sus aliados; se ahogaron en los canales, jalados hacia el fondo por sus propias armaduras y el oro robado. Hubo que quebrar los dedos de los muertos para liberar su agarre de los sacos del tesoro. Cortés estaba herido. Malintzin le vendó la mano con tiras que se arrancó de la falda y le puso hierbas en la herida para detener la hemorragia. Ver su sangre la asustaba; era mortal y en la sangre susurraba la voz de su alma.

Los culhua mexica, plenos de sus propias visiones y profecías, habían caído bajo el hechizo de los españoles. Pero ahora, los poderes mágicos de los dioses barbados se desvanecieron; sus caballos cayeron, sus perros de lucha huyeron gimoteando al tiempo que sus amos se ahogaban. Los culhua mexica se desilusionaron para siempre de Hernán Cortés; fue derribado y su traductora quedó sola entre los escombros. Las palabras falsas y las promesas rotas de Cortés le confirieron una resonancia particular a su nombre, Malinche, el Capitán de Malintzin.

Cuando la gente decía ese nombre, solo por el contexto se entendía de quién se hablaba, si de la traductora o del traidor, y así quedaron unidos por la historia en las connotaciones fluctuantes del idioma.

Cortés enfrentó amenazas tanto de sus propios paisanos como de los indios. De Cuba llegaron nuevos reclutas con aventureros de Jamaica en busca de tesoros. Fueron enviados para capturar a Cortés, pero él los convenció con simple lógica.

"Si ustedes me siguen tendrán oro, esclavos, mujeres y tierras propias. Si ustedes me matan, no tendrán nada y los indios los matarán. Tenemos que mantenernos unidos bajo la Cruz. Esa es su única esperanza".

Malintzin veía a los hombres sucumbir a la voluntad de Cortés. Ella conocía ese poder. ¿No había Cortés sucumbido a ella, al poder de su lengua? Y ahora él la tenía a ella en la palma herida de su mano.

Quetzalcoatl te guiará en tu viaje por la Tierra y te dará un lugar a su lado en los Cielos.

Mientras ella viviera, caminaría junto a él.

Así, Cortés volvió a reunir a su ejército y se preparó para otro asalto a Tenochtitlán. En el largo trayecto de regreso a la capital, entrenó a su nuevo ejército mediante el asalto a aldeas indias; exigía la rendición o imponía la destrucción. Ganaron impulso a medida que quemaban, mataban y tomaban prisioneros, cuyo número aumentaba al tiempo que crecía el miedo a los españoles y sus convertidos al catolicismo.

De nuevo, los aliados tlaxcaltecas lucharon del lado de Cortés en grandes números, pero el ataque a Tenochtitlán fue recibido con una resistencia feroz. Entonces la viruela, traída por uno de los nuevos reclutas, se propagó como el fuego por toda la ciudad. Inmunes a la enfermedad, una vez más los españoles parecieron dioses, pero ahora se les veía con odio, no con asombro.

Cuauhtemoc, sobrino de Moctezuma, era el nuevo emperador de Tenochtitlán y se negó a rendirse, a pesar de que la ciudad se había convertido en un osario para los muertos picados de viruela.

—¿Por qué no se quieren rendir? —gruñó Cortés.

Sandoval y Alvarado permanecían de pie a su lado, mirando más allá de las devastadas aguas del lago de Texcoco, recordando la brillante ciudad que los había recibido en su primer intento. Ahora era como un animal herido que se negaba a morir.

—No quiero destruir a esta gente, pero los conquistaré.

Cuando tomaba a Malintzin en sus brazos y entraba en su cuerpo, era el Señor del Nuevo Mundo, lleno de gloria y paz. Pero Malintzin era una de ellos, una salvaje que había que conquistar. Su misterio lo enardecía y se estaba volviendo rudo con ella.

—Atacaremos por tres flancos —dijo de pronto.

Alvarado se detuvo y sus ojos azules se toparon con la mirada de Sandoval.

—Pedro, toma el lado noroeste. Gonzalo, el sur. Yo atacaré desde el este. Comanden a sus hombres con audacia. No tomen prisioneros.

Los españoles masacraron hasta que los canales se volvieron rojos y los escalones del templo se llenaron de miembros cortados por los sables. Sin embargo, los culhua mexica resistieron tres meses más hasta que los españoles los sitiaron, obligándolos a comer ratas, raíces y por último, la corteza de los árboles.

El 13 de agosto de 1521, en la noche caliente y hedionda, Cuauhtemoc y su esposa fueron capturados en el agua, en la canoa real. Sandoval contuvo a sus hombres y los llevaron como prisioneros a su Capitán.

El día que bajamos nuestros escudos y aceptamos la derrota fue el 1 Serpiente del año 3 Casa. Cuando Cuauhtemoc se rindió, los españoles lo llevaron por la noche a Acachinanco, pero al día siguiente, justo después del amanecer, muchos de ellos regresaron. Estaban vestidos para la batalla, con sus cotas de malla y sus cascos de metal, pero habían dejado sus espadas y escudos. Todos se habían amarrado pañuelos blancos sobre las narices porque les daba náuseas el hedor de los cuerpos putrefactos. Regresaron a pie, arrastrando a Cuauhtemoc...

—*Lanzas rotas*
Voces aztecas de la conquista de México

*

"En tu camino encontrarás muerte y destrucción. Reinarás sobre muchas personas, pero nunca sobre tu propio corazón".

Malintzin se miraba el cuerpo, pero no se reconocía. ¿Dónde había quedado la chica delgada con la determinación férrea y la tierra arenosa y oscura de su hogar?

—Ahora soy Marina —susurró mientras acariciaba sus pechos con suavidad y dibujaba círculos en el vientre lleno de la semilla de la serpiente—. Tengo un cuerpo nuevo. Le pertenezco a él.

A esto se aferró durante la pesadilla del largo estado de sitio de Tenochtitlán, al pasar por la hambruna y la masacre de su pueblo devastado, por el hedor y la podredumbre, carne de su carne. Pero no podía disipar el miedo que la invadía y estallaba dentro de ella, en un dolor que amenazaba con destrozarle el corazón.

Es suyo; me he arrancado el corazón palpitante y se lo di a Quetzalcoatl. ¿Qué más le puedo dar? No tengo nada más.

Estaba arrodillada dentro del círculo de la hoguera, con los brazos levantados hacia los Cielos y los ojos semicerrados. Sus labios se movían y por el aire se dispersaba un gemido constante. El humo del copal candente la ocultaba, así que Cortés no la vio al principio, solo oía el suave lamento y los dulces sonidos popolucas.

—Oh, Diosa Madre, todopoderosa Cihuacoatl, ayúdame. Mi gente se fue y estoy sola. Dame una nueva piel, oh, Falda de Serpientes, para cubrirme y poder avanzar por este Nuevo Mundo.

Sacó la bolsa de entre sus pechos, pellizcó la tierra oscura y se la puso sobre la lengua. Cerró los ojos e inclinó el rostro hacia el cielo mientras la tierra se derretía sobre la lengua extendida. Se balanceó de lado a lado, con los brazos estirados en un gesto de súplica.

Cortés la observaba y le tembló el músculo en la mandíbula. Había algo oscuro en ella, vio sangre y tierra en su lengua. Se le revolvieron las entrañas.

—¡Marina!

Su lengua se retrajo al momento que se dio vuelta, sobresaltada. Cortés parecía una figura misteriosa, parado en la luz nocturna que aún no da paso al amanecer.

—¿Mi Capitán?

Caminó hacia ella furioso, la tomó por la mano y la levantó, halándola hacia él con brusquedad.

—¿Qué estás haciendo?

—Estoy rezando por tu vida, Hernán. Cada día me da miedo perderte.

Se inclinó cerca de ella y olió la tierra en su boca.

—¿Qué te pusiste en la lengua?

La saliva le llenó la boca, y tragó.

—Es... la tierra de mi hogar... tenemos una creencia...

La lengua de Cortés se abrió paso en la boca de ella. Registraba aquel extraño almizcle, enrollaba en sus manos el cabello con olor a copal. Se echó atrás abruptamente y escupió en el suelo.

—Tú tienes tu mujer pintada —dijo en tono acusador—. Te he visto...

—La batalla terminó. Capturamos a Cuauhtemoc. Te necesito a mi lado.

Una lenta sonrisa se le dibujó por el rostro, pero debajo de ella, su corazón estaba estrujado por la pérdida y latía de manera irregular como un pájaro enjaulado, alternando entre el pánico y la parálisis.

Todo ha cambiado, oh, Mujer Serpiente, he perdido mi piel y estoy desnuda. Protégeme. ¿Regresaré alguna vez? Ayúdame, Cihuacoatl, ¡ayúdame!

—Cuauhtemoc está detenido en su palacio, si se le puede llamar así. ¿Por qué se resistieron con tanta ferocidad, Marina? Yo no quería destruir esta ciudad.

—Así es mi pueblo. Tenemos orgullo, Hernán.

—Ellos no son tu pueblo. Tú eres del Golfo, esclava de Taabscoob.

—Ellos son más mi pueblo que tú. Esta es nuestra tierra, la tierra que como —las palabras salieron antes de que ella las pudiera pensar. Entonces ya era tarde. Con la mano en la cara de él, embarrada la palma con la saliva, el barro y la arenilla de su tierra, dijo—: si tu pueblo hubiese peleado limpio, con avisos, según nuestras costumbres, no hubiéramos tenido que resistirnos. Los recibimos en nuestra tierra con obsequios y ustedes nos traicionaron.

Por un momento pensó que él podría abofetearla, pero la lengua se asomó lenta a su boca, juguetona en la palma de su mano, liviana como una pluma, excitándola hasta que sus labios se abrieron y sus ojos brillaron por el deseo.

—Vamos a rezar, Marina. Ven, arrodíllate conmigo y pídele a nuestro Dios gracia en esta victoria —tomó su mano y la obligó a arrodillarse despacio. Entonces se arrodilló con ella y miró fijamente sus ojos oscuros—. Eres una católica bautizada, Marina. Tú no debes comer tierra.

Ella titubeó por un momento. Luego se limpió la mano con fuerza en su mantón, juntó las manos para orar y cerró los ojos.

*

Todas las casas estaban llenas de cadáveres. Había montañas de cadáveres por quemar y las montañas se convertían en lomas de ceniza y huesos calcinados. Alvarado estaba a cargo de los desechos. Andaba arriba y abajo con un pañuelo en la nariz. Sus ojos rojos, inyectados de sangre, le ardían por la nube de humo. Impaciente con el largo proceso, armó a sus hombres con pencas de palmas y los instruyó para que esparcieran las cenizas y recogieran los huesos.

—Es m-m-mala suerte coger los hu-hu-huesos de los muertos —tartamudeó un pobre hombre.

—¡Ellos nos embrujarán! —dijo otro compañero, persignándose nervioso.

Alvarado se quitó un desagradable copo de ceniza de la manga de su jubón y preparó a sus hombres con los ojos bordeados de rojo.

—¡El primer hombre que descubra cualquier cosa que parezca un alma humana será recompensado con tres bolitas de oro! —gritó—. He oído que al alma le gusta esconderse debajo de los huesos —hizo una pausa—, ¡y a veces dentro de ellos!

Las pilas de huesos crecían mientras los pobres españoles buscaban como perros, persignándose con diligencia.

Segunda parte

***

La marginalidad es el lugar de la posibilidad radical,
un espacio de resistencia.

—Bell Hooks

En un pequeño pueblo de las tierras altas de Guatemala hay una mujer parada a la puerta de su casa que mira las ricas tierras del valle, propiedad de extranjeros. La finca de café. Ella y su esposo siembran café alrededor de la casa de una sola habitación. La casita está sobre una cuesta, inclinada sobre el filo del mundo, sin aliento en el aire escaso. *Un día*, piensa, *rodaremos hasta el fondo del valle y subiremos volando por el otro lado.* Ella nunca ha ido al otro lado, aunque fue a Canadá, muy lejos hacia el norte, y vivió como refugiada de la guerra por el genocidio contra su pueblo. Su nombre es Chavela. Ella es la partera del pueblo. Sabe todo sobre las flores y las hierbas, los animales y las aves. Hoy vendrá de la ciudad la Hermana Guadalupe con el Doctor Ramírez, y ella les ayudará en la clínica. Pero primero tiene que trabajar. Después de mucho esperar tuvo un sueño, y ahora no hay tiempo que perder. Chavela prepara las madejas: azul, amarilla, roja y blanca, turquesa y dorada. Clava varas en el suelo y estira las hebras en la urdidera. Amarra los finales de las hebras a palitos de bambú y asegura las hebras con otra vara colocada horizontalmente en la urdidera, ajustándola para que la lanzadera pueda pasar con facilidad a través de ella. Está lista para comenzar el viaje de su abuela. *En el sueño, Chavela vio a su abuela recostada en una hamaca, y la hamaca era un arco de luz como la luna nueva y el cuerpo de la vieja mujer estaba curvado dentro de ella, volviéndose luz, con el largo cabello gris desplegado por el cielo. Su brazo caía a un lado de la luna y donde estaba la mano aparecían unas cuantas estrellas desperdigadas que perforaban la oscuridad del cielo nocturno. Chavela lo vio todo en colores: el cielo azul oscuro, las estrellas blancas, los arcos de luz amarillos y brillantes, la luna después de la luna dorada, que crecía y menguaba con la marea, el cuerpo de su abuela rojo vivo, la cabeza adornada con turquesa mientras descansaba en la brillante luna rodeada de oscuridad. Lloró de ansias al ver a su abuela y se estaba estirando para tocarla, cuando despertó con la respuesta a sus rezos.* Dejó a su esposo dormido, se arrodilló en la tierra frente a su casa y rezó a la Madre-Padre, Tierra-Cielo, a los pájaros y animales y plantas. Ahora está lista para comenzar su trabajo. Pasa los dedos por las finas hebras traídas del mercado de Huehuetenango. Toma su lanzadera y la pasa por primera vez. La mueve de un lado al otro entre las hebras de colores y poco a poco, despacio, aparece la historia.

*

Cuando Pamela entraba al terminal del Aeropuerto Internacional La Aurora, inhaló aquel extraño olor que tienen los aeropuertos; el olor que hay entre los mundos, que les da un toque emocionante. Aunque el aeropuerto le pareció pequeño después de haber pasado por el Aeropuerto Internacional Pearson, vio que estaba espléndidamente decorado con glifos mayas y fotografías ampliadas de las pirámides gigantes de Tikal y los sitios antiguos de Iximche, Quirigua y Zaculeu. Había fotos granulosas de la vieja capital, La Antigua, con un volcán humeante a la distancia. La emoción de Pamela se disipó durante las cinco horas de espera en el aeropuerto de Houston, así que, aunque había leído sobre estos lugares y había esperado sentirse muy identificada con ellos, su boca le sabía a cenizas y de pronto se sintió vacía y muy cansada. Tomó su mochila del carrusel, se la echó a la espalda y se dirigió a la salida.

"Prométeme que tomarás un taxi", le había dicho Hannah. "Llegarás tarde. Mejor te reservamos un hotel, por lo menos para los primeros días, para que sepas adónde vas". Escogieron un hotel económico de la guía.

—Chalet Suizo, por favor —dijo Pamela—, Zona Uno, Centro Histórico.

El chofer sonrió y le echó una mirada evaluadora a la vez que tiraba la mochila en el maletero. Pronto se alejaron del aeropuerto por una carretera poco alumbrada, bordeada de palmas altas cuyas hojas susurraban en la oscuridad. Las ventanas estaban abiertas y el aire de la noche se sentía cálido y lleno de olores raros: el humo de los escapes mezclado con el olor dulce de la vegetación cuando comienza a descomponerse, el aire tropical nocturno matizado del humo de madera. La radio hacía ruido, entrecortado por la interferencia, y el conductor se inclinaba para responder, pero Pamela estaba demasiado cansada para entender lo que decía. De pronto, viró bruscamente y aceleró para adelantar a otro carro, y llegaron a las afueras de la ciudad, donde se alzaban edificios a ambos lados de la calle, blancos contra el cielo brumoso de la noche. El chofer señaló algo y dijo:

—La Torre del Reformador.

Pero la torre desapareció y Pamela solo vio una avenida ancha, desierta excepto por un carro que venía detrás de ellos, que vio de reojo en el espejo retrovisor. Se preguntó si habría un toque de queda; recordó ver soldados armados en el aeropuerto. Sintió que podría viajar toda la noche, arrullada por la vibración del carro en la oscuridad del lugar en que nació. Cerró los ojos e inhaló, intentando conectarse con algo familiar, cuando de pronto el taxi se tambaleó al detenerse.

—Calle 14, Chalet Suizo —dijo el chofer. Puso la mochila en la acera y cuando intentó cobrarle de más, Pamela tuvo su primera discusión.

En su primera noche en la Ciudad de Guatemala, Pamela soñó con Palenque y el Templo de las Inscripciones.

La neblina subía desde la tierra como un fino aliento que susurraba alrededor de los tobillos, remontándose despacio por su cuerpo. Estaba sostenida en el aire verde, suspendida, en un lugar que apenas recordaba. Subió al templo por los escalones de piedra gastados y descendió a una cripta. Cayó, cayó, 1200 años. Sobre ella, el techo mensulado se inclinaba hacia abajo. Una piedra triangular enorme se movió hacia atrás para dejar al descubierto una tumba. Tenía jade en la cara, jade en la boca, jade alrededor del cuello, de los dedos de las manos y los pies, las orejas enrolladas con jade. Suspendida sobre ella, flotaba en esa respiración contenida una placa de piedra grabada con la figura danzante de Pacal Votan ascendiendo a los Cielos, representado con trece capas: seis que subían, una arriba, seis que descendían de nuevo hacia la Tierra. Las líneas que se intersecan muerden la piedra; el Sol y la Tierra son el punto de cruce. Cuatro grandes ciclos que terminaban en 2012. 4 x 26.000 = 104.000 años; un final y un comienzo.

"Todas nuestras memorias despiertas, aquí se cuenta la historia del mundo".

Se levantó de la tumba y siguió el sendero serpenteado, deslizándose hacia arriba por los escalones de piedra hasta la cima del templo. Era libre y se lanzó en picada desde la pirámide, volando por el aire verde. Solo se oía el sonido de sus alas.

La luz del sol la despertó, invadiéndolo todo a través de las persianas de madera y dibujándole un diseño en la cara. Pamela estaba acostada, saboreando su sueño, reteniéndolo en la boca como una fruta de jade que se derretía. Había olvidado Palenque. Fueron allá después de Yucatán, el año que ella cumplió diez. Hannah y Fern le sostuvieron las manos al descender a la tumba que está debajo del Templo de las Inscripciones; luego subieron de nuevo a la cima y Hannah le dijo "Ten cuidado, no te acerques al borde". Fern le había dicho que los hippies comían hongos mágicos y volaban desde el templo, creyendo que eran pájaros.

Pamela se dio cuenta de que tenía hambre. Se quedó dormida en cuanto pudo deshacerse del recepcionista hablador y había dormido doce horas. Saltó de la cama y se vistió apurada.

—No hay prisa —se dijo a sí misma—. Tengo tres meses.

Pero había un apremio en ella, y después del desayuno en el café del Chalet Suizo salió caminando bajo el sol radiante y comenzó su búsqueda. Frente al hotel vio la enorme estructura gótica de la jefatura de la policía; un edificio casi caricaturesco, oscuro y misterioso con torrecillas pretenciosas y una apariencia siniestra. Pamela se dirigió hacia la Avenida 6 y se abrió paso a duras penas por la densa multitud que se movía despacio. La calle estaba bordeada a cada lado con puestos de venta de ropa, juguetes, discos compactos, chicle y cigarrillos, fruta y dulces. La música sonaba con tanta estridencia, que dolía. Pamela cayó en el río rezumante de gente y se dejó arrastrar por la corriente a la vez que sus sentidos se iban llenando de cosas que ver y oler. Había un olor a sangre, oxidado, mohoso; algo parecido al dinero, que lleva infinitas capas de ADN de tanto pasar por igual cantidad de manos. Inmensos lirios amarillos perforaban la tierra y se levantaban fuera de la Iglesia de San Francisco, y el fuego del bosque llameaba encima con flores anaranjadas.

Tu sabor es Crush

Aleluya Cristo vive

Festival de camisas — 65 quetzales

Pamela olió gasolina o pegamento, algo cáustico, cuando un niño la rozó al pasar, tambaleándose entre los puestos, sosteniendo un trapo en la cara. Ella miraba todo fijamente. Nadie le prestaba atención. Chocaban contra ella y la empujaban como si fuera invisible. *Por supuesto, ellos creen que soy de aquí*, pensó. Oyó hablar español a todo su alrededor y a veces una lengua gutural suave, que le era familiar, como una música que no podía identificar. Supuso que tenía que ser maya, porque las personas que lo hablaban eran indios, la mayoría descalzos y de piel oscura, las mujeres vestidas con telas tejidas de colores brillantes, los hombres arrugados y de hombros redondeados de cargar fardos pesados.

Los puestos disminuyeron y la muchedumbre se redujo cuando cruzó la Calle 8 hacia el Parque Central. A través del rocío de una fuente de tres pisos vio erguirse el Palacio Nacional. Parecía un cuartel del ejército; un edificio ancho de tres plantas de piedra gris con un pabellón central que sobresalía del cuadrado de concreto y con pequeñas torres a ambos extremos. Pamela se dio vuelta, cruzó la plaza rápido y entró en la Catedral Metropolitana. Se sorprendió al verla llena de gente arrodillada rezando, otros caminaban por los pasillos laterales, encendiéndoles velas a los santos. El aire estaba fresco y sereno. Respiró el dulce olor de las flores recién cortadas y la cera que se derretía.

—Estoy en casa —se dijo a sí misma—. Estoy en casa, y en alguna parte de esta ciudad encontraré a mi madre.

A pesar de su convicción, todo se sentía raro y extrañaba a Hannah y Fern. Obedeciendo a un impulso, tiró algunas monedas en una caja al frente del santo más cercano y encendió una vela. Estuvo un momento de pie, con los ojos cerrados con fuerza y rezó por ayuda en su búsqueda. Sonrió al pensar en la reacción que hubiera tenido Fern. A pesar de haber crecido en una familia católica estricta y de haber asistido a un colegio de monjas, Fern era anticatólica por completo. Pamela sabía poco acerca de los santos o los rituales católicos y simplemente no emitía opiniones, aunque tuvo algunas buenas discusiones con Fern. Leyó la inscripción que estaba al pie del santo y se dio cuenta de que le había rezado a san Judas Tadeo, el patrono de los imposibles.

Para el final de la semana, Pamela estaba harta de la comida de Guatemala. No era que no le gustara o que no fuese sana; arroz con frijoles y salsa, plátanos fritos, tortillas humeantes, todo delicioso y salado, pero se le antojaba algo familiar y reconfortante. Se sentó en el MacDonald's de la Avenida 6, comió una hamburguesa grasosa y tomó café aguado con crema, todo de contenedores de plástico, pero luego se sintió vacía y engañada. *Si el idioma y la comida son cultura*, pensó, *soy un gran fracaso como guatemalteca*. La cabeza le dolía del esfuerzo que hacía por hablar español. Aunque hablaba con fluidez, no estaba acostumbrada a la inmersión total. Por el otro lado, ahora conocía la Zona Uno como la palma de su mano y estaba comenzando a entender los autobuses después de varios viajes largos en la dirección equivocada y las interminables esperas en el sol candente. La mayoría de las veces caminaba, mapa en mano, intentando olvidar las punzadas en las sienes y el humo de los escapes del denso tráfico. Caminar no fallaba. Exploró lo que se dio cuenta era una ciudad enorme, de crecimiento descontrolado mientras buscaba orfanatos,

conventos y agencias de adopción, yendo de manera
sistemática por la lista que le proporcionó la oficina de
gobierno que visitó el primer día. Pamela era una
detective eficiente, pero cada vez que se abría una puerta
a una cara perpleja y se cerraba de nuevo con una sonrisa
de disculpa, sus esperanzas se veían truncadas. No podía
encontrar evidencias de su existencia en Guatemala, y
luchaba constantemente contra las lágrimas de
frustración. Se sintió humillada por su búsqueda, como si
su madre se negara a que la encontrara y la estuviera
mirando, escondiéndose de ella a la vuelta de cada
esquina, regodeándose con su fracaso. Entró en una zona
propia, extraña, en la que se movía en espiral hacia
delante y hacia atrás, siempre regresando al Chalet Suizo
por la noche, donde hablaba con el propietario, alto y de
ojos oscuros, y se enteraba de que sus padres abrieron el
hotel cuando emigraron de Suiza en la década de 1940.
Cuando hubo un apagón, él le llevó velas y se quedó en la
puerta.

"Gracias. Gracias y buenas noches" dijo ella, y se
dio la vuelta. Estaba aprendiendo a esquivar la mirada.

Pasó una mañana entera en Guatel, esperando por
una línea telefónica a Canadá, solo para oír la voz de Fern
en la contestadora telefónica. La dulce familiaridad le
quitó la voz por un momento y cuando habló, sus
palabras salieron golpeadas y bruscas.

"No voy a volver a pasar por esto. Les mandaré
un correo electrónico, ¿okey? Estoy bien. Nada que
informar hasta ahora. Quisiera que vieran este sitio tan
loco. ¿Por qué no me lo *dijeron*? Las quiero mucho".
Colgó, luchando contra el impulso de ir directamente al
aeropuerto y volar a casa.

Ahora soñaba en español. Durante el día, la
sintaxis volaba y se fragmentaba en frases que resonaban
en su mente. Le dio su reloj a una mujer en la calle, que
pedía limosna con un niño en brazos y dos niños más que

la agarraban. Se movía como una sonámbula y veía pistas por todas partes, colgadas de los árboles, escondidas en arbustos polvorientos aferrados a la tierra agrietada. Siguió a una mujer por la Avenida La Reforma, convencida de que era su madre. Casi la había alcanzado, pero tropezó con la raíz de una enorme ceiba que sobresalía por la acera. Cuando pudo mirar, vio a la mujer hablando con un hombre cuya mano agarraba un niño pequeño. El rostro de la mujer se iluminó mientras alzaba al niño en brazos.

De noche, aquel sueño de nuevo, que la sujetaba por el pescuezo y la sacudía hasta despertar.

¿Dónde está? ¡Sé que está aquí, puedo sentirla! ¿Cómo es? ¿Se parece a mí?

*

Fabiana despertó en su gran cama en la habitación de techo alto. Tenía la frente húmeda. Levantó la cabeza y agarró el oscuro cabello con ambas manos, quitándoselo del cuello. Era pesado y ella estaba acalorada. Intentó levantarse, pero cayó de nuevo en su propia huella. La lánguida tarde. Su sueño. Tenía un lado de la cara surcado de lágrimas que la dejaron con el peso de la tristeza, indefinida. Cerró los ojos e intentó ver... pero ya no estaba... solo había una ausencia, como si alguien acabara de abandonar aquel lugar oscuro que ella sentía, pero que no podía ver bien. Sombras, solo sombras. Abrió los ojos y volteó la cara hacia la ventana. Tenía barrotes para que estuviera segura. El pasto amarillento luchaba por vivir en pequeños parches verdes a la sombra de los árboles. Todo le era familiar. Cerró los ojos y se dejó llevar. No recordaba nada antes de llegar a la ciudad, con los pies marrones por la sangre seca. *Pian wey nbi,* "mi nombre es Fabiana"; *n'el nk'uu,* "tengo hambre". "No te entiendo, niña", decían, hasta que un hombre maya de la región de

Huehuetenango donde se habla mam, recostado en una columna en el aire fresco del marmolado Banco de Guatemala, dio un paso al frente y tradujo: "Su nombre es Fabiana. La muchacha tiene hambre". Una mujer con las pestañas llenas de rímel y los labios rojos la llevó al comedor y le dio tortillas y leche. La niña comía despacio, metódicamente, como una vaca que mastica distraída. Luego abrieron la puerta de vidrio y la pusieron en la calle. Durmió enrollada sobre su propio cuerpecito, escuchando el suave murmullo de los mayas en la calle, moldeando la lengua según los extraños sonidos que oía, los sonidos duros y metálicos de los hispanohablantes. Al día siguiente, se volvió a meter al banco y se paró junto a la columna. La mujer de los labios rojos le dio de comer y al final del día, la tomó de la mano y la llevó a Casa Central, en la Calle 13 y 2da. Avenida. La niña estaba de pie frente a la pesada puerta de madera, mirando a la mujer levantar la aldaba de bronce en forma de mano —que tenía un aro en el dedo anular— y golpear la puerta. Oyeron pasos y se abrió una rejilla. Fabiana vio cómo se movían los labios rojos y oyó susurros del otro lado. Entonces, la gran puerta se abrió y una pequeña figura en una túnica larga y suelta la tomó de la mano y la haló con suavidad. La puerta se cerró detrás de ella.

Fabiana dormía en una habitación con muchos otros huérfanos, de los cuales ninguno hablaba mam. Fabiana aprendió despacio, a regañadientes, repitiendo las palabras españolas que le pesaban en la lengua mientras miraba al patio y se perdía en la buganvilla que se derramaba por el techo inclinado como una nube de mariposas brillantes.

"¡Fabiana!" la voz de la Hermana Rosa era aguda. "¡Mira, muchacha, presta atención!".

Por mucho tiempo no entendió lo que le decían, pero aprendió a anticipar los deseos de las monjas y más adelante consideraron que estaba lista para servir. Una mañana radiante, ella y la Hermana Rosa tomaron el autobús. Traquetearon entre el humo de los escapes de la ciudad, balanceándose y tropezando en medio de la aglomeración de pasajeros. Fabiana se sorprendió cuando viraron hacia la Avenida La Reforma; ¡era más ancha que un río! Las raíces de árboles enormes combaban las aceras como si hubiera un mundo que ella no podía ver debajo del concreto. En medio del río había criaturas de bronce enormes: un toro con cuernos curvos que resoplaba, un león con la boca abierta y la melena enmarañada; y edificios altos como montañas.

—¡Aquí, muchacha! —la Hermana Rosa la haló de la mano y se abrió paso a empujones para bajar del autobús.

Caminaron rápido por una calle amplia y con muchos árboles, lejos de La Reforma. Esta vez, la gran puerta de madera la abrió una sirvienta que sacudió la cabeza, haciéndoles un gesto para que la siguieran por un corredor largo hasta una habitación iluminada y llena de floreros. La señora Méndez estaba sentada en el alféizar de la ventana, pintándose las uñas con una brochita roja. Levantó la mirada con una sonrisa divertida, sus labios se abrieron para dejar al descubierto dientes blancos y perfectos.

—Qué pequeñita. Sus chicas son cada vez más jóvenes, Hermana Rosa. Espero que pueda hacer el trabajo de ayudante de cocina —siguió haciéndose la manicura.

—Ella es una buena niña, Señora, y aprende rápido —la Hermana Rosa le dio una palmadita a Fabiana en la cabeza.

—Harás las tortillas y lavarás los vegetales —dijo la señora Méndez, hablándole a Fabiana—. Ahora ve. Tienes que bañarte y ponerte un uniforme limpio antes de comenzar a trabajar en mi cocina.

Fabiana entró en la servidumbre igual que otros entran en el Cielo. Le servía café al señor Méndez en el estudio y se quedaba de pie al lado de su silla, torciendo los dedos. Él sonreía y le decía con gestos que se sentara, pero la niña era tímida. Le preguntó por su aldea, pero ella no podía recordar ninguna aldea y no entendía sus preguntas. Estaba aprendiendo la nueva lengua rápido, pero esta la abandonaba cuando se ponía nerviosa. El señor Méndez cogió un tomo de la pared de libros que estaba detrás de su escritorio y lo abrió, señalando las letras negras. Fabiana sacudió la cabeza, así que él comenzó a hablar, palabra por palabra, señalando muebles, pinturas, la chimenea, cartas esparcidas por su escritorio, una frutera de cristal, un abrecartas, un pisapapeles, un florero; fue señalando y hablando hasta que ella aprendió el nombre de todas sus cosas. Mientras tanto, el café se enfriaba.

Fabiana recordó el primer día que el señor Méndez la tocó. Fue el día que ella aprendió a decir las partes de su cuerpo: boca, nariz, ojo, oreja, cabeza. Estaba orgullosa de saber algunas de estas palabras. Cuerpo, brazo, mano, pierna, estómago. Él tenía paciencia, señalaba y hablaba, sonreía y la elogiaba cuando decía bien las palabras.

—Bravo —decía—. Bravo, muchacha.

La señora Méndez se había enojado con Fabiana esa mañana y le había gritado. La niña no entendió porque le habló rápido, furiosa, con la frente fruncida de rabia. Tuvo miedo y tropezó, dejando caer la bandeja. Las tazas de café se rompieron en mil pedazos en el suelo y Fabiana lloró del terror de perder su puesto en la gran casa.

—Espalda —dijo, poniéndole la mano en la espalda—, cuello —la mano se posó suave en la parte de atrás de su cuello—, nalgas —bajó por la espalda hasta el trasero—, muslo —descendió por la pierna.

Entonces, el señor Méndez le tomó la mano y la puso en su regazo.

—Pene —dijo—. Pene, ¿entiendes? —Fabiana sacudió la cabeza y quitó la mano. Él se rio.

—Suficiente, muchacha. Puedes irte —la despidió con un movimiento de su gran mano.

Esa noche, Fabiana no durmió. Estaba acostada palpando las partes de su cuerpo. Sus labios se movían, formando aquellas palabras extrañas. Temía que de alguna manera hubiese decepcionado a su maestro. Al día siguiente, cuando le sirvió el café como siempre, no hubo sonrisa, tampoco un saludo; solo un movimiento de cabeza. Ni siquiera la miró cuando colocó la bandeja con el café con mucho cuidado sobre la mesita de caoba, haciendo una pequeña reverencia como le había enseñado la señora Méndez. Por tres días la trató con indiferencia, hasta que ella no lo pudo soportar más.

—Disculpe, Señor —dijo—. Disculpe, disculpe, perdóneme.

Por fin levantó la mirada de su diario; una mirada fría y evaluadora por encima de sus anteojos hacia el rostro de la niña, mojado de lágrimas. No pronunció palabra y ella no podía soportar el silencio. Más que cualquier cosa en el mundo, ella necesitaba que la perdonaran. Así que puso la pequeña mano en su regazo.

—Nunca le digas a nadie —dijo—. Este es nuestro secreto.

Fabiana creció en la casa del señor y la señora Méndez. Hablaba su idioma y comía sus alimentos. No tenía memoria de quién era, pero no era infeliz, porque le había dado su lealtad al señor Méndez. Recibía un pequeño salario por su trabajo, suficiente para tomar el autobús hacia el centro en su día libre y beber una taza de chocolate o visitar a los animales tristes del Parque Zoológico La Aurora. Caminaba por los senderos arenosos de gravilla y paseaba descalza sobre la grama para mirar el ojo arrugado del elefante que iba y venía. Y entonces, todo cambió.

Fabiana pensó que la hemorragia era un castigo de Dios por lo que hacía con el señor Méndez. Ella sabía que era una penitencia por su secreto, porque la atacó en el mismo lugar y le dolía, así que no le dijo a nadie, ni a Cook, ni a la Señora; ni siquiera a la sirvienta, Julia, cuyo cuarto compartía. Ella pensó que de seguro Julia podía oler sus trapos sangrientos, pero Julia estaba enamorada del hijo del jardinero y era totalmente ajena a ella. Fabiana lavaba los trapos en el lavadero de noche, echaba el agua con sangre por el desagüe y los colgaba en una rama para que se secaran. En su día libre fue a la Iglesia de La Merced y rezó a la Virgen. Encendió una vela y le rogó a la Santa Madre para que intercediera por ella y le pidiera a Dios que parara el castigo. Cuando pasó dos meses sin sangrar, encendió otra vela y le dio las gracias a la Madre María. Pero su cuerpo ya no era solo de ella. La invadían sensaciones extrañas; náuseas y antojos que nunca antes había tenido. Estaba hambrienta; devoraba la comida en la cocina como un animal, de noche bajaba a hurtadillas para comerse las sobras, escondía tortillas viejas bajo su camisón y subía las escaleras en silencio hacia su cama para comérselas mientras Julia suspiraba dormida, soñando con su chico.

—Estás engordando, Fabiana —bromeó la señora Méndez—. Tenemos que buscarte otro vestido.

Cook la miró de reojo. Una semana después, la señora entró en el baño cuando Fabiana se estaba lavando.

—Ponte de pie —ordenó, arañando el aire con las uñas rojas—. Quiero verte.

Fabiana trató de cubrirse el cuerpo, pero la señora Méndez la agarró por las muñecas y le extendió los brazos.

—¡Puta! —dijo entre dientes—. Pequeña y sucia putita —y la cacheteó—. ¡Ponte tu ropa y vete de mi casa!

No tuvo la oportunidad de despedirse del señor, de decirle que ella había mantenido su secreto, que ella había sido leal. No tenía otro sitio dónde regresar, sino a Casa Central.

Fabiana se sentó y balanceó las piernas por encima del borde de su cama. Estiró los brazos y bostezó, y su boca le abrió paso a una sonrisa. Ernesto vendría pronto y ella se sentiría mejor. Lo extrañaba a cada instante. Sus pies tocaron el suelo al deslizarse de la cama y caminó hacia la ventana, donde se quedó esperándolo.

*

Después de la caída de Tenochtitlán, el rey Carlos nombró a Cortés gobernador, capitán general y jefe del tribunal de la Nueva España. Estableció su gobierno en Coyoacán, a cierta distancia de Tenochtitlán, y puso a sus hombres a despejar y reconstruir la ciudad. Los padres franciscanos querían destrozar todos los templos y usar las piedras para construir iglesias en los mismos sitios.

—¿No hemos hecho ya suficiente daño? —preguntó Cortés—. Vamos a conservar lo bello que queda en este paisaje.

—La Iglesia Católica triunfará sobre el paganismo solo cuando se construya sobre el lugar de sus atrocidades —dijo el obispo.

La Iglesia sabía lo que era el poder y la acumulación del mismo sobre bases fuertes, que se nutren de generaciones de fe antigua. Cortés era un hombre de acción, desacostumbrado a las sutilezas del juego de poder silencioso. Estaba preocupado; no logró poner resistencia a la Iglesia porque le era fiel; fiel a la Virgen que le había traído la victoria. Así comenzó un compromiso mudo que lo mantenía, sin entender la razón, en una guerra con los monjes franciscanos y los burócratas españoles. El obispo daba órdenes. Enviaban sacerdotes con batallones armados para convertir a los indios, para sacarlos de la oscuridad espiritual ahora que eran súbditos de la Corona española.

Cortés le hizo una casa a Malintzin en Coyoacán. Construida en el sitio de un palacio culhua mexica, las paredes de la Casa Colorada estaban teñidas de bermellón, las ventanas tenían persianas de maderas finas. Malintzin hizo un jardín en el corazón de la casa, donde el sol caía en cascada en el patio interno. Sacó la bolsita con tierra de donde la tenía escondida y la enterró en el jardín. La mezcló con la tierra de Coyoacán para alimentar su maíz y sus frijoles.

—¿Por qué no siembras flores, Marina? —quiso saber Cortés.

—Las flores crecerán solas. El maíz hay que sembrarlo —respondió.

Nunca más pasaré hambre, pensó. *Comeré mi terruño por el resto de mi vida.*

La Casa Colorada fue su primer hogar desde que se la llevaron de la casa de su padre, traicionada por su madre. Cerca de allí estaban las ruinas de una pequeña pirámide. Malintzin vio a su gente escarbando entre las piedras, usándolas para hacer una capilla. Cuando intentó hablar con ellos, se apartaron.

—Estoy construyéndola para ti, mi amor. Celebraremos nuestra primera misa juntos en la Capilla de La Conchita. Les he prometido a los albañiles un bono si la tienen lista para Navidad.

El amante triunfante tomó la mano de Malintzin, la condujo por las tablas del piso recién hecho, cuyas maderas aún estaban verdes y ásperas, y la hizo arrodillarse con él ante la Virgen del Socorro. Él le decía las palabras que debía repetir, los rezos de gratitud por su victoria sobre los culhua mexica mientras ella oraba en silencio a Tonantzin, su Diosa Madre, y a Cihuacoatl, llena de incertidumbre, con el alma estremecida y destrozada.

Mientras los franciscanos destruían templos y construían iglesias en el nombre de un único Dios y la Verdadera Cruz en todos los puntos fuertes de la Nueva España, Malintzin empezó su propia construcción; una bóveda en su vientre.

—Mi Capitán.

La suave voz lo despertó. Se dio la vuelta y la abrazó con todo el cuerpo, amoldándola a él, bebiéndola como un trago de brandy español. Malintzin, la chica de los huesos angulosos, amargada y hambrienta, estaba parada a la orilla de un río caudaloso y se veía a sí misma nadando bajo el agua oscura, como una criatura que no necesita respirar. Observó la procesión de los comerciantes hacia el río, vio cómo echaban su propio cuerpecito al hombro de un sirviente, vio a su madre abandonar el sitio sin mirar atrás. Malintzin miraba y planeaba por su seguridad y su saciedad.

—Mi niño será español —dijo, poniendo la mano sobre la de él, que apretaba su vientre.

—¡Un hijo! —exclamó Cortés, suavizando la mano. No sabía cuántos habría, nacidos en su camino lleno de mujeres, pero este era el hijo nacido de su conquista; este le importaba. Mientras Malintzin dormía, enroscada alrededor de su nueva vida, Cortés permaneció despierto. Su corazón latía con algo que asemejaba miedo; quizás no exactamente miedo, tal vez más como una sensación de confinamiento. *No me puedo casar con ella. Ya estoy casado y necesito un hijo legítimo. El rey... mi cargo de gobernador...* Se secó la frente llena de sudor. *Ella es una india. Me atrapó con su lengua.*

*

Pamela estaba parada al lado de la fuente en el Parque Central mirando un grupo de mujeres caminar despacio para arriba y para abajo frente al Palacio Nacional. Muchas llevaban pancartas con fotos de jóvenes, muy ampliadas y granuladas. Los letreros rotulados de manera burda decían:

¿Dónde tienen a mi hija Mariluz?

Héctor Morales, desaparecido el 15 de mayo de 1989

Eran muchas caras, muchos nombres. Poco a poco, las mujeres se voltearon de frente al palacio y comenzaron a gritar consignas; algunas de ellas con los puños en el aire: "¡Vivos se los llevaron, vivos los queremos!". Un hombre de cara triste le dio un volante con la foto de un niño pequeño que llevaba puesto un sombrero de ala ancha.

Manuel Sotz,
desaparecido el 24-6-1982 a la edad de 7 años.
¡Ayúdanos a encontrarlos!
Esclarezcamos el destino de nuestros niños y niñas.
Asociación Dónde Están.

Tenía una dirección en la Zona 2.

Pamela empezó a caminar hacia el norte. Cuando pasaba detrás del palacio, en los escalones de piedra, vio un grupo de niños pequeños que jugaban a pelear haciendo pistolas con las manos, disparándose entre sí. Sus rostros eran fieros e intentaban tenderse emboscadas unos a otros. Cuando les disparaban, caían en la acera con fuertes carcajadas.

El primer sitio que encontró parecía improbable; un pequeño comedor, con las paredes ennegrecidas por el fogón de la cocina. Un mujer hacía tortillas sobre los carbones encendidos.

—No —dijo, limpiándose las manos en el delantal—. Aquí no hay oficina. Tienes la dirección equivocada.

Ella le enseñó el volante, pero la mujer no parecía interesada en verlo. Miró más allá de Pamela, hacia el sol brillante, con los ojos entrecerrados. Pamela se dio cuenta entonces de que la mujer no sabía leer y le dijo la dirección.

—¡Zona Dos! —exclamó—. Esta es la Zona Uno —movió el brazo—, dos calles más allá encontrarás la Zona Dos.

La puerta tenía una rejilla de hierro y la pintura azul se descascaraba. Había cuatro timbres. Pamela presionó el de arriba y después de unos segundos, una voz traqueteó por el viejo intercomunicador.

—Busco la Asociación Dónde Están —indicó.

El portero automático se activó de inmediato y la puerta se abrió. Un piso más arriba, una mujer sonriente con una blusa amarilla brillante la esperaba a la puerta de su oficina.

—Ana María —dijo afectuosamente, extendiendo la mano, invitando a Pamela a un pequeño cuarto donde había poco más que un escritorio, dos sillas y montones de papeles—. Por favor, toma asiento. ¿Cómo te puedo ayudar?

—Soy canadiense —comenzó a decir con un dejo de cansancio—, pero nací aquí en Guatemala y fui adoptada en noviembre de 1982. Quiero encontrar a mi madre.

—Trataré de ayudarte —dijo Ana María mientras se inclinaba encima del escritorio para tocar la mano de Pamela—. Nuestro trabajo aquí es reunir a padres e hijos que fueron separados. Necesitamos tu lugar y fecha de nacimiento y una muestra de sangre para compararla con la de tu madre. Muchos niños fueron separados de sus familias durante los peores años de la guerra, en los 70 y 80, pero tu caso es distinto. Tú fuiste adoptada.

Señaló una gran cartelera en la pared detrás de ella. Estaba cubierta de fotografías.

—¿Ves estas personas? Son de Nebaj. Ellos tuvieron que huir hacia las montañas cuando destruyeron su aldea hace veinte años. Dos de sus hijos fueron asesinados y la tercera se perdió. La buscaron por muchos años y entonces se registraron aquí en Dónde Están. Pudimos hacerlos corresponder porque su hija, que se llama Jennifer, se puso en contacto con la oficina de Dónde Están en Chicago. Jennifer fue adoptada por estadounidenses, pero quería encontrar a su mamá y papá. Ella los recordaba.

Los ojos de Ana María brillaban.

Pamela miró la fotografía de la vieja pareja maya que abrazaba a su joven hija estadounidense.

—¿Dónde vive ella ahora?

—¿Jennifer? Regresó a los Estados Unidos, pero viene a visitar a sus padres en Guatemala. Muchos niños se perdieron en la guerra. Fueron llevados a casas en la capital, casas de engorde, donde los pusieron en adopción. Hay personas en Guatemala que harían cualquier cosa por dinero.

—Mis padres pagaron $20.000 por adoptarme.

—Ahora son $30.000. Cada año hay unos 3.000 niños que son adoptados y la mayoría de ellos van a los Estados Unidos. Hay una gran demanda. Sabes, se roban los bebés de los hospitales, y traen bebés de contrabando desde México y los hacen pasar por guatemaltecos. Las parteras falsifican los certificados de nacimiento. Sé del caso de una chica que parió en prisión y la chantajearon para que renunciara a su hijo a cambio de su libertad.

Ana María sacudió la cabeza, triste, y tocó la mano de Pamela.

—En esta agencia solo podemos apoyar a las personas en su búsqueda. A menos que un padre se haya registrado con nosotros, es poco lo que podemos hacer. ¿Ves esta chica? —volteó y señaló una muchacha que parecía estadounidense, alegre, en lo que debió ser una fotografía de la secundaria—. Vive en Texas y, como Jennifer, vino a nosotros buscando a su mamá. La madre no se había registrado con nosotros, pero pudimos encontrarla por el registro de nacimientos del hospital. ¿Y sabes lo que ella dijo? "Esta no es mi hija. Nunca la he visto. El doctor me dijo que nació muerta". Muchas mujeres fueron violadas durante la destrucción de sus aldeas. Y cuando una mujer pobre llega sola al hospital, ellos pueden quitarle a su bebé. La venta de niños es un gran negocio en Guatemala. Los niños que son adoptados son los que tienen suerte —su semblante se volvió solemne—. Lamento decirte esto, pero a muchos niños los venden como donantes de órganos. Hay familias ricas en los Estados Unidos y en Europa que pagarán por un riñón, un hígado, un corazón sano —volteó hacia la pared de fotos—. ¡Pero mira! Aquí están juntas —dijo, señalando.

Pamela se inclinó hacia delante y miró a la chica de Texas en los brazos de su madre.

—Tantos años perdidos —murmuró—. Es un crimen.

—En Guatemala hay muchos crímenes. Por lo menos ellas están vivas y se encontraron. Eso es lo que esperamos. Ven, primero tienes que llenar el formulario y veremos qué podemos hacer para encontrar a tu mamá.

Pamela se sentó, sacó su certificado de nacimiento y los papeles de adopción de la cartera y empezó a copiar información en el formulario.

—Mis padres adoptivos dijeron que estuve en un orfanato llevado por monjas, pero ya he ido a tantos conventos y orfanatos…

—¿Fuiste a Casa Central?

—¿Casa Central?

—Un convento cerca de aquí. Ellas solían recoger niños hace muchos años. Está en la Calle de Niñado; un edificio grande que ocupa toda la cuadra. Lo verás enseguida.

Media hora después, Pamela estaba parada a la puerta de Casa Central. Estiró la mano y levantó la aldaba de bronce en forma de mano con el aro en el dedo anular. La mano se sintió fría en la de ella. La dejó caer, sonando contra la pesada puerta marrón. Oyó pasos, alguien que caminaba afanosamente, y luego la cubierta de metal de la rejilla se apartó.

—¿Sí?

—Mi nombre es Pamela. Creo que las monjas de este convento me cuidaron cuando era un bebé. ¿Puedo entrar?

Hubo un largo silencio y entonces la cubierta de metal hizo un chasquido. Un instante después, la puerta se abrió y una pequeña mano se estiró y la agarró del brazo. La puerta se cerró detrás de ella y se encontró en una entrada poco iluminada, con luz que llegaba de un patio abierto al final del corredor.

—Soy la Hermana Rosa —dijo la monja, tomando la mano de Pamela—. ¿Cómo nos encontraste? Ya no estamos registradas como orfanato.

—Fui a todos los conventos y orfanatos en la capital.

—¿Qué estás buscando?

—Mi madre de nacimiento. Nací en Guatemala y fui adoptada por canadienses. Tengo los papeles del hospital con el registro de mi nacimiento.

—Enséñame, enséñame —la Hermana Rosa hizo un ademán impaciente. Era una mujer menuda de ojos claros que parecían de pájaro y un rostro arrugado y amable. Pamela sacó sus papeles y la pequeña monja los miró con detenimiento, sosteniéndolos muy cerca de la cara.

—Ah, sí —asintió—, el hospital público —movió el brazo hacia el cielo—, cerca de la Iglesia Guadalupe.

—¿Entonces este es el lugar? —preguntó Pamela ansiosa.

—Veremos —dijo, devolviéndole los papeles—. Ven, te llevaré con la Hermana María Teresa. Ella es quien te puede ayudar.

La Hermana Rosa condujo a Pamela por el patio. Llevaba una falda azul con una chaqueta de punto azul oscura, medias gruesas y zapatos de cordones. Tenía la cabeza cubierta con un pañuelo blanco amarrado por detrás y los lados le caían sobre los hombros.

—Tenemos una escuela de entrenamiento profesional —dijo—. Las niñas vienen aquí para aprender enfermería y estudios secretariales, y algunas de ellas serán maestras.

Mientras pasaban por el radiante patio, Pamela alcanzó a ver una buganvilla que se derramaba en una cascada. Había trepadoras en los muros y los arriates estaban llenos de flores y plantas decorativas.

—Hay muchas estudiantes en Casa Central y tenemos una clínica privada del otro lado del edificio, para quienes no quieren esperar todo el día en el hospital.

Caminaron por un largo y fresco corredor que se bifurcaba desde el patio con las columnas. La Hermana Rosa saludó con la cabeza a dos monjas jóvenes, vestidas como ella, que pasaban veloces.

—Nuestras hermanas van a la ciudad y a las aldeas a trabajar con los pobres y los enfermos.

Se detuvieron frente a una puerta blanca. La Hermana Rosa puso la oreja en la puerta y tocó con suavidad. Una voz contestó desde el otro lado.

Era un cuarto pequeño con un escritorio, varias sillas y un archivador grande en la esquina. Detrás del escritorio estaba sentada una mujer guapa y había un crucifijo colgado en la pared detrás de ella. La Hermana Rosa habló en voz muy baja, luego la otra monja asintió y la Hermana Rosa le hizo señas a Pamela.

—La Hermana María Teresa te ayudará —dijo, dándole una palmadita en el hombro a Pamela, y dejó el cuarto.

—Por favor, siéntate. Entiendo que estás buscando a tu madre.

—Sí. Yo… —comenzó a explicar todo de nuevo, pero María Teresa la mandó a callar con un solo gesto de su mano.

—Tus papeles, por favor —a pesar de su trato seco, los ojos de la monja eran amables y tenía labios llenos y generosos. Miró los papeles rápido y levantó las cejas.

—Eres una de las que tuvieron suerte —dijo.

—¿Suerte? Sí, supongo…

—En efecto —dijo enfática. Caminó hasta el archivador, buscó entre los expedientes y sacó una carpeta descolorida. Hojeó las páginas de esquinas dobladas, luego volvió a poner la carpeta en su lugar y regresó al escritorio.

—Sería mejor si no buscaras más.

—¿Está muerta? —la voz de Pamela era apenas un susurro.

—Está viva.

—¿Puedo verla? —Pamela estaba en el borde de la silla—. ¿Está aquí en la capital?

—Está en la Ciudad de Guatemala. Es todo lo que puedo decirte.

—¿Dónde? ¡Tengo que saberlo, por favor! Vine hasta aquí —ahora Pamela estaba de pie, inclinada sobre el escritorio.

—Siéntate, por favor —María Teresa hizo una seña hacia la silla y esperó a que Pamela se sentara.

—Tu madre te dio un gran regalo cuando te entregó en adopción. ¿No sabes lo que pasa en este país? Guatemala es un lugar trágico. ¿Para qué venir aquí buscando problemas? ¿Acaso tu vida en Canadá no es suficiente para ti?

—*Tengo* que encontrarla. ¡Esto es maravilloso, tan solo saber que está viva!

María Teresa levantó la mano para hacer callar a Pamela, luego suspiró y comenzó:

—Yo entré en este convento hace veinticinco años. Entonces era un orfanato. Hemos tenido muchos niños que pasaron por nuestras manos, Pamela. No sé qué tan enterada estés acerca de la historia política de Guatemala, pero…

—He estado leyendo mucho, yo…

—Así que entonces sabes que sufrimos una larga guerra de genocidio contra nuestros indígenas. Comenzó en 1954 con la caída del gobierno de Arbenz, tramada por la CIA. Entregaron todas nuestras tierras a la United Fruit Company y otros hacendados extranjeros, y cuando protestamos, fuimos acallados brutalmente.

—Me parece a mí que el genocidio comenzó con los españoles en 1524, cuando Pedro de Alvarado asesinó a dos tercios de la población, ¿no?

—Bravo, Pamela. Has estudiado historia. Sí, tus libros están correctos; la resistencia ha sido nuestra forma de vivir desde que los españoles nos descubrieron, pero lo que ellos no te dicen, querida, es cómo nosotros vivimos esta conquista una y otra vez, día tras día, año tras año. Tan solo a lo largo de mi vida hemos soportado treinta y cuatro años de confrontación armada. Imagínate la cantidad de mujeres violadas. Imagínate la cantidad de niños huérfanos. En el 96 se firmó el Acuerdo de Paz, ¿y eso qué significa? Que las víctimas de guerra han disminuido por el momento y Casa Central ya no está registrada en el gobierno como orfanato.

—Yo no soy una huérfana. Mi madre está aquí en la ciudad. ¿Por qué no me quiere decir dónde está?

María Teresa se levantó de la silla y caminó al archivador. Se dio vuelta, apoyándose contra el mueble, como si lo estuviera protegiendo.

—Tú no eres la única que viene buscando a su madre de nacimiento. La ley nos exige guardar estos expedientes, pero yo he aprendido que es mejor no perturbar el pasado.

—Le voy a decir por qué estoy aquí —explicó Pamela en un impulso—. Tengo un sueño...

Le contó a María Teresa sobre la aldea destruida, la montaña de papás, las huellas ensangrentadas. La monja asentía despacio, como si lo hubiera oído ya todo antes.

—Sí, sí —dijo cuando terminó la historia—, cuatrocientas cuarenta aldeas borradas del mapa, como si nunca hubiesen existido. Mi consejo para ti, Pamela, es que tomes un avión y regreses a Canadá.

—¿Eso es todo? ¿Usted no me va a ayudar?

—No hay nada más que pueda hacer por ti —María Teresa la miró fijamente por lo que pareció una eternidad, luego dejó el archivador y caminó hacia la puerta, rompiendo el hechizo—. Te acompaño hasta la entrada.

Pamela saltó y fue rauda a la puerta.

—No, puedo ir sola —dijo, haciendo a un lado a María Teresa.

—Si necesitas ayuda después, puedes venir a mí.

Pamela se volteó con la mano en el pomo.

—¡Usted es cruel! —le espetó; luego tiró la puerta y corrió por el pasillo. Los ojos le ardían con lágrimas calientes cuando dio la vuelta a la esquina hacia el patio y chocó con una monja. Sintió un respingo y de pronto se halló reposando en la suavidad de una piel con aroma a limón, tumbada en el suelo, con masitas de tierra a su alrededor.

*

Malintzin estaba de rodillas, con la cabeza inclinada sobre los verdes brotes de maíz que se abrían paso por la tierra, aflojándola. Sentía al bebé arraigado en su vientre; comenzaba a moverse, y sabía que no lo perdería. Su nueva piel crecía al tiempo que su pueblo conquistado reconstruía las casas y sembraba las tierras, como puntos verdes brillantes que estampaban los montes alrededor de Coyoacán. Tenía una casa con sirvientes y más alimentos de lo que nunca se hubiera imaginado, y sin embargo sentía que la cubría una repentina oscuridad. Levantó la cara; por la frente manchada de barro le colgaba un mechón de pelo. El sol brillaba en el cielo, cegándola, y entonces oyó el ruido de cascos. Frente a ella pasó una figura alta; su cabeza eclipsaba al sol.

—¿A dónde vas?

—A la ciudad, a inspeccionar el hospital —dijo Cortés. Era el primero en México, el Hospital de Jesús. Cortés supervisó su construcción como refugio para los conquistadores heridos.

—¿Cuándo volverás? —empujó el mechón de pelo detrás de la oreja.

—Oh, hay muchas cosas —se puso a apretar la cincha de la silla de su semental—. Tengo que supervisar la construcción de mi palacio, inspeccionar la nueva catedral, las iglesias…

—Iré contigo, Hernán —con un rápido gesto, giró e iba a entrar en la casa, cuando Cortés reaccionó veloz.

—¡No! —y entonces habló razonablemente, con suavidad, en el mismo tono persuasivo que solía reservar para sus hombres—. Este es tu hogar, Marina. Me has servido bien y ahora debes descansar. Yo me las arreglaré.

Cogiendo las riendas con una mano, tomó a Malintzin del cuello con la mano izquierda y la besó en los labios con suavidad.

—Hernán… cuando venga el bebé…

—Estaré contigo. Lo bautizaremos juntos en la Capilla de La Conchita.

—¿Y si es una niña…?

—Será un varón —dijo con gran seguridad—. Tú eres la única mujer en mi vida.

Malintzin contuvo la respiración.

—Te daré muchos hijos varones, muchos.

Le acarició la cintura ensanchada, sintiendo con la mano el pulso de su vientre. Montó su caballo y la dejó de pie en el sol. Ella caminó la corta distancia hasta la Capilla de la Conchita, entró en la iglesia recién construida y se hincó en el círculo del altar bajo la mirada de la Virgen. Estuvo arrodillada mucho rato, disfrutando la calidez del sol en la cara, sintiendo cómo brotaba su bebé.

—Gracias Cihuacoatl, por darme una nueva piel cuando pensaba que había perdido a mi pueblo, mi vida, mi hogar. Tú lloras por tus hijos perdidos, pero yo tendré un hijo y nunca más estaré sola.

Cuando Cortés llegó a la ciudad, fue directo al Hospital de Jesús, que estaba a un tiro de piedra del paso elevado donde se encontró con Moctezuma por primera vez y él lo miró desde arriba, sentado en su litera en el cielo. Entró al hospital y marchó hasta el final de la sala; las piedras del piso sonaban con el golpeteo de sus espuelas. Sintió un escalofrío que le bajaba por la espalda, se deslizaba por las frías piedras y penetraba en la tierra como un fugitivo; una parte de Hernán Cortés entraba en la tierra fría y oscura del Nuevo Mundo, escarbando un camino hacia el muro norte del edificio.

—Mi pobre viejo amigo, me has servido bien —dijo, agachado junto al camastro donde yacía Pablo Osorio, cuyo pálido rostro sudaba. Osorio estuvo con Cortés desde el principio, alistándose con él en Santiago de Cuba. Peleó sin miedo en todas las batallas, hasta que resultó herido en el asalto final a Tenochtitlán. La gangrena lo atacó y, a pesar de la amputación doble, no pudieron detener su avance. Cortés tomó la mano del hombre y se la llevó a los labios.

—Mi Capitán —susurró Osorio—. Ayúdeme, por favor. No quiero morir aquí.

—Dios te bendiga, Pablo —dijo Cortés—. Tienes que ser valiente —sonrió mirando los ojos nublados de aquel hombre y le sostuvo la mano con fuerza hasta que se quedó dormido. Siguió hincado por unos momentos, con una rodilla sobre la piedra fría, acariciando el rostro de Pablo. Luego se secó los ojos de manera brusca y salió hacia el sol, cruzando la plaza rumbo a la catedral, construida en el sitio del templo de Huitzilopochtli y dedicada recientemente por el obispo. Muchas velas titilantes rodeaban los pies de la Virgen e iluminaban el rostro de Cortés mientras rezaba arrodillado, con los ojos cerrados con fuerza y las manos apretadas.

—Madre María, he perdido mi libertad. Las batallas se acabaron y me encuentro rodeado por todos lados... los padres franciscanos, Marina y su vientre, los burócratas españoles colándose en mi gobernación. Oh, ayúdame, Virgen bendita, a encontrar de nuevo en mi corazón el fuego que alimenta mi alma, la pasión del campo de batalla, lado a lado con mis hombres. Solo vivo por ti, para extender tu gloria por esta tierra, por ti, Madre, no por el rey. Ayúdame, te lo imploro.

Abrió los ojos y vio el pie de la Virgen que pisaba con firmeza la cabeza de una serpiente enroscada en el globo. No importaba con cuánta devoción rezara, repitiendo su rosario mañana, tarde y noche; su corazón se sentía cada vez más constreñido desde que conquistó a los culhua mexica y se convirtió en gobernador. Echaba de menos los días de batalla, cuando Malintzin estaba a su lado; una chica salvaje, toda hueso y nervio, que se movía en su sombra como si fuese parte de él.

—Siempre que volteaba, ella estaba allí a mi servicio, lista con sus lenguas. Yo entregué mi corazón en la batalla. Olvidé mi lugar en la vida, mi carrera, mi mujer en Cuba. Ah, pero todo hombre de posición tiene una amante. Dejaré venir a Catalina. Puedo quedarme con Marina. Puedo tener cuantas mujeres quiera. ¡Soy el gobernador!

Se persignó y se levantó, se alejó del altar y salió hacia el sol ardiente, mostrando rubor en su pálida piel aceitunada. Un vendaval de sentimientos lo impulsó, ensordecido por el palpitar de la sangre en los oídos, hasta que se encontró de pie en el arco de entrada del salón de concubinas del triste palacio de Cuauhtemoc, donde el emperador depuesto seguía viviendo en medio de las reformas de su imperio perdido. Las cabezas giraron, una por una, los ojos miraron fijamente a Cortés. Una de las mujeres se puso de pie e hizo una reverencia al conquistador. Avanzó despacio y se paró delante de él, sonriendo, con la cabeza un tanto inclinada. El músculo en la mandíbula de Cortés saltó al voltearse y se fue, golpeando con las botas las piedras de la columnata, haciéndolas retumbar por encima de la suave risa de las mujeres.

Cortés estuvo fuera muchos días. Malintzin perdió la cuenta mientras su vientre crecía. Rezó a Ixchel, diosa de sus señores mayas, y se sintió de nuevo como una esclava, suplicante.

—Hazme un hechizo, oh, Madre Ixchel, un hechizo para traerlo a casa. Amárralo a mí con este hijo, te lo ruego, ¡no me abandones, no me olvides!

El silencio resonó en su corazón. Malintzin oyó el río y sintió que las hierbas del pantano rozaban sus piernas desnudas. Su estómago se apretaba mientras la invadía el miedo. Era una sensación igual que el hambre.

Zaachila molió el maíz tres veces para hacer harina fina para las tortillas. La mezclaba con un poco de agua y trabajaba la masa cuando Malintzin entró en la oscura cocina. Las dos fueron regaladas como esclavas a los españoles, porque Taabscoob quería deshacerse de las indisciplinadas. Usando hierbas, Malintzin había ayudado a Zaachila a abortar aquel hijo indeseado, y ambas se ayudaron entre sí en los largos viajes por las montañas. Ahora Malintzin compartía su buena fortuna empleando a Zaachila como sirvienta en la Casa Colorada.

—¿Qué estás haciendo, Zaachila? Tengo hambre.

—Estoy haciendo masa. Las tortillas estarán listas pronto y serviré la cena —la chica hablaba rápido en su lengua natal, popoluca. Era leal y estaba deseosa de complacer a su amiga, que se había convertido con rapidez en su señora al avanzar por el Nuevo Mundo con su don de lenguas.

Malintzin caminó hacia la mesa, metió un dedo en la masa y la frotó entre los dedos para probar la textura, como vio hacer a su madre y también a su señora tabasqueña.

—¿Qué es esto? El maíz está demasiado grueso.

—Pero lo molí tres veces, Doña Marina.

—¡Te digo que no está suficientemente fino! —gritó, empujando el tazón de masa por la tabla. Zaachila se sobresaltó cuando el tazón cayó al suelo y se rompió en pedazos.

—¡Te enviaré de nuevo a tu aldea, muchacha inútil! —gritó y salió de la cocina, encolerizada.

Al regresar, Cortés trajo consigo a Tecuichpo, la hija del emperador muerto, y a sus tres hermanas, todas recién bautizadas con nombres españoles.

—Como gobernador estoy obligado a mantenerlas, Marina.

—¿Pero en mi casa?

—Esta es mi residencia oficial hasta que el palacio esté listo, y yo soy su protector. Estoy actuando según los últimos deseos del emperador.

—¡Él no tuvo tiempo para últimos deseos! ¡A él lo asesinaron!

En la frente de Cortés palpitaba una vena, como una serpiente bajo la piel.

—¿Qué es lo que quieres?

—Cásate conmigo, Hernán.

—Tú sabes que no puedo.

—Tú dijiste que yo era la única mujer en tu vida.

—Soy el gobernador. Tengo responsabilidades.

Ella temía que él la dejara, que saliera de manera tempestuosa del dormitorio como lo hacía con tanta frecuencia últimamente, pero en lugar de eso, la agarró por los hombros y la haló hacia él, haciendo presión sobre su vientre. Esa noche, mientras él roncaba a su lado, ella le amarró el cuerpo con su deseo de ser reina.

—Casarme —murmuró en su oído durmiente—, casarme, casarme —un mantra nupcial. Ella sabía que él tenía una esposa en otro país, que lo esperaba por tres largos años, pero no le importaba. Ella andaba con el señor Malinche, que era un dios y podía hacer lo que él deseara. Él le daría a ella un lugar a su lado en los Cielos. Ya se había predicho.

*

—Lo siento, lo siento —Pamela rompió en llanto a la vez que unos brazos fuertes la estrechaban, meciéndola donde había caído, de cabeza en un arriate, en el patio del convento. Cuando por fin levantó la cara con la nariz mocosa, la monja se rio, revelando la sonrisa más bella, y le dio un pañuelo blanco.

—Las azucenas se lastimaron más que nosotras —dijo—. Mira, esta perdió la cabeza. Las estaba plantando cuando diste la vuelta a la esquina como un tornado —hablaba de manera rápida y ligera, como si su lengua se fuese a tropezar consigo misma. Rio de nuevo y estiró su delgada mano, extrañamente formal después de aquel abrazo.

—Guadalupe —dijo—. ¿Y cuál es tu nombre?

—Pamela —balbuceó su historia mientras Guadalupe la ayudaba a levantarse y le quitaba las masitas de tierra del cabello—. ...Pero no me dejó ver el expediente. No me ayudó en nada, y la Hermana Rosa fue tan amable. ¡No puedo creerlo, estar tan cerca de encontrar a mi madre!

Pamela pateó la tierra, tratando de empujarla de nuevo en el arriate.

—Ven y siéntate —Guadalupe la tomó de la mano y la llevó hasta un pequeño banco de piedra—. Te traeré agua.

Pamela notó la extraordinaria claridad de sus ojos verdes antes de que desapareciera entre las columnas y la dejara mirando la buganvilla al otro lado del patio. Se pasó la mano por la cara y olió el aroma a limón que se había quedado impregnado. Lo inhaló y cerró los ojos mientras su cuerpo se estremecía con el recuerdo.

—Toma.

Se sobresaltó cuando Lupe le tocó el hombro y le dio un vaso de agua.

—Gracias. Me siento un poco rara.

—Tienes que descansar. Esto ha sido un golpe para ti —Guadalupe puso su brazo alrededor de los hombros de Pamela e inclinó el vaso en sus labios—. Yo vine al convento en 1981. Las monjas me recibieron.

—¿1981? Tuviste que haber sido una niña.

Guadalupe asintió.

—Tenía doce años. No tenía a dónde ir. El ejército atacó mi aldea. Fue una época difícil para mí, pero aquí encontré paz —su tono implicaba el cierre del tema que acababa de tocar y Pamela no supo qué decir.

—¿Eres la jardinera?

Guadalupe echó la cabeza hacia atrás y se rio.

—¡Ah sí, mis amadas azucenas! Pero soy bastante terrenal. Yo viajo y ayudo a la gente en los pueblos. Acabo de regresar de Huehuetenango en las tierras altas, cerca de la frontera con México. Hay un pueblo allí llamado Huixoc y yo voy cada mes con el Doctor Ramírez para trabajar en la clínica. Mi amiga Chavela es la partera del pueblo. Ella vivió en Canadá, como tú. Estuvo refugiada con su familia por veintidós años, pero ahora regresó a casa.

—¿Y no es peligroso para ella?

—Mucho menos que antes —Guadalupe se inclinó más cerca de Pamela y bajó la voz—. En este país siempre vivimos en peligro. Ser guatemalteco y activo políticamente significa arriesgar la vida. Hay menos muertes y desapariciones ahora porque desde el Acuerdo de Paz, los ojos de las Naciones Unidas están sobre nosotros, pero tan solo es un asunto de estadística —sonrió y se retiró—. No debo retenerte dentro de los muros del convento. Ahí está el país entero para que lo descubras —dijo, gesticulando en el aire con sus manos delicadas y las uñas cortas y limpias.

—No vine aquí a hacer turismo. No me iré de la capital hasta que encuentre a mi madre.

Guadalupe levantó las cejas.

—¿A dónde irás?

—No lo sé. No he resuelto eso todavía, pero me gustaría despedirme de la Hermana Rosa.

—Ella está descansando ahora. Siempre toma una siesta por la tarde. Pero tú vendrás de nuevo, ¿cierto, Pamela?

*

Chavela retomó el tejido; levantó la correa por encima de la cabeza, la apoyó en la cintura y se echó hacia atrás. Su cuerpo era un telar, el tejido se extendía entre ella y el árbol en la esquina de su casa. Las hebras resplandecían en el sol de la tarde: azul, dorado, rojo y amarillo, turquesa y blanco. Vio el océano por primera vez cuando volaron a Vancouver; el avión bajó hacia el agua azul y profunda como si fuera a zambullirse cual pájaro y llevarlos al fondo del agua batiente de picos blancos. Aprendió sobre el océano Pacífico, de las riquezas que contenía, cuando llevaba a sus hijos a White Rock los domingos a pescar y atrapar cangrejos. Siempre comían bien los domingos por la noche. Miró el valle y vio la tierra pintada de maíz y café, las plantas estampaban la tierra igual que las hebras brillantes dibujaban su tejido. Respiró el limpio aire de la montaña; le aclaraba la mente. En Canadá le dolía la cabeza, a veces durante días. Recordó aquellos días refugiada por la violencia de su país. Todos los recuerdos se revolvían cuando venía Guadalupe, cuando hablaban en su lengua, en mam. "Lo que he hecho para sobrevivir", le dijo, "veintidós años en el exilio, primero en México en el campo de refugiados en Chiapas, al otro lado de la frontera frente a mi aldea, extrañando cada minuto a Mamá, mis hermanas, mis hermanos. Mi esposo lloraba de noche por lo que le hicieron. Me jalaron del pelo hacia un nuevo mundo, Lupe, donde tuve que aprender una tercera lengua. En Vancouver miraba las montañas por la ventana, añorando las montañas de Huixoc mientras el maestro nos hacía repetir las palabras en inglés: *table, chair, door, floor, ceiling, wall.* Yo aprendí español en la casa de una mujer rica en la ciudad de Huehuetenango cuando solo tenía doce años. Trabajé para ella limpiando sus pisos. Pero nosotras somos mayas, Lupe. Nuestro pueblo está vivo, nuestra lengua está viva y ellos no nos matarán, no importa cuánto lo intenten. Sí, para nosotros es seguro regresar ahora, pero la guerra no ha terminado. Nunca terminará".

A través de la puerta abierta de la casa miró a su esposo, que dormía. Antonio dormía en la cama donde ellos la habían violado, después de que a él se lo llevara el ejército. Ahora, cuando hacían el amor en esa cama, todo era nuevo. Él se levantaba al amanecer para trabajar en su jardín. Cultivaban café, aguacates, mameyes, bananas, calabaza y frijoles. Sus hijos eran canadienses, su nieto era canadiense. El mundo había cambiado. Todo cambia con el tiempo. Ahora regresaron y todo era igual y distinto.

*

Una sonrisa halaba las comisuras de los labios de Guadalupe mientras barría las masitas de tierra de nuevo dentro del borde del arriate y terminaba de plantar sus maltratadas azucenas.

—Hay algo en esa chica…

Esa noche, Guadalupe rezó por Pamela en la Capilla de la Medalla Milagrosa, anexa al convento.

—Oh, Señora de la Medalla Milagrosa, bendice a esta chica y ayúdala a encontrar la paz.

Guadalupe se imaginó la reliquia del corazón de Santa Catalina que late en París. Catherine Labouré entró al convento de las Hijas de la Caridad en 1830 a los veinticuatro años. Había perdido a su madre a los nueve. Catherine presenció varias apariciones de la Virgen María, quien se mostraba de pie sobre una esfera alrededor de la cual había una serpiente enrollada. La Virgen le reveló a Catherine un símbolo con la letra M y dos corazones, uno atravesado por una espada, el otro rodeado de espinas, y le dijo que mandara a hacer un medallón con esa imagen. Guadalupe usaba una de estas medallas con una delgada cadena de oro. Creía en los milagros y le rezaba a Nuestra Señora para que ayudara a la chica canadiense a encontrar a su madre. Se imaginaba la piedra gris pálida del convento en la rue de Bac y la adoquinada rue de Reuilly, donde estaba guardado el corazón de Santa Catalina. Pero, igual que una pantalla, sus visiones traqueteaban con interferencia… había algo en el fondo que no podía identificar… y en sus dedos, un recuerdo suave y sedoso.

Esa noche soñó que cargaba una bebé que tenía los deditos enrollados fuertemente alrededor de su dedo índice. La bebé era muy liviana, más liviana de lo que fue Isabela. Guadalupe le acarició el cuello con la boca, respirando el suave aroma. Entonces, alguien le arrancó la bebé de los brazos y ella se estiró; sus brazos se volvían más y más largos, como un grito sin fin. Una ola de dolor la envolvió y despertó llorando en su estrecha cama.

Guadalupe se sentó, jadeando. A diferencia de Santa Catalina Labouré, ella no compartía un dormitorio en el convento, sino que tenía su propio cuartito con una ventana que daba a un parque deteriorado que se extendía detrás de una fila de jacarandas violetas. La luz del sol se filtraba por la ventana, tenía la garganta hinchada de las lágrimas no derramadas, y entonces algo le sacudió el cuerpo cuando recordó.

—¡Es ella! ¡Caramba, sé que es ella! —dijo en voz alta. Saltó de la cama y caminó en camisón sobre los tablones desnudos.

"Hace veinte años… adoptada por canadienses… buscando a mi madre".

Se echó agua en la cara y se cepilló el cabello hacia atrás, sintiendo la suavidad de su propia piel. Se acarició la parte interna del codo con la boca, cerrando los ojos. El cuerpo entero le dolía al recordar a la bebé que cuidó cuando ella misma aún era una niña, nueva en el convento.

Después del desayuno tocó a la puerta de la Hermana María Teresa.

—Entre —el tono seco se suavizó cuando Guadalupe entró y cerró la puerta tras ella.

—Ah, Hermana Lupe, ¿cómo estás, querida? —María Teresa se levantó de la silla y tomó las manos de Guadalupe. La miró a los ojos y su expresión cambió al tomar el rostro de Guadalupe entre sus manos.

—Hija mía, has estado llorando. ¿Qué me tienes que contar? —hablaba en voz baja, casi seductora.

—Ayer vino una joven buscando a su madre.

—Ah sí, ¿la viste?

—Quiero saber quién es.

María Teresa se encogió de hombros.

—Una de las huérfanas de hace años.

—Hace veinte años. ¿Usted la recuerda?

—¿De qué se trata esto, Lupe?

—¿Usted recuerda cuando llegué al convento?

—Por supuesto. Yo aún era una novicia. Y tú eras una chiquilla asustada, a punto de hacerse mujer, a la que de pronto le habían robado la vida que tenía.

Guadalupe asintió.

—Entonces… después de un tiempo… la Madre Superiora me dijo que podía cuidar de los bebés.

María Teresa asintió.

—Ella pensó que eso te podría ayudar.

—Había una bebé, nosotras la llamamos Flor de Mayo, que era muy especial para mí. Tengo que saber si Pamela es esa niña.

María Teresa se dirigió al archivador, abrió el cajón y sacó la vieja carpeta. La sostuvo en la mano por un momento, mirando a Guadalupe a los ojos.

—Confío plenamente en ti. Hemos pasado todos estos años juntas en el convento. Tú sabes que esta información es confidencial. La chica no se puede enterar.

Guadalupe levantó las cejas.

—¿Por qué?

—Ya verás por qué —María Teresa le dio el expediente y se sentó, juntando las manos sobre el escritorio.

Mientras Guadalupe hojeaba los papeles, leyéndolos rápido, encontró una vieja fotografía, tan desteñida que casi parecía una imagen fantasma. Era ella, sonriendo, con Flor en los brazos. Era la primera vez que sonreía desde la masacre de su aldea. Ahora, una gran sonrisa adornaba su rostro.

—¡*Es* ella. *Sí* lo es! —gritó, y luego se le nubló la expresión—. Oh —respiró—, claro, sí, lo recuerdo. Ella desapareció.

—Y entonces nos enteramos. La chica no puede saber lo que pasó. Yo dudo que la volvamos a ver. Salió corriendo de aquí furiosa.

Guadalupe abrió la boca, pero se contuvo. Cerró la carpeta y la deslizó sobre el escritorio.

—Gracias, Hermana. Como siempre, usted me ha ayudado —tomó la mano de María Teresa y la subió hasta sus labios.

—Hija mía —dijo María Teresa, atrayendo por un momento a Guadalupe con la calidez de su voz, abrazándola. Luego Guadalupe le soltó la mano, juntó las suyas en oración, hizo una reverencia y salió de la oficina.

*

Cortés sostenía al bebé de tres meses de edad, pequeñito en sus grandes manos. Malintzin lo vio enamorarse de su hijo a las dos horas de nacido, cuando apenas era un puñado de vida nueva, ciego, que escudriñaba a su padre a través de ojos nublados, con la boca y los dedos en movimiento, intentando enfocar.

—Este niño que lleva el nombre de mi padre será la resurrección de nuestra ciudad —dijo.

El niño gritó, con la cara roja de la furia, cuando el sacerdote le roció la cabeza con el agua fría de la pila bautismal.

—En el nombre del Padre, del Hijo y del Espíritu Santo, yo te bautizo con el nombre de Martín.

Malintzin rezó su propia oración muda. *Piadosa Señora Chalchiuhtlicue, Diosa de las Aguas que Corren, lávalo y líbralo, tu sirviente aquí presente vino a este mundo, enviado por nuestro padre y madre, Ometecutli y Omeciuatl, que residen en el noveno cielo...* Recordó el baño ceremonial de su medio hermano recién nacido y la exclusión de la vida de su madre con aquella llegada. *Ahora tengo mi propio hijo; nunca volveré a estar sola.*

A su debido tiempo, ella realizaría su propia ceremonia para él, la ceremonia de su pueblo, en la que le daría un nombre espiritual. Lo observaría, vería cuáles plantas y criaturas le atraían, escogería una hierba para curarlo cuando se enfermara, un animal que lo protegiera, su nahual, su gemelo y espíritu protector. El suyo era el lince, la criatura que enseña a sobrevivir.

Caminaron la corta distancia desde la Capilla de La Conchita a la Casa Colorada y se detuvieron en el patio. El sol iluminaba los ojos de Cortés mientras arrullaba a su hijo. Cuando Malintzin tomó al bebé, sus manos se encontraron para sostenerlo juntos por un instante, cubriendo su cuerpo. Entonces, Cortés lo soltó, dejándoselo a ella, y ella lo llevó a la casa. Su dormitorio tenía lujosas cortinas hechas de telas españolas. Cortés la siguió y cuando llegó a su puerta, ella volteó y cruzaron miradas. Hubo un momento de vacilación antes de que ella hablara.

—Llamaré a Zaachila para que se lo lleve.

El nacimiento de su hijo le había reducido el fuego a brasas, pero ahora resplandecía intensa bajo Cortés, encendiendo sus recuerdos de gloria, y él era delicado y solícito con ella, sobrecogido por la nueva vida que habían creado juntos. Luego de hacer el amor con ternura, ella descansaba en sus brazos viendo los dibujos que hacía el sol en los bordes de las cortinas. La mano de Cortés le acariciaba el cuello, enviando ondas de placer que se irradiaban bajo la cubierta morena de su piel. *Ahora lo tengo*, se complacía. *Nunca fue así. Tengo un hijo y de pronto todo es distinto.* Pero había algo que la agobiaba, algo que tenía que decir. Zaachila había oído un rumor en el mercado y fue corriendo a avisarle.

—Tu esposa vendrá —pronunció las palabras con suavidad, casi como una caricia, pero Cortés se puso tenso. Estaba callado y la tarde caía pesada sobre ellos, como una manta sofocante de luz polvorienta a medida que se alargaba el silencio. Al final, habló.

—Soy el gobernador. No tengo alternativa. Nuestros días de libertad se acabaron, Marina.

Ella lo miró, con la cara a solo pocos centímetros de la suya, y dibujó la fina línea blanca debajo de su labio. Sintió curiosidad por la cicatriz la primera vez que lo vio, pero para el momento en que aprendió español ya era una parte tan familiar de él, que la había aceptado sin preguntar, como una marca de nacimiento.

Dos meses después, una clara mañana de noviembre en 1522, Cortés recibió a Catalina Suárez en la Casa Colorada. El vestido le pesaba con el polvo del viaje, pero las adoradas perlas brillaban alrededor de su cuello.

—Cuánto tiempo he esperado por este día, Hernán —dijo, y sus pálidas mejillas se ruborizaron de placer. Cuando ella lo abrazó en el oscuro pasillo del ala oeste, él le dio suaves palmaditas en el hombro.

—Qué pálida y delgada te has puesto —dijo él, sosteniéndola de lejos.

—Estoy sedienta de tu abrazo, Hernán —replicó, tratando de dar en el blanco, pero estaba tan llena de nostalgia y tan consumida por el deseo solitario, que su intento de flirteo ahuyentó a Cortés. Mientras él la llevaba por el pesado arco de madera de su dormitorio se sintió extraña, como un prisionero que entra en la cámara de ejecuciones. Y en efecto, Catalina Suárez tuvo una muerte misteriosa tres meses después en esa misma habitación. Su sirvienta, Carmencita, gritó cuando descubrió a su señora tendida en una cama mojada, con el cuello magullado y las perlas regadas por el suelo.

—El gobernador está consternado —se lamentó, retorciendo las manos, lastimadas de restregar las sábanas sucias.

—Horrorizado por su repentina muerte, por supuesto —dijo el mozo de cuadra de Cortés—. Y tan pronto después de su llegada. ¿Cómo se veía muerta? —se inclinó sobre la chica, que se echó atrás, desagradada por el olor a estiércol que le permeaba por la ropa.

—Él no permitió que nadie entrara al dormitorio. Él mismo la lavó y la amortajó.

—Dicen que hizo cerrar la urna rápido.

—Es cierto. El gobernador no quería que nadie posara los ojos sobre ella. Es un hombre celoso.

—Dicen que tu señora también estaba celosa, de Doña Marina.

Carmencita apretó los labios.

—Las malas lenguas siempre hablarán.

—Así es. Por ahí hablan de la hija del emperador muerto y sus tres hermanas. Algunos dicen que mi señor tiene una casa de concubinas como Moctezuma. Debes haber oído algunas discusiones divertidas.

—Doña Catalina mantuvo su dignidad hasta el final —dijo, sacudiendo la cabeza.

—¿Y a quién le servirás ahora que ya no está tu señora? Sola aquí en una tierra extraña, hay varios que te echarían el ojo —tomó su barbilla entre los burdos pulgar e índice, sosteniéndola mientras sonreía. Las mejillas de Carmencita se ruborizaron y mancharon, y ella bajó la mirada, confundida.

—Tú necesitas protección. Y yo estoy buscando una esposa.

Ella sacudió la cabeza, soltando la barbilla y mirándolo de frente. Entonces, sus ojos se movieron veloces sobre aquel hombre, evaluándolo, desde las espinillas flacas hasta los hombros musculosos, llegando al final a los ojos oscuros. *Como charcos de meada de caballo*, pensó, *pero a veces no se puede exigir nada*. Sonrió y echó la cabeza hacia atrás, coqueta.

—Te acostumbrarás al olor de los caballos —dijo, apretándola hacia sí.

Cortés estaba acostado en la oscuridad, perseguido por el recuerdo de los ojos saltones de Catalina y el repentino y tibio desbordamiento de su incontinencia. Las peleas habían comenzado casi de inmediato después de su llegada. La virilidad le había fallado a Cortés.

—¡Te agotaste con tu puta y no guardaste nada para mí! —pronunció entre dientes—, ¡mientras yo esperaba fielmente por ti en aquel lugar horrible, rezando a cada instante por que no te sucediera nada!

—Todo hombre tiene una amante, Catalina. El mundo es así.

—Y ella parió, tu perra. ¿Tú no crees que yo quiero un hijo?

—Ten paciencia, Cata. Estoy cansado…

—Y también hay otras, me han dicho, viviendo en esta misma casa. ¿Ellas también tienen bastardos tuyos? ¡Tu apetito por carne india es insaciable, y cada vez las tomas más jóvenes! ¿Qué te pasa, Hernán? ¿Estás perdiendo el vigor después de tu gran conquista?

Ella me provocó. No fue mi culpa. Ella odiaba el Nuevo Mundo y sabía que yo no regresaría con ella a España como deseaba.

Cortés rechazaba la posibilidad de regresar a España aún más desde la muerte de su esposa. Había rumores en la corte y en la isla de Cuba. Nadie sabría nunca lo que pasó entre Cortés y su esposa, pero corrían rumores de asesinato. "Hernán Cortés, un hombre de reputación", decían, "no es un asesino, ¿cierto?". Pero todos recordaban Cholula y los rumores se fueron haciendo cada vez más fuertes, hasta que la mancha de la masacre y el fallecimiento de Catalina comenzaron a salpicar su carrera. Amo y señor del océano, sin embargo Cortés no podía sondearlo; el cambio en su fortuna era un misterio para él.

—Daría mi brazo derecho por marchar rumbo al sur contigo mañana, Pedro —le dijo a Alvarado cuando el capitán de cabellos dorados fue a despedirse en la víspera de su partida hacia Guatemala.

—¡Ven! ¡Ven con nosotros! —insistió Alvarado—. Nuestra búsqueda de oro no ha terminado, mi Capitán.

Cortés sacudió la cabeza.

—Debo gobernar lo que tengo.

—Deja que otros gobiernen. Hay más territorio que ganar. ¡Este es solo el comienzo! Hay tierras en cada dirección esperando ser reclamadas, océanos y ríos, montañas y bosques…

Cortés sacó un paquete de debajo del brazo y como un mago, lo develó de un solo tirón y lo clavó en las manos sorprendidas de Alvarado.

—Llévala contigo. Yo ya no la necesito.

Alvarado levantó a la Virgen del Socorro en el aire, dio un grito y le besó los pies.

—Regresaré victorioso —dijo—, y haremos nuestra próxima expedición juntos con la bendición de la Virgen.

Las palabras de Alvarado retumbaron en la cabeza de Cortés por mucho tiempo después de su partida. Comenzó a hacer planes.

*

El pie de Fern temblaba a la vez que meneaba la pierna arriba y abajo. Enroscaba un mechón de cabello oscuro entre el pulgar y el índice, cambiaba la posición del cuerpo, jugaba con su pendiente. "Quédate tranquila" siempre le decía su madre. "Tan solo es energía, Mamá, no lo puedo evitar, tengo un metabolismo rápido". Hannah la había calmado con los años, pero esta noche se le había acumulado. Miró a Hannah, sentada al otro lado de la sala. Estaba leyendo; un foco de luz brillante caía por sus rizos cobrizos. Estaba tan quieta, tan hermosa, con las piernas dobladas debajo de ella, los senos se elevaban y caían de manera casi imperceptible. La gente usaba muchos eufemismos para describir a Hannah: opulenta, voluptuosa, plácida; pero Fern sabía que era una diosa. La boca de Hannah se curvó en una sonrisa cuando sintió la mirada fija de Fern. Se movió despacio, como una gata que se estira, extendiendo los brazos y bostezando.

—Qué silencio.

—¿Sin ella, quieres decir?

Hannah encogió los hombros y sonrió.

—Toca algo.

Fern atravesó la sala hasta el piano y se dejó caer en la banqueta con un suspiro. Comenzó a tocar *Para Elisa* de memoria, pero cuando llegó al pico del arpegio ascendente de tres octavas, justo antes de la escala cromática descendente que lleva a la música de vuelta al tema, titubeó y golpeó el teclado con ambas manos en una cacofonía discordante.

—¡Fern! —exclamó Hannah—. ¿Qué pasa?

Fern giró el cuerpo y miró fijamente a Hannah.

—Algo falta —dijo. Ella sabía que Hannah intentaría evadirla con la falsa preocupación de su ceño fruncido y el desconcierto que mostraba.

—Pero estabas tocando tan bello. Yo adoro esa pieza.

—Falta algo entre nosotras. No hemos hecho el amor desde que se fue.

—He estado totalmente absorbida por los casos atrasados. Tú sabes lo duro que he trabajado. ¡Y ahora, justo cuando logramos nuestra victoria final, me atacas!

—Ah, qué rápida eres para saltar en tu propia defensa —dijo Fern con amargura—. ¿Has olvidado cómo comportarte fuera del tribunal?

Hannah había entrado de golpe por la puerta del frente a las seis de la tarde. "¡Ganamos! ¡Ganamos!", gritó. "A Rashid se le concedió la condición de refugiado. Los metí a todos, seis clientes. Tuvimos que basarnos casi exclusivamente en testimonio oral, porque él tenía tanto miedo al salir de Irán que no tuvo tiempo de conseguir sus documentos. La credibilidad era crucial, y él fue totalmente convincente. Había tanto silencio que se podía oír el vuelo de una mosca cuando contó su historia, mirando al juez a los ojos. Tuvimos al juez Mahoney y él es muy duro. Pero logré que entrara, como todos los demás, según las viejas reglas, después de aquel caso que sentó precedente, ¿recuerdas?". Sin detenerse para recibir una respuesta, continuó: "El año pasado, la Ley de Inmigración y Protección a los Refugiados implementó nuevos criterios de selección y eso es lo que nos ha venido retrasando. Debiste ver su cara cuando Mahoney dio el fallo. '¡Me gané el derecho a quedarme en Canadá!', dijo, y me lanzó los brazos al cuello. Normalmente es un hombre tan comedido". Fern sonrió y felicitó a Hannah. Incluso había abierto una botella de vino para celebrar la victoria, pero debajo de todo eso había estado muy tensa y ahora explotaba.

—Siempre hay un caso, ¿no es cierto? —Fern saltó de la banqueta y comenzó a caminar—. Drama en el tribunal, la atención de los medios, vidas amenazadas de tortura y muerte, y tú eres la estrella. Yo creo que no fue una coincidencia que te lanzaras a este proyecto grande la semana que se fue.

—¿De qué hablas? Es mi trabajo. Tú nunca me hablas así.

—Pues ahora lo hago. ¡Estoy harta! ¡Te quiero de vuelta!

Hannah se inclinó hacia delante en la silla, con el cuerpo sacudido por el asalto.

—Estoy aquí, todas las noches sentada contigo a la mesa. Cenamos juntas, dormimos juntas, despertamos juntas. Cada día mío comienza con tu cara, abriendo los ojos y viéndote allí.

—Quiero más. Quiero a mi amante de vuelta —Fern apretó los labios hasta ponerlos muy delgados—. Estoy orgullosa del trabajo que haces, salvando las vidas de las personas. Es un gran logro, Hannah, ¿pero estás segura de que entiendes lo que estoy diciendo? —la miraba con rabia e intransigencia.

Hannah casi no la reconocía. Sintió como si algo hubiese entrado en su casa mientras dormía; algo malo y horrible. Entonces, comenzó a buscar palabras.

—Yo siento... Yo siento como si nuestra...

—Ah, no me mires así —dijo Fern con brusquedad—. Estás mirando como tu madre, con su mente aturdida.

—¡Ya basta! No me hables así —la barbilla de Hannah comenzó a temblar.

—Estuve hablando con Helen después de nuestra reunión de profesores —continuó Fern—, y dijo que cuando su hijo se fue...

—Pamela no se ha ido. Está de viaje, eso es todo; un simple viaje —Hannah tenía las mejillas encendidas.

—Okey, okey. ¿Por qué tienes esa reacción tan exagerada?

—¿Por qué estás hablando con Helen sobre nuestros asuntos privados?

—Querida, estábamos hablando sobre *sus* asuntos privados.

—Pero tú estabas haciendo referencia a nuestra relación.

—¿Qué te crees, que sabes leer la mente? No hagas suposiciones. Yo solo iba a decir, si pudieras escucharme por más de dos segundos...

—No seas sarcástica.

Fern respiró hondo.

—Lo siento. Lo que quiero decir es que hay una gran transición cuando un hijo crece y... se va, incluso por un lapso de tiempo definido. Pamela fue en busca de algo y este viaje la cambiará, sin duda.

—Tú nunca has estado tan cerca de ella como yo. Ella siempre me llamó Mamá, siempre viene a mí cuando se lastima. Todo lo que tú sabes hacer es hablar con ella de asuntos académicos.

Fern se estremeció como si se hubiese pinchado.

—Yo soy una académica, ¿recuerdas? —dijo con actitud desafiante—. Tú siempre has dicho que una de las cosas que más te gustan de mí es mi mente analítica, que va bien con la tuya.

Ahora los ojos de Fern brillaban y Hannah, con el rostro compungido, estiró los brazos. Pero Fern se quedó rígida, a dos metros de distancia.

—¿Qué nos está pasando, Fern? Todo estaba bien hasta que Pam se fue.

—No voy a volver a pasar por esto cuando ella se vaya de la casa definitivamente.

—¿Qué quieres decir? —Hannah se abrazó a sí misma, temblando, pegada a la silla como si le hubieran salido raíces.

—Todos estos años estuvimos concentradas en Pamela. Ella ha sido un amortiguador entre nosotras, y ahora…

—¿Recuerdas aquella vez que se me hizo tarde para recogerla? ¿Qué hubiese pasado si alguien se la hubiera llevado? Siempre ha sido tan confiada, desde que era una niñita. ¡Oh, qué alivio cuando abrí la puerta del frente y vi sus botitas de goma rojas! Una estaba en las escaleras y la otra en el medio del pasillo. Siempre se las quitaba y las tiraba.

—Hannah, tiene veintiún años. Ella es capaz de regresar sola. Tiene un boleto.

—¿Tú crees que yo me preocupo demasiado?

—No podemos controlarlo todo, mi amor —la voz de Fern sonaba cansada.

—Siempre intentamos tenerlo todo bajo control, nos ocupábamos de las cosas a medida que iban llegando. Pensaba que lo estábamos haciendo bastante bien.

—Lo hicimos lo mejor que pudimos, pero nunca hay suficiente tiempo, con nuestras carreras, la casa, nuestra hija, mis padres, tu madre… —Fern caminó hasta Hannah y se arrodilló junto a la silla. Tomó sus manos. El rostro se le había suavizado y se le podía reconocer de nuevo—. ¿Qué hay de nosotras? —dijo.

—Vámonos de viaje las dos —dijo Hannah—. ¿Puedes tomarte unos días?

—Después de que termine mi seminario de postgrado el 20, sí.

—Podríamos ir a los Muskokas.

—¿A la cabaña del Tío Jack?

—¡Sí! —a Hannah le brillaban los ojos.

—Mañana lo llamo. Hannah, no estoy preparada para conformarme con una vida a medias. Nosotras siempre hemos desafiado las estructuras, las tradiciones, la perpetuación mecánica de la opresión sistémica.

—Por supuesto, así fue como me crié. ¿Quiénes podrían ser más de izquierda que los sobrevivientes judíos en Nueva York? ¿Por qué crees que me hice abogada?

—Ese es tu trabajo, Hannah, no tu vida personal. Yo también fui siempre una rebelde, tú sabes eso. Me niego a ponerme vieja y complaciente, y a vivir una especie de farsa de comodidad doméstica contigo. Sencillamente, no soy así.

—Entonces, ¿qué pasa? ¿Qué intentas decir?

—En resumidas cuentas, prefiero pasar por el dolor de separarnos ahora, que tener el dolor de… vivir así por el resto de mi vida, con la distancia entre nosotras haciéndose cada vez más grande. ¿Por qué crees que tantos hombres se mueren cuando se retiran? Primero los hijos se van de la casa y la mujer se vuelve loca y comienza a hacer trabajo voluntario, después el esposo se retira, juega al golf y estira la pata, a menos que haya nietos que vivan en alguna parte razonablemente cerca. Qué mundo tan loco.

—¿Me estás diciendo que eres mi esposo y tienes miedo de morir? —preguntó Hannah, burlona.

Fern explotó de risa.

—Un cliché teórico doble de Sociología 101 —farfulló al final.

—Ay cariño, ¿todo esto porque nuestra niña se fue de viaje?

—Okey, me estoy dejando llevar. Y casualmente, tú estás torciendo las cosas de nuevo. Pero sí, me he estado sintiendo muy sola desde que Pam se fue, y no es a ella a quien extraño más.

—No quiero perderte —ahora Hannah era solemne.

—Hace años que no nos peleábamos.

—Okay, vamos al norte y luchemos hasta el final.

—Vamos a la cama.

Hannah echó la cabeza hacia atrás en un gesto de rendición tan dulce, que la mente de Fern quedó en blanco.

*

Estaba parada en el caracol de Chichen Itzá, la torre maya del tiempo, un calendario que sube en espiral hacia el cielo. Cerró los ojos y marcó los círculos entrelazados: el sagrado, el solar, Venus saliendo por la neblina de la mañana. "Este es el Quinto Mundo", dijo una voz. En ese momento, ella era un bebé que gateaba por las paredes circulares de la torre, y Hannah y Fern estaban afuera llamándola, "Pamela, Pamela", abriendo los brazos. Cincuenta y dos años que acababan en coincidencia sagrada y solar; 5.200 años por cinco, 26.000, el final del Gran Ciclo. "Entraremos al Quinto Mundo exactamente ese día. Extingan los fuegos, destruyan los barcos, abandonen las ciudades, las pirámides, las chimeneas. Todo tiene que cambiar con el tiempo". Comenzó a llorar y su voz de bebé subía en espiral hacia el cielo…

Pamela despertó confundida. No entendía la naturaleza profética de su sueño, pero recordaba a Fern y Hannah que extendían los brazos, llamándola. Y así, después del desayuno, fue al cibercafé más cercano y les escribió.

Puede que esté sobre una pista. Me registré en una agencia llamada Dónde Están y encontré un convento donde hay un expediente sobre mí, pero aún no tengo la información en la mano. ¡Bravo por haber ganado el caso de inmigración, Hannah! Sigo pensando en La Malinche y la conquista. Me hubiera gustado terminar el trabajo antes de irme, pero quién sabe, quizás me entere de más cosas mientras esté aquí. Estoy bien. Me mantendré en contacto.

Las quiere mucho, mucho, su Chica Latina.

Pamela no estaba segura de lo próximo que haría, hasta que metió la mano en el bolsillo y encontró el pañuelo de la monja. Diez minutos más tarde, estaba frente a la puerta del convento. La cubierta de metal se deslizó y el ojo verde en la rejilla era el de Guadalupe. Pamela levantó el pañuelo y sonrió. La puerta se abrió y Guadalupe salió a la calle. Parecía nerviosa cuando miró a Pamela y le acarició el rostro.

—¡Qué increíble! Iba saliendo para rezar por ti, y aquí estás. Tienes que venir a la capilla conmigo.

Tomó el pañuelo y lo metió en la manga de su chaqueta de punto azul. Comenzaron a caminar por la cuadra hacia la entrada de la Capilla de la Medalla Milagrosa. Entraron y se arrodillaron en un banco de las primeras filas. Guadalupe se persignó y comenzó a rezar moviendo los labios en silencio. Pamela hubiera preferido que le hablara en lugar de rezar por ella. Miró hacia arriba, a la bóveda por donde entraba la luz que iluminaba el azul claro del techo y se derramaba sobre el piso con diseño de espiral y baldosas ocres. Escuchó el rumor de los rezos de las monjas y el agua que goteaba en las hondas pilas de tres fuentes. Algunos rombos rojos y turquesas salpicaban las columnas de piedra gris que sostenían la estructura de la capilla. Vio a la Virgen flotando sobre el altar, rodeada de luces azules que la enfocaban. En la aureola estaban escritas las palabras: *Oh, María Sin Pecado*... Pamela volteó rápidamente cuando Guadalupe le tocó el hombro.

—Tienes que tener esto —dijo, sosteniendo un pequeño medallón con una delgada cadena de oro—. Es la Medalla Milagrosa. Te ayudará. Voltéate.

Pamela giró y dejó que Guadalupe le abrochara la cadena con el medallón alrededor del cuello. Se sentía tibio sobre la piel. Volteó con una sonrisa de sorpresa.

—Gracias. ¿Podemos ir afuera? Quisiera hablar contigo.

Guadalupe dudó por un momento y luego se levantó del banco.

—Por supuesto. Ven conmigo.

Caminaron alrededor de la cuadra hacia una calle bordeada de jacarandas violetas. Luego cruzaron la calle para llegar a un polvoriento y ruinoso parque con hojas amontonadas en las esquinas a lo largo del borde de un edificio grande.

—Este edificio es parte de la Universidad de San Carlos —dijo Guadalupe—. Es para los estudiantes de odontología y medicina.

Un joven soldado con un fusil al hombro patrullaba los senderos olvidados. Pamela ya se había acostumbrado a la presencia del ejército. Desde su llegada vio soldados por todas partes: en el aeropuerto, en el banco, fuera del Palacio Nacional, en la catedral.

—Si quieres, podemos sentarnos.

Guadalupe quitó las hojas de un banco de piedra que parecía estar allí tanto tiempo como las cansadas palmas y las crujientes jacarandas. Las sombras bailaban a través de las hojas, tatuando los rostros con encajes de luz. Las piedras en el camino estaban agrietadas y picadas.

—¿Por qué nadie cuida este parque?

—Solía ser muy bello. ¿Ves esa estatua? —al otro lado de la grama amarilla se levantaba la figura clásica de una mujer que sostenía un pergamino. Tenía una túnica larga, festoneada en la cadera, con el cabello recogido en un moño sobre la cabeza, pero le faltaba la mano derecha—. Recuerdo cuando era nueva. Mi cuarto está allá arriba —dijo Guadalupe, girando para señalar el edificio del convento.

Pamela vio una pequeña ventana en el segundo piso, en el centro del enorme edificio.

—Así que esto es lo que tú ves todos los días.

Guadalupe contempló el parque, abrió los brazos con un gesto dramático y se rio. Hubo un silencio incómodo y entonces, Pamela dijo:

—¿Puedo preguntarte algo? Tú dijiste que tu aldea fue atacada. ¿Qué fue exactamente lo que quisiste decir?

Guadalupe respiró hondo y titubeó un instante.

—Vino el ejército. Ellos lo quemaron todo —dijo en voz baja—. Mataron a todos.

—¿Cómo escapaste?

—Me escondí debajo de la mesa. Entonces… no sé cómo… me fui corriendo. Ni siquiera paré para salvar a mis hermanos y mi hermana Isabela. Perdí a toda mi familia.

—¿Y qué hiciste? —la voz de Pamela era un susurro.

—Seguí corriendo, caminaba cuando ya no podía correr más y dormí en un campo. Pasó mucho tiempo antes de que llegara a la ciudad de Huehuetenango.

Pamela quería tocar a Guadalupe, consolarla de alguna manera, pero tenía miedo. Era demasiado parecido a su sueño. Estuvieron sentadas en silencio. Nada se movía, solo las sombras que jugaban sobre sus rostros.

—Yo soy maya… por lo menos en parte. Me pregunto si pudo haberle sucedido lo mismo a mi madre.

—¿Por qué? ¿Por qué dices eso?

—Hay un sueño que tengo… sobre la destrucción total de una aldea. Es como una pesadilla. Yo…

—Shhh —Guadalupe movió la cabeza levemente en dirección al soldado que patrullaba bastante cerca como para escuchar—. Hay oídos por todas partes —susurró. Tomó el brazo de Pamela y comenzaron a caminar por el sendero agrietado, Guadalupe con la cabeza baja, oyendo a Pamela contarle su sueño.

—Por eso vine a Guatemala —dijo Pamela—. Yo sé que este no es mi sueño. Me está volviendo loca.

—Ah —sonrió Guadalupe—. Quizás tu madre es una sobreviviente como yo. Si es así, lo mejor es dejarla tranquila y que regreses a casa con tus padres.

Pamela se detuvo de pronto.

—Tú sabes algo, ¿cierto?

—Quiero que tengas paz en la vida.

—No tendré paz hasta que encuentre a mi madre. Por favor ayúdame, Lupe. Tú me dijiste que llegaste a Casa Central en 1981, y yo nací en el 82. Tenía nueve meses cuando me adoptaron. Supongo que había muchos niños y tú misma eras una niña, pero... ¿tú me recuerdas?

Los ojos de Guadalupe brillaban llenos de lágrimas, mirando a Pamela.

—Por supuesto que te recuerdo. Claro. Soñé contigo anoche, de cómo ellos te alejaban de mí —tomó a Pamela en sus brazos, agarró su largo cabello con la mano y la estrechó.

—¿Tú eres... tú eres...?

—No, yo no soy tu madre. Yo te cuidé en el orfanato. Yo también era una huérfana entonces, antes de que me uniera a las hermanas. Tú me ayudaste a regresar a la vida después de la pérdida de mi familia, y entonces te llevaron.

—¡No puedo creerlo! —Pamela se estremeció—. Tú debes ser la chica que me llevó a la agencia de adopción. Ellas dijeron que tú lloraste cuando...

—Sí —Guadalupe la abrazó con fuerza—. Le he rezado a la Virgen por tu regreso, pero no te reconocí, sino hasta que tuve el sueño. Era algo... algo que tenía que ver con tu tacto, tu olor...

Pamela frotó su cara contra la de Guadalupe, como un gato.

—Tú hueles a limón —dijo—, un limón dulce y penetrante.

—Cuando te perdí, decidí ordenarme. Hasta ese entonces solo me refugiaba allí y quería hijos propios, pero tenía miedo de perderlos también. He perdido tanto —se detuvo de pronto, como si fuese a llorar.

—¿Guadalupe? ¿Ese es tu verdadero nombre?

—Es el nombre que me dieron cuando entré al convento, por Nuestra Señora de las Flores. Ella le hizo a Juan Diego el milagro de las rosas rojas en el invierno, estampadas en su tilma. Puedes verlo en el santuario de la Guadalupe en la Ciudad de México. Dicen que las rosas todavía se ven frescas después de casi 500 años.

—Puede que vaya a México. Tengo tres meses. ¿Te gustaría venir conmigo?

Guadalupe se rio y sacudió la cabeza.

—Yo solo viajo por Guatemala, por mi trabajo. La semana que viene iré con el Doctor Ramírez a Huixoc. Puedo ayudar a la gente de allá traduciendo lo que dicen al español para que el Doctor Ramírez los pueda tratar, porque mi lengua madre es mam. También aprendí a hablar cakchiquel, porque solía trabajar en las aldeas cercanas a Chimaltenango.

—¿Cuál es tu verdadero nombre?

—Era… Calixta. Y nosotras te llamamos Flor de Mayo. Es un hermoso árbol con flores grandes y anaranjadas. A veces lo llaman "fuego del bosque".

—¿Sabes cómo se llama mi madre?

—La Hermana María Teresa tiene razón. Es mejor para ti que te olvides de tu madre. Esta búsqueda solo te puede traer dolor.

—Tú *sí* sabes algo.

—Por favor, no me preguntes. Tienes que confiar en mí y aceptar que la perdiste para siempre. Rezaré por ti.

—¡Yo no quiero tus oraciones! Yo quiero encontrar a mi madre —Pamela dio una patada en el suelo, furiosa—. ¿Por qué todo este misterio? Sé que está viva y que está en la capital, y voy a seguir buscando hasta que la encuentre. Si tú no me ayudas, yo… yo entraré al convento a escondidas y me llevaré el expediente.

—Imposible.

—Es mío. Es mi derecho —de pronto cambió de rabia a súplica—. Consíguemelo, *por favor.*

Se arrodilló, suplicando payasamente. Guadalupe sacudió la cabeza y Pamela se volcó sobre la espalda, moviendo con fuerza los brazos y las piernas, y dando patadas en el aire. Guadalupe se desternilló de la risa y la levantó del suelo, quitándole el polvo de la espalda. Entonces, los ojos de Pamela se encontraron con los de ella y se miraron la una a la otra, muy de cerca. La boca de Guadalupe se abrió de la sorpresa cuando vio la expresión en los ojos de la chica.

—Yo te recuerdo —dijo Pamela con suavidad.

—Me tengo que ir ahora —Guadalupe bajó la mirada y vio la grama pisoteada.

—¿Puedo verte mañana?

—Tengo que prepararme para el viaje. En Casa Central tenemos una agenda estricta.

—Solo por media hora. ¿Aquí en el parque?

Guadalupe titubeó.

—Por la tarde, a las cuatro.

*

Julio de 1524: La Casa Colorada

—¡Mamá!

—¡Martín, Martín! *Xochitl xolotl.*

El niño corrió hacia ella, queriendo esconder la cara en su falda. Malintzin giró y lo levantó en sus brazos. Su risa infantil y ronca le robaba el corazón.

—¿*Xochitl xolotl?* ¿Qué es eso, Mamá?

—Mi Príncipe de las Flores y la Oscuridad —dijo, besándolo en el cuello.

Martín aún no podía decir una oración completa en un solo idioma, a pesar de que su vocabulario era amplio. A menudo balbuceaba algo indescifrable en una mezcla de español, náhuatl y popoluca, y le agregaba una frase o dos en maya chontal. Malintzin le hablaba siempre en todas sus lenguas, lo arrullaba y le cantantaba con suavidad. Era la luz de sus ojos.

—Nunca más estaré sola —dijo— ahora que te tengo a ti, *Xochitl xolotl.* Los ojos de Cortés la miraban de vuelta llenos de amor.

Lo vio acercarse a grandes pasos por encima de la cabeza del niño, atravesando el patio. Martín también lo vio y se zafó de los brazos de la madre. Corrió hacia Cortés.

—¡Papá! —gritó y haló la barba de Cortés mientras este lo subía sobre el hombro.

—Mi pequeño caballero.

—¡*Xochitl xolotl!* —insistió el niño.

—¿Qué es eso? Tienes que hablar español con él, Marina. Vas a confundir al niño con todas tus lenguas.

—Ah, es solo un bebé, Hernán. Él tendrá tiempo para aprenderlo todo —Malintzin estrechó a Cortés entre sus brazos y puso la mejilla en la suavidad de su barba. Martín quedó atrapado entre los dos e intentaba bajar. Cuando Cortés lo dejó en el suelo, corrió hasta el otro lado del patio para darle palmaditas a las patas del caballo.

—Ten cuidado, Martín —gritó Malintzin.

—No te preocupes. Lo monté mucho hoy. No le quedan fuerzas.

—Pero Hernán…

Cortés le puso una mano sobre la boca para que no hablara y la haló hacia él con el otro brazo.

—Tengo noticias para ti, mi amor. Muy buenas noticias.

Su boca se suavizó y ella jugó a lamerle la palma con la punta de la lengua. Pensaba que al fin él le diría aquellas palabras por las que tanto había rezado: "Cásate conmigo". La noche en que Catalina murió, Cortés fue a ella. No dijo nada, pero al día siguiente Malintzin oyó los rumores y pensó que lo había hecho por ella, para recobrar su libertad y casarse con ella. Había esperado con mucha paciencia por dieciocho lunas desde entonces, rezándole a Tonantzin su mantra nupcial: "Casarme, casarme".

—Nos vamos de esta casa.

—¿Nos vamos de la Casa Colorada?

—Tú vendrás conmigo a Honduras —sus ojos brillaban—. Estoy preparando una expedición que saldrá en tres meses. Te necesito a mi lado como intérprete.

—Martín tiene que venir con nosotros.

Él sacudió la cabeza.

—Será un viaje peligroso, Marina, a uno de los territorios más difíciles que hemos encontrado hasta ahora.

—Pero no podemos dejarlo.

El año anterior, Cortés envió a uno de sus oficiales, Cristóbal de Olid, a Honduras en busca de un paso hacia los Mares del Sur, pero Olid traicionó a Cortés y procedió bajo su propia bandera. Había aprendido de su maestro, y la situación le proporcionó a Cortés la excusa que necesitaba: perseguiría al amotinado Olid con una comitiva de miles y le daría un castigo ejemplar.

Cortés viró y caminó por el patio. Cuando volteó hacia Malintzin, bajó los ojos y se puso a contemplar la tierra.

—Tengo un pariente, Don Juan Altamirano, hombre de gran honor y medios. Es mi primo, y tiene una casa en México-Tenochtitlán.

—¿Y qué tiene eso que ver conmigo?

—Él ha aceptado encargarse de Martín.

Malintzin se sobresaltó y corrió a sacar a Martín de debajo de la panza del semental. Mientras lo sostenía con fuerza, echó un hombro hacia atrás.

—¡Nunca! ¡Nunca te llevarás a mi hijo!

El chiquillo comenzó a llorar.

—No podemos arriesgar la vida del niño llevándolo con nosotros, Marina. Y yo no quiero arriesgar mi propia vida yendo a Honduras sin ti. ¿Quién sabe qué tribus hostiles nos encontremos?

Ella lo miraba perpleja.

—Es solo por el tiempo que dure el viaje —dijo, encogiéndose de hombros—. Es tu decisión.

—Me rompería el corazón dejarlo aquí.

—Dicen que la selva es casi impenetrable. El agua será escasa y salobre, y perderemos a muchos hombres por la fiebre y las enfermedades. Solo puedo rezar para que tomes la decisión correcta, Marina. Y comienza a destetar al niño ahora, en preparación de nuestra partida a principios de octubre.

El 12 de octubre de 1524, Malintzin dejó la Casa Colorada para siempre. Martín se fue antes con su padre a la casa de Juan Altamirano, y ella viajó con Zaachila para acompañar a Cortés una vez más en el largo viaje hacia el este, cruzando las montañas rumbo al Golfo. La ausencia de su hijo hacía que cada paso le doliera, y la leche le goteaba de los pezones, manchándole la blusa. Cortés era solícito; la mantenía cerca, con los ojos puestos en ella mientras traducía saludos en cada pueblo y aldea del camino. Estaban alojados al pie del Pico de Orizaba cuando Cortés se le acercó por la sombra de la montaña.

—Marina, mi lengua, ¿cómo podría ir por este Nuevo Mundo sin ti?

—Ayúdame, Hernán —suplicó, agarrándolo del brazo—. Me duele el corazón.

—Yo también estoy pensando en nuestro hijo y en su futuro —dijo, jalándola cerca de él—. He hablado con Don Juan Jaramillo y él accedió a darle su nombre a Martín.

—¿Jaramillo? ¡Ese sabueso de cara larga! ¿Qué tiene que ver él con mi hijo? ¡Tú eres su padre!

—Ah, Marina, tú no entiendes. Eres de otro mundo. En España tenemos ciertas costumbres que deben observarse.

Ella se alejó bruscamente, envolviéndose en su mantón en medio del aire frío de la noche.

—Esto no es España. Tú vives en mi tierra ahora y nosotros tenemos nuestras propias costumbres.

—No te opongas a mí, Marina. Solo quiero lo mejor para ti y Martín.

—¿Y eso qué es? —preguntó.

—Yo los asentaré... a mi familia... en tierras asignadas a ustedes por decreto del gobernador en tu provincia nativa de Coatzacoalcos. Un regalo de bodas para ti y Jaramillo.

Malintzin dio un respingo y se tapó la boca con las manos. Cortés la cogió de los hombros, pero ella se soltó y le dio la espalda, avergonzada por sus repentinas lágrimas.

—Pensé que estarías feliz de ir a casa, al fin, a tu propia tierra —continuó—. Jaramillo es un buen hombre, Marina; un excelente soldado. Él los mantendrá a ti y al niño.

El cuerpo de Malintzin tembló, pero Cortés no sabía si de dolor o de ira. Estiró el brazo y su mano se detuvo en el aire, sobre el hombro de ella mientras hablaba.

—Nada cambiará, Marina. Esto es solo por conveniencia, por el bien de todos. Tienes que recordar que te amo... todo lo que ha pasado entre nosotros... nuestro hijo...

Cortés nunca se hubiera esperado que ella se diera la vuelta y abofeteara su cara barbada.

—¡Tú no sabes nada del amor! —bufó—. ¡Eres un… un español!

El matrimonio le aseguró a Jaramillo sus propiedades mexicanas en la ciudad y hacia el norte de Tenochtitlán, de acuerdo con la nueva ley que les exigía a los españoles solteros casarse o perder el derecho a sus tierras. La celebración de su repentina seguridad lo dejó borracho durante la ceremonia del matrimonio mientras Malintzin estaba de pie, rígida, en las primeras luces de la mañana que subían por el Pico de Orizaba. Al mismo tiempo que su mantra nupcial colapsaba alrededor de ella en cuatro idiomas fragmentados, con los gritos y suspiros sin palabras que retumbaron durante todos esos años, el dolor en el corazón de Malintzin la mantenía concentrada en el hijo que era parte de su cuerpo; ese hijo que la jalaba y la jalaba, empapando su blusa. Esa noche, cuando Jaramillo roncaba a su lado, oyó a Cihuacoatl llorar. Se levantó y siguió el lamento; sus pasos eran seguros y rápidos en la oscuridad hasta que, cuando el gemido se volvió cada vez más fuerte, se dio cuenta de que era su propia voz la que escuchaba.

El 15 de diciembre, la expedición llegó al Istmo de Tehuantepec, la tierra natal de los antepasados de la familia de Malintzin, que ya no era un territorio independiente, sino que había caído bajo el gobierno de la Corona española. Acamparon en Coatzacoalcos y Cortés envió mensajeros a que llamaran a los líderes locales. Entre los que vinieron estaban la madre y el medio hermano de Malintzin, bautizados Marta y Lázaro desde que los franciscanos pasaron por allí durante la fiebre de conversión. Lázaro era un bebé cuando los hombres de Xicalango se llevaron a Malintzin, así que ella no reconoció al chico de doce años que estaba parado al lado de su madre. Pero sí sabía quién era Marta, incluso antes de que la mujer se asustara al ver a su hija, idéntica a ella cuando era joven, y cayera a sus pies pidiendo perdón por su traición. Malintzin estiró la mano y levantó a su madre. Mientras se abrazaban, olió su piel y la invadió el viejo sentimiento de amor infantil, como si todo lo que sucedió hubiese sido un sueño y ahora despertara con el corazón aliviado. Malintzin perdonó todo y le otorgó regalos espléndidos a su familia antes de seguir el viaje.

El último día de febrero de 1525, junto al río Candelaria que corre desde Guatemala, Cuauhtemoc fue ejecutado, junto con los otros nobles culhua mexica tomados como rehenes en la expedición. Malintzin tradujo sus últimas palabras amargas para Cortés, y el joven emperador fue colgado de una ceiba, el árbol sagrado de la vida, y abandonado para que se pudriera lejos de su tierra natal. Esta crueldad horrorizó incluso a los españoles e infundió miedo en el alma de Malintzin; miedo por su propia vida y por el lugar de descanso de su alma. Por primera vez dio gracias por su regalo de bodas, el otorgamiento de sus tierras ancestrales, adonde un día podría ir a morir. Y dio las gracias por la reconciliación con su familia de sangre.

Juan Jaramillo no era un hombre guapo, pero tenía algo. Era indiferente a la amante desechada de su Capitán y a su hijo bastardo, pero no era malo; más bien era distante. Se examinaron el uno al otro a una gran distancia y casi no hablaban, a pesar de la fluidez de ella en el castellano. Pero algo había cambiado con la separación de Martín y el perdón a su madre. Su matrimonio, aunque con el hombre equivocado, al fin la contenía como una vasija, alterando el sentido de todo lo que la rodeaba. Ella lo aceptó y entró en un estado que nunca había experimentado antes, algo para lo que no tenía una palabra, a pesar de todas sus lenguas. Era la reducción del río que fluía dentro de ella; algo que nunca se imaginó. Malintzin estaba tendida bajo la luna en el aire fétido de la selva y cerró los ojos, oyendo la respiración de miles de criaturas que se levantaban de la tierra. Soñó con su capitán, el señor Malinche, unido a ella por siempre en la sangre de Martín. Ella lo odiaba por su traición, pero su cuerpo seguía fiel, con su exquisita memoria y la capacidad de consagrar incluso a este, el más cruel de los amantes. Ella lo guardaba en el corazón, enmarcando su alma como una imagen en un altar; él seguía gobernando. Malintzin cambió de manos otra vez, pero ahora había parido un hijo. Mezclaron su sangre y así cambiaron el mundo. Ella pariría otro. Cuando Jaramillo rodó de vuelta al lecho y cayó en un profundo sueño, ella se arrastró por la oscuridad de la febril noche, silenciosa como un gato.

*

Las palabras iracundas de Cuauhtemoc sonaban como una maldición en los sueños de Cortés. Cuando estiraba el brazo por la noche para abrazar a Malintzin, ella no estaba allí. Así que bebía un trago de brandy, y a la luz del amanecer volvía a tomar para apagar las campanas que le sonaban en la cabeza. Cada vez tomaba más y más para despejarse y suavizar los recuerdos de sus errores pasados. El terreno se volvía más inhóspito a medida que bajaban rumbo a Honduras atravesando Guatemala, donde Alvarado extendió su ruta sangrienta hacia el sur, a la ciudad de Antigua, dejando olvidada a la Virgen del Socorro en un baúl al final de la caravana.

Muchos hombres se perdieron en las arenas movedizas de los pantanos y en las densas selvas, donde vagaban en círculos, perdidos, muriendo de hambre. Muchos morían de fiebre, sed y enfermedades; muchos fueron colgados por amotinamiento cuando intentaban escapar. La expedición fue un desastre desde el principio, pero Cortés estaba desesperado. Repetía el único modelo que conocía: exploración y conquista; pero, sin la Virgen para socorrerlo, se enfermó con fiebre. Tendido sudando en la selva nocturna en un delirio de oración, veía filas enteras de cráneos que pasaban veloces junto a él. ¿O era él quien corría por la oscuridad, con los muertos sonriéndole desde el tzompantli, al pie de la pirámide de Huitzilopochtli? Una cara espantosa, mitad hueso, mitad carne podrida, se precipitaba hacia él, y él saltaba a un lado al tiempo que la cara se disolvía en la oscuridad. Sintió una mano fresca sobre la frente.

—Marina —gimoteó, y recordó cómo ella lo había cuidado en el camino a Tenochtitlán, y lloró por su falta—. Madre María —rezó—, ayúdame a salir sano y salvo de este infierno. Tráeme a Marina. Déjame ver a mi hijo de nuevo.

Unos dedos hábiles se movían por su cuerpo, hurgando debajo de su jubón empapado en sudor. Sintió la presión de alguien sentado a horcajadas sobre él. Escudriñó la oscuridad, pero estaba ciego por la fiebre. La olió, intentó levantar los brazos para agarrar su oscuridad, pero ella lo mantuvo abajo y se movió contra él, halando, halando toda la fiebre fuera de su cuerpo.

—Me estoy muriendo —gimoteó—. Oh, Madre María, me estoy muriendo, llévame.

A la luz de la mañana su rostro estaba pálido, los miembros débiles y fláccidos, pero la fiebre había cedido y Cortés se recuperaba lentamente.

—Continuaremos —dijo después de unos días—. Jaramillo, da la orden de levantar el campamento.

—Los hombres tienen miedo, mi Capitán. "No meterse en honduras" es lo que dicen. Este territorio es como un río hondo.

—Ellos son unos cobardes. Tenemos que seguir adelante. Así fue como conquistamos esta tierra —Cortés no tomaba en cuenta las advertencias y siguió avanzando con pesantez por la boca de la selva, donde la larga noche inhalaba las vidas de su menguada comitiva.

*

Fabiana estaba parada en la ducha, con el agua corriéndole encima, aplastándole el cabello sobre la piel. Abrió los ojos y dejó que el agua tibia entrara en ellos. Ahora se sentía sucia todo el tiempo, como si en ella creciera una oscuridad, una resaca que se levantaba en su corazón palpitante. Se daba varias duchas al día, y a veces por la noche, cuando Ernesto dormía a su lado, se levantaba silenciosa y salía de la habitación en puntillas para ducharse en secreto. Se empolvaba y perfumaba el cuerpo. Se afeitaba las piernas y frotaba cremas aromáticas en aquella piel que tanto le picaba y al final, calmada por el ritual, regresaba a la cama y se acurrucaba en el gran cuerpo de Ernesto, sólido como una piedra.

Salió de la ducha y se envolvió en una de las toallas rosadas y esponjosas que él le había traído de los Estados Unidos. Ernesto a veces viajaba con el presidente Portillo y siempre le traía regalos caros; joyas, perfumes, prendas íntimas de seda. La toalla se sentía suntuosa y gruesa alrededor de su pequeño cuerpo. Se miró en el espejo empañado, limpió una pequeña parte con la mano y vio su cara acercarse. Parecía un fantasma. Los ojos le ardían por las lágrimas y salió corriendo del baño.

*

Guadalupe estaba arrodillada en el banco de adelante con los ojos cerrados, moviendo los labios. Recitaba las palabras de manera mecánica, casi sin darse cuenta de lo que decía. Entonces abrió los ojos de par en par y dio gracias por el regreso de Flor. Pero la alegría del reencuentro se había escapado de su cuerpo, dejándolo como un atado de cables de alta tensión, y una parte de ella deseaba que la chica nunca hubiese venido. Oyó un ruido sordo, suave, y se dio cuenta de que estaba golpeándose el pecho.

—*Mea culpa, mea culpa, mea gran culpa* —salmodiaba—. Madre María, ¿qué es esta prueba que me diste? ¿Qué debo hacer? Ayúdame, dame fuerzas para quedarme callada, para decirle que se vaya y que así tenga paz.

Inclinó la cabeza y lloró por haber perdido la mesura, por la alegría de encontrar a Flor, por el dolor de la chica en su deseo de encontrar a la madre. Pero tenía que contenerse. En el convento no había espacio para estos sentimientos. Muy dentro oía los sonidos guturales y suaves de su lengua maya, que mantenía viva por las visitas mensuales a Huixoc, cuando hablaba con Chavela. Ella la invitó a asistir a una ceremonia maya con los sacerdotes y las sacerdotisas de la aldea. Guadalupe se había negado, pero se imaginó cómo sería. Recordaba estar arrodillada con su padre frente al altar en la esquina de la casa, rodeados del aroma a copal. Podía olerlo ahora, como si viniera de su propio cuerpo. Vio cientos de velas pegadas a una roca, velas pequeñitas que la rodeaban, encendidas sobre su cuerpo, y podía sentirlo todo en ese estado de inmovilidad sólida. La cera la cubría como si fuera su carne, suave y aromática, cobrando vida sobre los huesos. El aire era rojo y amarillo, rosado y blanco. Rodó dentro de su silencio, más y más rápido hasta que llegó al centro, y allí estaba Ixchel, la Vieja Diosa de la Medicina.

"Esta niña te sanará, Calixta", dijo. "Ríndete".

Hablaría con Chavela la próxima vez que fuera a la aldea. No podía soportar este conflicto sola.

*

*Conocí a una mujer maravillosa, una monja. Me cuidó
cuando era un bebé, antes de la adopción. Creo que va a ayudarme,
pero tiene miedo. Hay tantos secretos aquí. ¡Estoy cortejándola!
Besos, besos, besos, Pamela.*

Pamela llegó temprano al parque y caminó
impaciente por los senderos polvorientos. Había pasado
la mañana en el cibercafé, después compró unas postales
y se sentó en el Café Rey Sol a tomar café y a escribir
mensajes crípticos.

*Queridas Fern y Hannah, los vendedores ambulantes
parecen esculturas mayas que escaparon de los museos del mundo,
piedra convertida en carne. Su aliento sube en espiral con el aullido
de los perros y los rezos que vuelan de lenguas divididas; el mundo
descansa sobre el lomo de un cocodrilo. Gracias por insistir en que
viniera; fue lo mejor. La Malinche sigue desarrollándose. Besos,
besos, besos.*

Esperó con paciencia en dos largas filas en la
oficina del correo, primero para comprar estampillas, y de
nuevo para que les pusieran el matasellos y echaran las
tarjetas en el saco de la correspondencia. Caminó por los
pasillos del correo observando aquella elegancia venida a
menos. Todo en la ciudad parecía un monumento al
pasado, un museo viviente que luchaba por mantenerse
como antes, en una estructura condenada. Sabía que
afuera de la ciudad había centros turísticos a los que iba
gente como ella, en tierras apropiadas por promotores
inmobiliarios extranjeros; tierras en las que ella pudiera
haber vivido si no la hubiesen adoptado.

Eran casi las cuatro. Pamela le dio vueltas a la
mujer manca en el centro del parque y apoyó la frente
dolorida en la cálida pierna de piedra. Casi corrió cuando
la vio, pero Guadalupe la saludó con la mano desde el
otro lado de la calle, mostrándole su brillante sonrisa y

caminaron raudas la una hacia la otra. Las dos hablaban al mismo tiempo, se dieron un rápido abrazo y caminaron enlazadas mirando al suelo. Había muchas cosas que contar.

—Tú dormías con los otros niños, pero llorabas por la noche y muchas veces te llevé a la cama conmigo para tranquilizarte. Tenía miedo de volcarme sobre ti, así que casi no dormía. Hacíamos un juego con los dedos, poniéndolos a bailar, y tú te reías. Yo tenía trece años y hacía como si tú fueses mi bebé, jugando a que estaríamos juntas para siempre.

—¿Conociste a mi madre?

Guadalupe asintió.

—¿Cuál era su nombre?

—Fabiana.

—¿Fabiana? —Pamela respiró el nombre como si fuese un código secreto para otro mundo—. Qué bello.

—Era muy joven, como yo. Ella quería verte, pero las hermanas no lo permitían por las regulaciones del gobierno. La Madre Superiora le encontró un empleo como sirvienta en la casa de una gente rica.

—¿Dónde? ¿Tú crees que siga allá?

Guadalupe negó con la cabeza.

—Se fue de allá, a la calle. No la volvimos a ver.

—¿Y qué hay en el expediente?

Guadalupe encogió los hombros.

—Documentos. Una fotografía tuya y mía antes de que te entregara a las canadienses.

—¿Quién la tomó?

—La Hermana Rosa. Ella tenía una cámara pequeña y fotografiaba las flores en el patio.

—Tiene que haber algo más, ¿no? Por favor, Lupe, por favor cuéntame —suplicó Pamela.

—Solo puedo decirte que ella te amaba y quería llevarte consigo. Es demasiado cruel que no te dejen saber eso.

—Es cruel no decirme dónde está Fabiana ahora.

—No puedo traerle este problema a nuestro convento. Tú no tienes idea de lo que podría pasar. Este es mi hogar, Pamela —señaló el enorme edificio, una cuadra entera de la ciudad, con su propio cuartito insertado en él.

—Nunca le diré a nadie, te lo prometo. Puedes confiar en mí —tomó las manos de la monja entre las suyas. La cabeza de Guadalupe se movía hacia delante y hacia atrás. No la quería mirar a los ojos. Pamela se sacó la medalla milagrosa de la blusa y la levantó—. En el nombre de la Virgen, te prometo que nunca traicionaré tu confianza.

Una luz se encendió en los ojos de Guadalupe.

—¿Tú eres católica?

—No. Pero entiendo del amor. ¿Qué más hay en la carpeta?

Cuando habló, su voz era baja y apagada, como si estuviera recitando algo sin pensarlo.

—Tu madre vive en un apartamento secreto dentro del Palacio Nacional. Ella es la compañera del General Ernesto de Cuevas. Él tiene una larga carrera en el ejército. Lo llaman el Generalísimo Carbonero porque ha quemado muchas aldeas y a mucha de nuestra gente. Todas sabemos de él y queríamos salvarte de esto.

—Eso no puede ser verdad. Tiene que haber un error. ¿Estás segura de que era mi expediente?

—La hermana del General trabaja con nosotras en Casa Central. Es maestra de la escuela. Ella renegó de su hermano hace muchos años, pero se enteró por su familia de que había tomado a Fabiana como amante y se lo informó a la Madre Superiora, porque el gobierno exige que los registros de los padres de nuestros huérfanos estén al día.

Pamela se zafó.

—Yo no soy una huérfana. Tengo una madre y ahora sé dónde encontrarla.

—No puedes verla, Pamela. Es imposible. Ellos no te dejarán entrar al palacio.

—He visto turistas entrando allí. Es un museo.

—Solo una parte del palacio; los salones y los murales. Nunca encontrarás a tu madre allí.

—Preguntaré por el General.

—¡No! No puedes verlo. Es peligroso. Él dio la orden para tantas masacres.

—Pero la guerra se acabó.

Guadalupe sacudió la cabeza, exasperada.

—Ya te dije, en realidad nada ha cambiado a pesar del llamado Acuerdo de Paz. Ahora, el Generalísimo de Fabiana es un miembro respetable del Estado Mayor, La Defensa. Ellos son un grupo de oficiales de alto rango a cargo de la seguridad nacional. Pero a pesar de que solo es un perro guardián que protege al presidente Portillo y su familia, aún puede arrancarte la cabeza de una mordida.

—Tú la juzgas, ¿no es cierto?

—Lamento que te parezca así. Esa no es mi intención.

Hubo un silencio incómodo mientras Guadalupe se retrajo: *¿Qué hice? Oh, Madre, ¿qué hice? He destrozado la confianza que pusieron en mí. He traicionado a la Hermana María Teresa.*

—Bueno… gracias por ayudarme, Lupe. Vamos a seguir en contacto.

—¡No! —Lupe agarró a Pamela por el brazo—. No te vayas así. Tú no entiendes el riesgo que estás corriendo, Pamela. Si hubieras crecido en Guatemala, sabrías lo peligroso que es esto.

—Deja de hablarme en tono condescendiente. Yo no soy estúpida.

—Claro que no lo eres, pero es difícil ver lo que es invisible —bajó la voz a un susurro intenso—. Hay tantas capas de corrupción y violencia. Yo solo quiero ayudarte, Pamela. Protegerte.

—Tú me ayudaste y siempre te estaré agradecida —abrazó a Lupe impulsivamente y se separó rápido—. ¿Puedo llamarte por teléfono al convento?

—Es mejor si nos encontramos en la capilla. Siempre estoy allí a las cinco de la tarde.

—¿Cuándo vas a la aldea?

—La próxima semana —le ofreció la mano.

Pamela tomó la mano y la miró a los ojos.

—Por favor, no te preocupes por mí —dijo. Se inclinó hacia delante y besó la mejilla de Guadalupe—. Eres bella.

Guadalupe miró a Pamela con detenimiento por un instante y le tocó la cara. Bajó la mano hacia el lado y la sostuvo apartada de su cuerpo, como un bailarín. Volteó y caminó por el sendero hacia el convento.

Esa tarde, Pamela se paró frente al Palacio Nacional y miró con insistencia aquella fachada impenetrable. *Mañana estaré dentro*, pensó. Tenía una mezcla tan grande de sentimientos, que no era capaz de pensar con claridad; ni siquiera comenzaba a imaginar lo que podría suceder. Giró de manera abrupta y caminó por la Avenida 6, mirando a los vendedores ambulantes recoger sus puestos. *¿A dónde irán ellos por la noche?*, se preguntó. Dos chicos amontonaron su mercancía en enormes sacos de plástico y los subieron a un trolebús que avanzó despacio por una calle lateral oscura. Todos se dispersaban separándose como el mercurio, por calles adyacentes, hacia entradas, acostándose bajo las columnas que bordeaban el Parque Central frente al palacio. Regresó al Chalet Suizo, encendió una vela y se acostó en la cama, pensando en lo que le diría a Fabiana al día siguiente. No podía creer lo rápido que sucedía todo de pronto. Estaba muy despierta y no se quedó dormida sino hasta mucho después de que la vela se había consumido.

*

Al descubrir que Olid y sus amotinados habían muerto mucho antes de que él llegara al golfo de Honduras, Cortés comandó una pequeña flota de carabelas y zarpó a casa alrededor de la Península de Yucatán. El viaje fue igual de desventurado que el trayecto por tierra. Una de las carabelas se perdió en una tempestad y todos se ahogaron. Cuando el resto de la flota llegó poco a poco a la costa de Veracruz en mayo de 1526, Malintzin llevaba un bebé en los brazos; una niña nacida en el mar y bautizada María por su padre, Juan Jaramillo.

Ya era el pico del verano para el momento en que llegaron a las afueras de Tenochtitlán. Cortés se limpió el sudor de la frente y recordó la primera vez que vio la ciudad; un lago salpicado de joyas, rebosante de vida. Recordó las batallas, las muertes, la Noche Triste, el largo estado de sitio de Tenochtitlán y la capitulación final. Recordó las casas llenas de muerte, las montañas de cadáveres humeando y crepitando en el furioso fuego. Ante él se levantaba ahora una ciudad reluciente de iglesias y palacios nuevos.

—¡He dado mi vida por esta tierra! ¡He construido esta ciudad para Dios y mi rey! —gritó, mirando a sus hombres exhaustos.

En lugar de la bienvenida que soñó, encontró que la capital había sido tomada por burócratas españoles que empuñaban plumas y pergaminos. Fue recibido por Gonzalo de Salazar y Rodrigo de Chirinos, funcionarios del tesoro que asumieron el gobierno del nuevo territorio en su ausencia.

—¡Don Hernán! Pensamos que estaba muerto y estábamos a punto de ceder sus tierras —exclamó Salazar, acariciándose la barba.

—Tal vez hubiera preferido no regresar, Don Hernán. Hay una Comisión Investigadora que está indagando acerca de su gobierno, sus métodos de conquista poco ortodoxos, la sospechosa muerte de su esposa... —Chirinos terminó con una inflexión insinuante.

—En cualquier caso, sus tierras han sido confiscadas y Don Luis Ponce de León fue enviado desde España para ser juez en la investigación —dijo Salazar, meneando un pergamino en la nariz de Cortés. Era un rollo con cargos por el robo del tesoro de Moctezuma, la defensa y protección de indios contra la mano de obra esclava, la estrangulación de su esposa y el envenenamiento de varios rivales para el cargo de gobernador. Los dos hombres estaban sentados, con las manos dobladas sobre sus barrigas, sonriendo mientras Cortés leía los cargos contra él. Su cetrina piel se ruborizó y un músculo en la quijada se movía a medida que iba leyendo.

*

Malintzin despertó con el llanto de su hija. Al principio no sabía dónde estaba. Después de viajar durante casi dos años y despertar en selvas y pantanos, palacios mayas o chozas techadas con hojas de maíz, aún no se acostumbraba a la estabilidad de la casa de su esposo cerca de la plaza central de México-Tenochtitlán. Se demoró en salir del sueño, arrastrada por María, y la levantó, atenta a sus diminutos rasgos. La niña lloraba inconsolable, como si hubiese sufrido una gran pérdida. Malintzin se la pegó al pecho, vio su boquita succionar con urgencia y sintió salir la leche que tranquilizó a la niña.

—Dame una señal, Tonantzin, oh, Diosa Madre, dime que ella es hija de Hernán.

Acarició los pequeños brazos y tocó cada uno de los dedos, abiertos en el éxtasis de la alimentación. Acarició la cabecita aterciopelada y miró los párpados agitados de piel lechosa, casi translúcida, como un huevo de pájaro. La nostalgia por Martín apuñalaba el corazón de Malintzin y las lágrimas asaltaron sus ojos al recordarlo así, recién llegado al mundo, tan confiado en los brazos de Hernán, con aquellos ojos lechosos que intentaban encontrar al padre. Lo imaginó entrando al cuarto corriendo.

"Mamá, Mamá, mi hermana es como yo, mitad española" sus ojos oscuros y alegres le sonreían. "¿Cuándo vendrá Papá? ¿Puedo ir a España, Mamá? ¿Cómo es España?", decía arrodillado en la cama, con las piernas dobladas debajo de su cuerpecito perfecto, mirándola con los ojos de su padre, esperando su respuesta.

Malintzin tenía una doble vida desde que se casó con Jaramillo. Ahora venía de las sombras del pasado, llena de recuerdos.

Escúchame, oh, Tonantzin. Estoy acostada en la cama de Jaramillo y mi hija está en su cuna junto a mí. Sueño con Hernán y nuestro hijo, y cuando despierto, mi corazón está lleno de luz. Pero a medida que el día avanza, me convierto en piedra. Oh, Diosa Madre, solo tú me puedes juzgar. Mi corazón no me da alternativa. En aquel momento no estaba dividida, cuando dije las palabras de la esposa cholulteca. Tenía que vivir, serle leal a él. He dividido mi lengua en tres y ahora mi cuerpo está dividido. Estoy parada en las sombras, añorando a Hernán y viendo cómo vivo, teniendo otro hijo, incluso disfrutando el cuerpo de mi esposo cuando se mueve contra mí en la noche. Esta es mi traición. Yo soy la mujer en la sombra; la que mira el rostro de mi hija, buscando una señal. Oh, Tonantzin, dime que no lo he traicionado a él.

Un chorro de luz la cegó al abrirse la puerta.

—Señora, le traje chocolate —Zaachila llevaba una taza humeante que puso en el tocador en medio de un revoltijo de collares y peines españoles.

—Debe beberlo, Señora. Le dará fuerzas.

—Ah, Zaachila —suspiró—. ¿Qué haría sin ti? Me serviste bien en ese largo viaje al infierno y me asististe en un parto tempestuoso en el mar. Ahora podemos descansar.

—El Señor desea verla. ¿Puede entrar?

Ella asintió y separó de su pecho a la bebé dormida.

—Pero no te vayas, Zaachila. No estoy lista para sus apetitos.

Zaachila contuvo la risa y se inclinó haciendo una reverencia como se lo habían enseñado. Sus faldas revoleaban cuando dejó el dormitorio para buscar a Jaramillo.

Malintzin se inclinó para poner a la bebé dormida en su cuna. Bajó de la cama y se abotonó el corpiño. Apenas le dio tiempo de ponerse el mantón alrededor de los hombros antes de que Jaramillo llegara al cuarto. Entró a zancadas y besó la mejilla de su mujer. Luego miró a la bebé dormida, estiró la mano hacia la cuna, titubeante, y acarició la suave cabecita.

—Un milagro —dijo—. La bautizaremos María en el nombre de la Santa Virgen.

—María Malintzin.

—Malintzin no es un nombre católico.

—Era mi nombre… antes.

—Por supuesto… un pequeño detalle —dijo, encogiéndose de hombros.

—No para mí —replicó severa—. Es su derecho... la sangre de su madre —volteó la cabeza y cerró los ojos.

—Estás cansada, Marina. Te dejaré para que descanses.

—No —agarró su brazo y lo miró a los ojos—. Llévame a la casa de Altamirano, Juan, para ver a nuestro hijo.

Los ojos de Zaachila se abrieron de par en par mientras rondaba la puerta.

—Cortés dice que no se puede molestar al niño.

—¿Molestar? ¿Qué quieres decir? Yo soy su madre. Tú, mi esposo, le has dado tu apellido; ahora él tiene que venir a vivir con nosotros —se aferró a su brazo con fuerza.

—Martín está bien atendido en la casa de Altamirano. Está aprendiendo a hablar castellano y está creciendo como un niño español.

Malintzin le clavó las uñas en la manga del jubón.

—Pero Juan, qué hay de...

—Tú tienes otro hijo ahora, Marina; nuestra hija, ¿no?

—¡Exijo ver a Martín! —intentó zafarse, pero él le sostuvo el brazo.

—Ella es nuestra hija, ¿no es cierto?

—Claro que sí. ¿Qué te crees?

—No sé qué pensar de la amante del Señor Malinche.

—¡Déjame ir! Tengo que ver a mi Martín. Ya son casi dos años.

La soltó de repente, haciendo que casi se cayera y tropezara con el tocador, causando que los collares y peines temblaran, logrando que el opaco espejo se estremeciera.

—Ve —dijo con actitud desafiante—. Te negarán la entrada a la casa de Altamirano. Estas no son mis directrices. Son órdenes del propio Cortés, por el bien de tu hijo. ¿Qué clase de madre eres tú, que dejas a tu nueva hija? ¿Puede ser que esta no te importe?

Malintzin arremetió rápida como una gata y le dio una bofetada. Por un instante pensó que él respondería, pero se quedó allí; su rostro se volvió rojo y una vena gruesa le latía en la frente. Pasó a su lado con rapidez, tumbando a Zaachila contra el marco de la puerta al salir del dormitorio. La bebé comenzó a llorar, con la cara roja y arrugada, y los puñitos temblando. Malintzin corrió a la cuna y la levantó. Caminó con ella por la habitación; la cabecita de la bebé se bamboleaba con cada bocanada de aire mientras Malintzin acariciaba la pequeña espalda en círculos para calmarla. Al pasar por el tocador, vio el chocolate que se había espesado en la taza y se vio reflejada en el espejo opaco; era una sombra oscura del pasado que cargaba otro bebé.

¿Qué hice? ¿Qué le sucederá a mi hijo con su sangre mezclada?

Un escalofrío le bajó por la espalda haciendo resonar cada vértebra, hasta que todo su cuerpo se llenó de premonición. Se volteó. No quería verse, no podía; tan grande era la oscuridad en la senda de la serpiente.

*

Pamela le dio la mochila a la guardia y pasó por el detector de metales.

—Tiene que dejar su bolsa aquí —dijo la mujer y le dio un boleto.

Pamela subió por un tramo curvo de escalones de piedra. En las paredes de las escaleras y a lo largo de los pasillos marmolados del piso superior había murales que mostraban a españoles cubiertos de metal y mujeres indias desnudas, y sacerdotes convirtiendo a grupos de indios. Encima de un arco de hierro forjado estaba representada la batalla de Kumarca'aj. La escena mostraba a Pedro de Alvarado matando a Tecum Uman, el cacique emplumado maya quiche. El orgulloso cacique estaba tendido en el suelo como un pájaro herido mientras Alvarado se inclinaba y lo atravesaba con su espada.

Unos jardineros silbaban al quitar las hojas secas de las muchas plantas que caían en cascada desde los balcones hacia un patio central bordeado de columnas. Del techo con incrustaciones de lapislázuli colgaban lámparas sobre pasarelas de piedra, había fuentes alargadas con mosaicos, llenas del agua que resplandecía al salir por las bocas de enormes peces de piedra. Cada vez que Pamela doblaba una esquina había un reloj y todos tenían una hora distinta. Se sentía como Alicia entrando al País de las Maravillas; todas las reglas eran diferentes aquí y tenía que confiar en su instinto.

Estaba en el segundo nivel, mirando hacia el patio de abajo. Había una enorme escultura de una mano, en la que descansaba una rosa recién cortada, con los pétalos blancos aún adornados con rocío. Caminó hacia la parte de atrás de la columnata. Como no había nadie cerca, pasó por encima de una cadena y corrió entre dos postes hacia un área oscura. Con sus sandalias de suela de goma, caminó sigilosa hasta que vio una luz que venía de una puerta abierta más allá de una escalera ancha. Miró al interior de una oficina donde había un hombre sentado a un escritorio estudiando con detenimiento una pila de papeles. El hombre ni siquiera levantó la mirada. Se sintió como una intrusa al virar y caminar hacia las escaleras. Al final de la segunda escalera había un pasillo con dos puertas cerradas. En la pared, una esfera muda indicaba las cinco de la tarde. Aguardó atenta por un momento y no oyó nada. Giró la manilla de la primera puerta. Estaba cerrada con llave. Probó la siguiente, que abrió hacia otro pasillo oscuro con más puertas a cada lado. Mientras pensaba qué hacer, oyó pasos en las escaleras de afuera. Había dejado la puerta abierta. Cuando volteó, apareció la silueta de una figura; un hombre pequeño con la mano en la pistolera. Por un loco instante pensó que sacaría un arma y le dispararía, así que levantó las manos. El guardia caminó hacia ella mirándola con insistencia, como si hubiese visto un fantasma.

—¿Señora? —era un chico con una fina pelusa encima del labio y en la barbilla.

—Señorita —dijo Pamela, con la voz temblorosa.

El chico la miró de cerca a la cara y luego se puso rígido.

—Está prohibido entrar aquí —dijo, y repitió las palabras para darles mayor énfasis.

—Pasé por la mesa de seguridad en la recepción —dijo Pamela—. Por favor, ayúdame. Estoy buscando a la Señora Fabiana. Ella vive aquí en el palacio.

—Tiene que venir conmigo —la tomó del brazo con brusquedad y comenzó a bajar por las escaleras.

—Quiero hablar con el General Ernesto de Cuevas —exigió Pamela.

—El General no da entrevistas.

—¡Entonces tú lo conoces!

—Shhh, no arme un alboroto —susurró, encorvó los hombros y se puso el dedo en los labios.

—Tengo que hablar con él. Es muy importante.

—No, no —agitó el dedo en su cara y la bajó presuroso por las escaleras, sujetándole el brazo con firmeza—. Los turistas no pueden entrar en esta área. Usted tiene que quedarse de ese lado —le indicó la cadena—. Vaya. No deje que nadie la vea.

Las protestas de Pamela fueron en vano, pero no cedió terreno y se quedó esperando que el guardia se fuera. Por su parte, él se mantuvo firme en su puesto junto a la cadena y al final logró que ella se retirara, vencida.

A la salida compró una postal del Palacio Nacional y la pegó en la pared de su habitación en el Chalet Suizo. Estaba despierta en la cama, intentando descifrar el extraño mundo al que había entrado, con límites totalmente indefinidos entre la realidad y la fantasía. Estaba frustrada y enojada por la maraña de secretos que encontraba a cada paso. El convento, el palacio: enormes edificios grises llenos de pasajes secretos y puertas cerradas; monumentos de piedra a una cultura cubierta por el terror. *Sí, el General existe, así que Fabiana debe existir también. Pero todo lo que quiero está prohibido, escondido en un enredo de reglas y regulaciones, rumores y miedos.*

Regresó al palacio por la mañana. Le sonrió al guardia al pasar por el detector de metales, entregó su mochila como una veterana y caminó resuelta hacia la oficina en la entrada del frente.

—Buenos días —le dijo al hombre sentado en la caseta de vidrio—. Soy periodista y vengo de Canadá —mostró su pasaporte con la autorización por tres meses muy visible—; y me han concedido una entrevista con el General Ernesto de Cuevas.

El hombre hablaba por un pequeño micrófono al otro lado del vidrio.

—El General no da entrevistas.

—Oh, pero yo lo tramité con la Embajada de Guatemala en Canadá. Ellos dijeron…

El hombre sacudía la cabeza mientras ella hablaba.

—El General está de viaje —interrumpió—, por asuntos oficiales con el presidente Portillo.

—¿Cuándo regresará?

—El General no da entrevistas —su rostro era inmutable.

—¿Podría hablar con su esposa?

—Por favor. Está perdiendo su tiempo.

Pamela le mostró una brillante sonrisa.

—Yo sé que usted me puede ayudar —dijo con el tono más confidencial que pudo a través del vidrio—. La persona con la que en realidad quiero hablar es una mujer que vive en un apartamento privado en el palacio...

—Aquí no vive nadie. Estas son oficinas del gobierno.

—Su nombre es Fabiana.

Él sacudió la cabeza.

—Aquí no vive nadie —dijo, y se fue.

Pamela se quedó mirando la parte de atrás de la cabeza del hombre con los ojos llenos de lágrimas de frustración. Dio vueltas por el patio y se detuvo junto a la fuente. Los pétalos blancos cubiertos de rocío de la rosa del día anterior estaban marrones y mustios. Ese cuadro de alguna manera la derrotó. Se había imaginado a Fabiana paseando por los jardines muy temprano en la mañana, cortando una rosa blanca fresca cada día y poniéndola en la mano esculpida como un símbolo del Acuerdo de Paz de Guatemala.

Esa tarde se sentó en el Parque Central, sola entre la música y la cháchara de los vendedores de la tarde. Con las bombillas de colores, los fuegos artificiales y las fuentes juguetonas, la ciudad parecía una larga fiesta en medio de las ruinas de sus sueños. Deseaba que Talya estuviera allí para amarla y hacerla sentir que existía. No entendía adónde se había ido el día. Al salir del palacio le dio la vuelta al edificio, mirando con detenimiento las ventanas enrejadas. Tuvo ganas de tirarse en los escalones del palacio y patear y gritar por su madre, pero en lugar de eso caminó sin rumbo todo el día. Al anochecer se encontró de nuevo en el Centro Histórico, viendo las bandadas de pajaritos posarse en los árboles a la vez que comenzaba la vida nocturna de la ciudad. Se sintió tan terriblemente sola en aquella plaza llena de gente; miraba el palacio, sabía que su madre estaba dentro y que sin embargo era inaccesible para ella. Al final, no pudo soportar más y regresó al hotel, avanzando enojada por la lenta multitud de la Avenida 6.

Sintió que estuvo acostada durante horas, pero debió quedarse dormida al final, porque despertó agitada de un sueño en el que Fabiana y el guardia susurraban en una esquina, sin mirarla. Ella les gritaba, pero de su boca no salía ningún sonido. Se alejaron como si ella no existiera y cuando intentó seguirlos, se encontró arraigada en el parque como un gran árbol con muchos pajaritos que volaban en su pelo. Por algún lado al fondo, aunque no podía verla, estaba Guadalupe, que tenía un aura de luz saliéndole del cuerpo.

Se sentó en la cama, tratando de matar los mosquitos que silbaban alrededor de su cabeza. Presionó el interruptor de la lamparita de noche, pero no había electricidad, y todas las velas se habían consumido. Buscó su linterna a tientas. Las 3 a.m. Encontró una parte fresca en la almohada llena de sudor y trató de relajarse, pero la cabeza le latía y pronto daba vueltas en las sábanas húmedas. Empezó a contar. Era un ritual de la infancia, contar los escalones hacia abajo, adentro de la tierra, contar su respiración, adentro y afuera, contar los niveles de su existencia hasta que se volvía una motita suspendida en lo oscuro de la eternidad.

Un zumbido agudo la envolvía haciendo vibrar su cuerpo, se deslizaba cuesta abajo por la columna y salía por las plantas de los pies. Un clamor de voces pronunciaban sonidos incomprensibles que ella entendía más allá del pensamiento, en un lugar donde el aire resplandecía con los sonidos selváticos de un universo de muchos niveles. De pronto regresaba a una velocidad enorme. Su cuerpo se volvía más grande y sensible a medida que se estrellaba contra él y sentía el duro golpe de la ausencia. La ausencia de Fabiana, de Hannah y Fern, de Talya, de Lupe...

Al amanecer, cayó en un sueño profundo.

Como una enorme roca, se hundió hasta el fondo de un gran cuerpo de agua y quedó inmersa allí. El agua estaba llena de luz y ella permanecía contenida en turquesa líquida, resplandeciente de piedra caliza brillante. Algo la jaló hacia abajo y la cubrió con una piedra blanca que goteaba, suave y segura como un capullo. Río arriba, junto a las rocas grandes, podía ver un remolino. Una niña y un niño yacían allí, hermanados, cubiertos de piedra caliza antigua. Habían saltado de las rocas y nunca subieron a la superficie. Agua azul... agua azul... Debajo de ella, un cocodrilo cuidaba las escaleras hacia el infierno. Nueve estratos debajo del agua, cuatro escalones hacia abajo, luego la roca y cuatro escalones hacia arriba. Encima de ella los Cielos; seis que ascendían en el este hasta la séptima capa, seis que descendían en el oeste; y en cada esquina del mundo una ceiba sagrada, un árbol de algodón silvestre. En el centro había una ceiba verde gigante, arraigada en el infierno, cuyas ramas se extendían hacia los Cielos. Ella estaba dentro del árbol, con las piernas enredadas en las raíces, pero también estaba afuera; q'ab q'anup, era una rama de la ceiba. Podía verlo todo; blanco al norte, amarillo al sur, rojo al este, negro al oeste, y alrededor de ella el azul del universo. Estaba completa.

Pamela despertó a las 9:30, cubierta de picadas de mosquitos. Salir de la cama fue como arrastrarse por arcilla líquida. Se miró en el espejo opaco del baño y apenas reconoció el rostro inflado y los ojos hinchados. Se echó agua en la cara y poco a poco se le fue despejando la cabeza, hasta que supo lo que tenía que hacer. Primero iría al convento y hablaría con Guadalupe.

Un ojo azul claro apareció en la rejilla.

—Sí.

—Quiero ver a la Hermana Guadalupe.

—Ella no está.

—¿Dónde está?

—No puedo decirlo.

—Pero soy una amiga de ella. Tengo que verla.

La monja empujó un papel a través de la rejilla.

—Puede escribirle una nota.

—No tengo bolígrafo.

El papel retrocedió. Pamela oyó el chasquido de la rejilla de metal cuando se cerró, y luego, pisadas que se alejaban. Fue al parque, se sentó en el banco de piedra y miró hacia arriba, a la ventana de Guadalupe. Creyó ver una sombra que se movía y siguió mirando un rato, hasta que se dio cuenta de que era el juego de la luz a través de las jacarandas.

A las cinco en punto esperaba de pie en la capilla, pero no había señal de Guadalupe. Se sentó en un banco en la parte de atrás y rezó para que viniera. Alguien le tocó el hombro. Ella levantó la cara.

—¿La encontraste?

Pamela negó con la cabeza.

—Me voy. Quería despedirme.

Guadalupe se puso pálida.

—¿Cuándo?

—Mañana, si hay un autobús.

—¿Un autobús?

—Sí, voy a viajar como tú. Tú vas al campo, ¿no?

Se rio y recobró el color.

—Sí, a Huehuetenango, a una aldea que está cerca de allí. Creí que te ibas de Guatemala —dijo, con su hablar suave y rápido. Sus ojos se encontraron.

—No, solo estoy dejando la capital por un tiempo —hizo una pausa—. ¿El parque?

Guadalupe asintió.

—Te esperaré allá.

—Voy contigo.

—Pero tus rezos…

—Ya habrá suficiente tiempo para rezar.

*

De todas las personas, Zaachila era la que conocía el corazón de Malintzin; la que había compartido con ella los años de esclavitud y la llegada de los españoles, después la alegría del nacimiento de Martín y su primera infancia en la Casa Colorada, quien fue testigo de su humillación cuando Cortés llenó la casa con sus amantes, quien lavó sus ropas llenas de leche agria y caminó con ella en el largo y desastroso viaje a Honduras, quien la vio casarse con un hombre indiferente, hincharse con un segundo bebé, soportarlo todo solo por el deseo de tener de nuevo en sus brazos a Martín, su hijo, su primogénito.

—Voy a ir a la casa de Don Altamirano. Su cocinero es de mi aldea. Traeré noticias.

—¡Oh, Zaachila! —Malintzin tomó las manos de Zaachila y una gran esperanza le encendió los ojos—. Tienes que tener cuidado. Dile a Martín que lo quiero. ¿Tú crees que él me recuerde? Diecinueve lunas es mucho tiempo, casi la mitad de su vida.

—Voy a hacer las tortillas para la comida y luego iré.

—Si alguien te ve, le dices que vas al mercado.

Zaachila asintió y corrió a la cocina a mezclar la masa. Se consolaba con el continuo golpetear de las tortillas entre sus manos. Ahora todo lo que deseaba era ayudar a su señora porque entendía del dolor y la pérdida; la reconocía, aunque se preguntaba si su señora estaba triste por Martín o por el señor Malinche. En el viaje a Honduras, al pasar por la ciudad de Coatzacoalcos en el Golfo, Malintzin se reunió con su madre y Zaachila se enteró de la muerte de sus padres y sus hermanos por la enfermedad española. Cuando supo de sus pieles, que erupcionaron como volcanes, y de sus agonías al morir por la fiebre que todo lo consumía y que había barrido toda la zona, que llegó incluso a su aldea de Acayucan, deseó su propia muerte.

"Ahora soy huérfana; estoy sola", lloró.

Pero Malintzin la ayudó una vez más.

"Los dioses te escogieron, Zaachila", le dijo. "Tienes que dejar de desear la muerte. Fue tu destino convertirte en esclava y dejar tu familia. Eso fue lo que te salvó, y ahora eres libre".

Pero Zaachila no quería ser libre. Le había dado su lealtad a doña Marina y había jurado servirle a ella y a sus señores españoles.

Martín tenía cuatro años. No reconoció a la mujer en la falda verde con un mantón claro que cubría sus hombros morenos.

—Martín, *Xochitl xolotl* —susurró, deteniéndose para tomar la mano del niño. Entonces, un recuerdo se movió en él. Al estrecharlo contra ella, Martín sintió la tibieza de su piel, hurgó con la cara en su cuello y la olió; la tierra y el maíz y los hibiscos rojos y carnosos.

—¡Mamá! —gritó—, ¡Mamá, Mamá! —y le dio una paliza por la espalda con sus puñitos, enojado porque ella lo había dejado y él la había olvidado. El brillante niñito de Coyoacán, que sin miedo le dio palmaditas a las patas del caballo, ya estaba ensombrecido de conocimiento. En la casa de su tío oía palabras susurradas, "La Malinche... bastardo... traidora... ". No entendía las palabras, pero sentía el desprecio detrás de ellas. Comenzó a perder su infancia en la gran cocina de losa, agachado bajo la mesa de madera. Oía a los sirvientes que susurraban y reían, sonidos desagradables que lo hacían sentir sucio, le hacían querer correr y correr hasta que el viento lo levantara en sus grandes brazos y se lo llevara.

Mientras ella le hablaba con los suaves sonidos nahuas, fueron llegando los recuerdos y comenzó a reír, borbotando al fin con felicidad para llenar su soledad.

—Llévame a casa, Mamá —dijo—, echándole los brazos al cuello. Pero ella no podía, lo había prohibido el gobernador. Si ella hubiera podido hablar con Cortés, le habría rogado, se hubiera humillado, hubiera hecho cualquier cosa por ese hijo que estaba atesorado en su corazón junto a su padre. Pero Cortés se había vuelto un fantasma desde su regreso. Tuvo noticias de él, rumores arrebatados de los labios de su esposo y saboreados en la noche, pero pasaban los meses y ella no era capaz de hacer la petición, así que visitaba a su hijo en secreto. Zaachila allanaba el camino, organizaba todo con el cocinero para que Martín estuviera en la cocina. La cercanía de la casa de Altamirano era una bendición. Solo estaba a cuatro calles de distancia. A veces, Malintzin dejaba a su bebita dormida bajo la mirada vigilante de Zaachila y andaba las calles esperando ver a Martín, aunque fuese solo un instante. Y a veces lo veía, con la manito firmemente enganchada en la mano de una sirvienta española, y su corazón saltaba del deseo de correr hacia él y reclamarlo. Pero la mayoría de las veces era otro niñito de ojos oscuros y piel cetrina, pero nunca con el mismo comportamiento que caracterizaba a Martín, esa conducta reservada del niño abandonado por sus padres, el mismo porte que tenía la propia Malintzin, madurado gracias a su independencia.

*

Pamela estaba sentada sobre los árboles, mirando la selva desde arriba. Había subido por los interminables escalones de piedra hasta alcanzar una nueva perspectiva y un joven de Québec la capturó con su cámara digital en los brazos de aquella monstruosa pirámide. Era un viajero que se encontró en los Cielos, donde se cruzaron en un punto. No podía ver con exactitud dónde estaba sentada, en la cima de una de las pirámides gigantes de Tikal, desde donde miraba hacia la plaza de lo que alguna vez fue una comunidad floreciente; el mismo lugar donde paró Cortés por poco tiempo en su viaje hacia Honduras. Sabía que estaba rodeada de una densa selva que se extendía hacia una zona de pantanos y matorrales.

Sintió como si pudiera volar, lanzarse desde la pirámide y cubrir el mundo con sus alas.

Las noches eran calientes y lentas. Pamela oía la selva respirar como un animal dormido mientras ella yacía somnolienta, desnuda bajo la delgada sábana, con la conciencia desplegada por completo, tocándolo todo. Por las mañanas tomaba café con Denís, el quebequense. Sus caminos se cruzaron y ahora ella se marchaba rumbo al sur en un autobús atestado de gente, traqueteando sobre los destrozos que en Guatemala se llaman caminos. Entre los trechos de escombros había partes dañadas por inundaciones monzónicas, repentinas y peligrosas, con mucho lodo. Pamela miraba el vertiginoso paisaje a través del vidrio manchado mientras el autobús daba una curva tan cerca del borde que no la dejaba ver el camino debajo de ellos. Había poca visibilidad, la bocina no paraba, el autobús iba lleno de cuerpos presionados, las caras pasivas e inescrutables miraban la tierra estampada, que se extendía y caía en un remiendo de verde, amarillo y marrón rojizo. Los campos estaban sembrados de maíz y café, sus delicadas hojas se hacían camino por la tierra y se alzaban en medio de una fina neblina que blanqueaba las montañas. Se preguntó qué estaría haciendo Guadalupe. Habían quedado de encontrarse en Iximche cuando Guadalupe terminara su trabajo en la aldea. Pamela iba en camino, avanzando despacio, tratando de contener la inmensa alegría que hacía saltar a su corazón. Desde que se deshizo de su reloj había desarrollado un nuevo sentido del tiempo, una línea que se enrollaba sobre sí misma; el pasado y el futuro abrochaban el momento.

*

*Al trabajar en la casa de Dios, si derramas sangre, harás
penitencia. Será tu deber ofrecer pergamino y copal, dar limosnas a
los necesitados que pasan hambre, vestir a quienes andan desnudos y
andrajosos. Su carne es como la tuya.*

—Bernardino de Sahagún
Historia de las cosas de la Nueva España

Guadalupe cargó al bebé dormido y tradujo del
mam al español mientras el Doctor Ramírez examinaba el
oído de la mujer y le hacía preguntas.

—¿Cuánto tiempo lo tiene? ¿Ha tenido este dolor
antes? ¿Dónde le duele exactamente?

El bebé se sentía tibio contra su pecho, como una
vez se sintieron sus hermanos, su hermanita, como Flor
de Mayo. El último día, antes de que vinieran con sus
latas de gasolina y sus antorchas encendidas, estuvo
jugando con sus hermanos. Mynor y Felipe eran niños
rudos, así que le dijo a la pequeña Isabela que no se
acercara. Ellos se correteaban entre sí, agarrando piernas,
tobillos, hombros, rodando por el polvo. A los doce años
era una niña flaca con cuerpo de varón, a la que le
encantaba luchar. Isabela corrió hacia ella y le golpeó el
vientre con los puñitos. "¡Yo quiero jugar, yo quiero
jugar!".

Calixta la levantó. "Tú no puedes jugar con
nosotros, nena. Te vas a hacer daño. Ven, te llevaré con
Mamá". La niña gritó y pataleó, pero Calixta no le hizo
caso y la llevó adentro de la casa.

"Aquí estás. ¿Dónde estabas, Calixta? Necesito
que me ayudes con las tortillas. Aquí está la masa, ahora
ponte a trabajar. Y muéstrale a Isabela cómo se hace. A
ella le gusta ayudar".

Recordaba estar tan enojada que pateó a su
hermana por debajo de la mesa e Isabela gritó. Pero
hicieron las tortillas. Aún escuchaba el golpeteo constante

de sus propias manos mezclado con el golpeteo errático de Isabela y el coletazo cuando se le rompían las tortillas. "No, no. Así, nena. Mírame". Casi había terminado una gran pila de tortillas cuando oyeron el primer grito. Después de eso, fue como una cámara de ecos; los gritos y disparos las rodearon hasta que Calixta quedó ensordecida. Se agachó debajo de la mesa aferrando a Isabela a su cuerpo, tapándole la boca a la niña. Una pesada bota las separó, Isabela gritó y Calixta corrió, corrió, corrió por su vida a través de un humo negro y espeso, ahogándose y tosiendo, corriendo como un rayo. Tenía tanto miedo que se olvidó de Felipe y Mynor hasta que estuvo como a una milla de la aldea. Se volteó, pero todo lo que pudo ver eran espirales de humo negro que subían hacia el cielo azul, juntándose en nubes como si se avecinara una tormenta. Nunca antes olió algo así. Era el olor a carne humana que se quemaba; un olor caliente y dulce.

Le devolvió el bebé a su madre y trajo a la siguiente paciente; una mujer con tres niños colgados de la falda. Venir a la aldea era la penitencia de Guadalupe. Sus heridas se volvían a abrir y sufría de nuevo los estragos de su descuido. Pero esta vez era distinto, porque su corazón no estaba totalmente comprometido con la penitencia. Le había contado a Chavela acerca del regreso de Flor y de la inmensa alegría que sentía al verla. Ahora contaba los días para encontrarse con ella en Iximche.

*

La lanzadera de Chavela se movía hacia delante y hacia atrás, alimentando las hebras. Sobre la tierra sentía el movimiento de su pueblo; la suave vibración de los pies descalzos que van rumbo al templo, caminando hacia el río para beber, subiendo las montañas, surcando la tierra, el golpe seco de la vara de siembra, la caída del grano en la oscuridad. Sentía el crecimiento lento de la vida en la tierra, vida en los vientres de las mujeres de la aldea, muerte en los cuerpos de los ancianos. De manera lenta e inexorable, tejía la historia del cielo sentado sobre la tierra, Madre-Padre, Tierra-Cielo. Pronto, los sacerdotes y las sacerdotisas se reunirían de nuevo y ella sería una de ellos, llevaría los colores de la vida en su cuerpo; una historia que se desarrolla a todo lo largo de sus hombros y la cubre. Las manos de los vivos, los huesos de los muertos que susurran debajo del suelo. El padre de Chavela le hablaba mientras ella trabajaba, el hombre que nunca conoció, enterrado en el jardín de la casa de su hermano. Murió durante su largo exilio, pero ahora le hablaba y la llamaba. Chavela enrolló su arcoíris y lo puso debajo del árbol. Miró hacia el valle, como si estuviera esperando a alguien. Entonces, avanzó despacio por el camino de tierra, con el lodo que le salpicaba los tobillos, a la casa de Manuela para ver si su bebé estaba listo para nacer.

*

Kumarca'aj, Utatlan, cerca de Santa Cruz del Quiche. *Silencio. A mi alrededor un oscuro silencio; las formas de los muertos estiran la tierra. Tanta sangre se derramó aquí, que la grama más nunca volverá a ser radiante.*

Kumarca'aj era un monumento nacional. Pamela leyó la historia en el pequeño museo que hay en el lugar: cómo los mayas quiche fueron derrotados por Pedro de Alvarado, cómo Tecum Uman voló como un quetzal, batiendo las alas verdes cuando decapitó al caballo de Alvarado, cómo el heroico líder cayó a tierra y fue muerto, el pecho abierto por donde entraba la espada de Alvarado. Se sentó en la oscura grama y escribió.

El silencio ha entrado en las piedras que abarcan este lugar. Las ceibas gigantes beben el silencio a través de la tierra oscura, el viento atrapa el silencio y desaparece, dejando el lugar sin aliento. Estoy sentada aquí y me imagino a los mayas quiche asustados, con las bocas abiertas en una sorpresa grande y circular, cuando Alvarado dio la orden: "¡Amarren a los prisioneros! ¡Marcharemos hacia el sur!". Por los escalones de la pirámide veo chorrear la sangre de los sacerdotes heridos, asesinados en un día soleado. Hay una fila interminable de gente parada en el sol con las orejas sangrantes; los hombres de Alvarado arrancan el oro y las turquesas de las orejas hechas jirones. Los mayas estaban acostumbrados a los sacrificios de sangre; se perforaban las orejas con obsidiana, los cuerpos con espinas de cactus y se pasaban fibras delgadas a través de la lengua, los labios, el pene. El dolor que ellos sufrían no era nada en comparación con el terrible malentendido que les causaron los extraños, que pensaban que debían arrancar lo que querían de sus cuerpos. Esta tierra está marcada para siempre. Voy camino al sur, a Iximche, ciudad sagrada de los mayas cakchiquel. Estoy siguiendo los pasos de Alvarado. Me pregunto si Guadalupe estará allí. Me pregunto si ella de verdad existe. No se puede dar nada por sentado en este lugar.

*

Chavela preparó chocolate para Manuela. Hirvió el agua, la miel y el chocolate encima de las piedras del fogón. Se encontraban muy alto sobre el valle y las noches eran frías. Calentó una piedra en el fuego y la envolvió en trece hojas grandes del árbol de ramas rojas y blancas que estaba cerca de la casa de Tomás. La envolvería de nuevo en un paño de tejido rojo y masajearía el vientre de Manuela para detener la hemorragia y rebajar la hinchazón. Manuela estaba acostada en la cama con su bebé arropado en el cuenco del brazo. Chavela recibió al bebé cuando salía, sacándolo con las manos del cuerpo de Manuela, y Guadalupe cortó el cordón. Los otros niños jugaban afuera en el camino lodoso, gritando y riendo; Chavela los oyó cuando comenzó a hervir el chocolate. Cada tarde venían las lluvias, pesadas como un velo blanco que cae desde el cielo; luego se acababan y el sol llenaba el valle de arcoíris. Vertió el líquido oscuro en una taza, le agregó dos huevos y se lo llevó a Manuela, diminuta en la esquina de su cama. *En la oscuridad de la casa podría pasar desapercibida*, pensó Chavela, como pasó cuando el soldado por poco no la vio a ella, escondida bajo las frazadas de la cama con su bebé. Si no se hubiera volteado una vez más. Después de eso les gritó a los otros.

—Ahora mis hijos son canadienses —le dijo a Guadalupe cuando regresaban caminando de la casa de Manuela—. Pero vendrán a visitarnos pronto. Mi hijo menor nunca ha venido a Guatemala. Él nació en Vancouver y Julia en México.

—¿Por qué tuviste que irte, Chavela? ¿Tu esposo peleaba junto a la guerrilla?

—No, él trabajaba en nuestra aldea para traer agua potable para la gente de Huixoc y conseguir una escuela para los niños. Ellos se lo llevaron por treinta días y lo torturaron. Dijeron que era comunista, pero él solo quería ayudar a nuestro pueblo.

—¿Y te torturaron a ti?

—Me llevé a mi hijo y fui a la casa de mi madre en La Democracia. Ella quería que cruzara la frontera hacia México. Está muy cerca. Pero no sabía si vería de nuevo a mi esposo, así que tuve que esperar. Todos los días lo buscaba, y cuando por fin vino, escapamos y no vi a mi familia en veinte años. Esa fue la tortura. Pero para ti la vida ha sido más cruel, Lupe, porque perdiste a todos, a toda tu aldea.

—Pamela está aquí ahora; la niña que me trajo de nuevo a la vida. Todo ha cambiado desde que llegó. No sé qué hacer, Chavela.

—¿Qué quieres?

—Quiero saber quién soy y qué debo hacer.

Chavela tomó las manos de Guadalupe entre las suyas.

—Mañana habrá una ceremonia con los ancianos. Puedes venir conmigo si quieres.

Tercera parte

****

Queridísimas Hannah y Fern, ¿en verdad tengo dos madres? ¿O son ustedes dos una sola mujer con dos facetas? Las quiero tanto y las extraño muchísimo. Estoy sentada en los escalones de la catedral en Chichicastenango. Frente a mí está la plaza del mercado. Todos aquí son mayas, aparte de los gringos. Ayer vi una procesión alrededor de la plaza; todos iban en trajes ceremoniales y llevaban figuras de santos. Mucho incienso y música rara. Voy camino a Iximche para encontrarme con Guadalupe, la monja de la que les conté. Iximche es el centro espiritual de los mayas cakchiquel. La excursión ha sido maravillosa, conocí algunos viajeros interesantes y tengo un montón de fotos. Esta tierra es como una falda desplegada sobre una inmensa extensión de misterio. A veces siento que me estoy perdiendo en Guatemala, cuando miro fijamente las montañas en terrazas que ruedan hacia los valles, siento que abandono mi cuerpo.

Aquí se dice que las faldas de las mujeres hablan. Todas ellas tejen, sentadas afuera de sus casas, con los telares amarrados a la espalda, extendidos entre sus cuerpos y un árbol. Los diseños y colores que tejen revelan de qué aldea vienen y cuál dialecto maya hablan. Puedo ver los contornos de la tierra en sus ropas, como si vistieran la misma tierra y hablaran con sus suaves sonidos. Me siento optimista acerca de retomar mi búsqueda en la capital. Hasta el momento no tengo ideas, pero siento que va a pasar algo maravilloso. Besos, besos, besos, Pam. (Ignoren mi comentario del principio, probablemente es una proyección. Estoy comenzando a sentirme como dos personas).

*

Había ramas de pino esparcidas por el piso de tierra. Chavela estaba arrodillada junto a Guadalupe en el pequeño cuarto lleno de aroma de pino y copal. Los sacerdotes y las sacerdotisas mayas vinieron de todas partes, algunos de ellos se levantaron al amanecer para viajar muchos kilómetros y oficiar esta ceremonia. Salieron del bosque en silencio y cruzaron la carretera de tierra. Iban con pasos suaves, saludándose apacibles entre sí, creando un revuelo en el aire que los rodeaba, como el viento en los árboles. Detrás de la casa corría el río Selegua. Fue a las orillas de este río que dejaron a los torturados para que murieran. En aquellos días, el río arrastraba la sangre y los cadáveres desmembrados que flotaban en él. Chavela fue allí todos los días en busca de su esposo. Cuando lo liberaron de las barracas del ejército, a unos cuantos kilómetros de la ciudad de Huehuetenango, se arrastró hasta la carretera y encontró ayuda. Un hombre lo llevó a La Democracia, a la casa de su suegra. Al verlo, Chavela no podía creer que era su esposo, uno de los pocos que se había salvado entre tantos miles. ¿Por qué? Un perro bebía agua a la orilla del Selegua; su lengua rosada le colgaba del hocico. Ahora el agua estaba limpia. ¿A dónde se fue toda la sangre?

En la casa recién construida, con el cemento que se sale entre los ladrillos, Juan Xiloj encendía las velas, una por cada dirección, y Lucinda Pacheco recitaba las invocaciones. Todos estaban vestidos con sus trajes tejidos en rojos y rosados con azul eléctrico, blanco y amarillo. Las sacerdotisas usaban collares de cuentas y tenían moños cubiertos con telas de colores brillantes. Los sacerdotes llevaban sombreros de ala, excepto Juan, que tenía una tela roja atada en la frente. En la bolsa tejida que traía colgada del hombro llevaba tabaco, una pequeña botella de alcohol, velas, fósforos y copal para hacer ofrendas al Gran Espíritu. Encendió un cigarro, chupó, exhaló y rezó a la Madre-Padre, Tierra-Cielo. Su rezo estaba contenido en ese humo que viajó por su cuerpo, hizo espirales en sus pulmones y ahora colgaba pesado en el aire. Pasó el cigarro resplandeciente a cada uno de los que estaban en el círculo. Todos tenían que rezar. Eran quienes cuidaban a los niños durante el día, las parteras, las casamenteras. Ellos entendían el significado de los días en el calendario sagrado maya que se entrelaza con el calendario agrícola.

La falda sencilla de Guadalupe tapaba el suelo alrededor del sitio donde se arrodillaba. Escuchaba atenta a uno de los ancianos contar su historia de cómo sufrió y estuvo enfermo hasta que encontró su senda.

—La vida puede ser armoniosa —dijo—, si seguimos nuestro calendario; salud, matrimonio, hijos. El día en que nacemos determinará nuestro camino por la vida. O lo seguimos exactamente, o sufrimos y creamos discordia a nuestro alrededor.

Parecía como si estuviera hablándole solo a ella, así que se envolvió con fuerza en la chaqueta de punto, deseando ser invisible. Se sintió como una intrusa entre su propia gente, como si los ojos de todos estuvieran posados en ella. Cuando pensó en el convento, la consumió la culpa. Pero sus recuerdos se revolvieron cuando Lucinda contó la historia del *Popol Vuh*, el libro maya de la creación. Guadalupe oyó la voz de su padre mientras Lucinda contaba sobre la creación de los primeros hombres de maíz, de Hunahpu y Xbalanque, los gemelos celestiales, de la unidad de la vida, de la nada, de las profecías. Contó del sacrificio que tuvo que hacer para convertirse en sacerdotisa; su esposo e hijos tuvieron que pasar al segundo plano. Guadalupe también se sintió entre dos islas que se separaban; quería estar en una de ellas, pero no podía dar el salto. *Me romperé en dos*, pensó.

El mundo se está moviendo debajo de mí. Oh, ayúdame Madre, Madre María, Madre Ixchel... ¿Quién soy yo?

Chavela también escuchaba. La iban a iniciar como sacerdotisa ahora que estaba haciendo su labor, trayendo vida al mundo, recibiendo las nuevas almas en sus manos, acomodándolas en los brazos de sus madres. En Canadá usó *jeans* y camisetas como los hombres jóvenes que se apilaban afuera del cuarto, pero hoy llevaba un huipil brillante de tela roja, bordado con muchos colores. Le rezó a su abuela para que le diera sabiduría. Rezó por Guadalupe.

Los rezos continuaron todo el día. Los rezos no terminan. Todo en la vida se convierte en un rezo.

*

1528: Ella pensaba que veía un fantasma, parado en su imaginación bajo el arco de entrada al pasillo. Caminó despacio hacia él y le tocó la cara con los dedos.

—He estado enfermo, Marina —rodeó su cintura con el brazo y puso la mano en su espalda—. Perdí mi gobierno. Me están haciendo un juicio y debo defenderme. Iré a España y apelaré al rey en persona. Es la única forma.

Hubo un escándalo en el patio; los perros ladraban, un niño gritaba. Zaachila apareció en la entrada cargando a María, que gritó más fuerte cuando vio a su madre.

—Doña Marina... Señor Malinche, oh... —la chica se ruborizó y Malintzin estiró los brazos hacia su hija.

—María, María, tranquila, mi vida, ven con Mamá.

—¿María?

—Lo escogió su padre. Es un buen católico —dijo ahora en un tono formal, como si en ella se hubiese cerrado una puerta.

—Hablaré con Jaramillo.

—El patrón no está en la casa, Señor —dijo Zaachila, haciendo una reverencia—. Estará de regreso para la comida.

—Ah —volteó hacia Malintzin, que jugueteaba con la niña y no quería mirarlo a la cara—. ¿Me va a recibir en el salón, Doña Marina, como una mujer mexicana de la nobleza? Por lo que recuerdo, su padre fue un cacique.

Ella levantó la cara de repente, mirándolo a los ojos.

—¡Zaachila! Trae refrigerios al salón. El Capitán Cortés tomará pulque.

Lo llevó adentro. El salón estaba fresco por las persianas y tenía el piso cubierto de espléndidas losas de piedra roja como la sangre. Se sentó en una silla alta y estrecha con María en el regazo y toda su atención centrada en la niña. María se apoyaba contra el corazón de su madre y sentía los latidos, se chupaba el dedo y observaba a Cortés mirando a Malintzin como un cazador que espera a que su presa tropiece. Se vio a sí misma agachada en las sombras, retorciendo un cuchillo en la herida de su larga ausencia.

—Así que eres una mujer felizmente casada, establecida en la casa de tu esposo y que dejó el pasado atrás —era casi una pregunta. María lloriqueaba y se estiraba, retorciéndose en las rodillas de Malintzin—. Y ahora tienes una hija legítima.

De pronto, María arqueó la espalda y lanzó la cabeza contra el pecho de Malintzin, sobresaltándola.

—¡Eres cruel! —le espetó—. Nunca te perdonaré, Hernán, por haberte llevado a mi hijo.

Zaachila entró con una botella y dos vasos. Colocó todo sobre una mesa, hizo una reverencia y abandonó rauda la sala. Cortés sirvió los dos vasos y le ofreció uno a Malintzin. Ella negó con la cabeza, pero él se bebió el fuerte pulque de un solo trago.

—¿Y tú piensas que mi hija estaría mejor en la casa de tu pariente? Ella también es de sangre mezclada.

—Tienes que preguntarle a su padre.

—Quizás ya lo hice.

Sus ojos se encontraron y por un instante Malintzin se sintió arrastrada hacia el fondo por la corriente oscura de Cortés. Entonces, María se retorció en sus brazos y Malintzin regresó a la superficie, rompiéndose el hechizo. Cortés bebió el segundo vaso y se puso de rodillas ante ella. Malintzin se aferró a su hija como si fuese un escudo y la niña se quedó sentada solemne, mirando directamente a los ojos de Cortés ahora que estaba a su nivel.

—Marina, mi amor, tenemos que tomar lo que es nuestro. Nuestras vidas se están consumiendo.

—Tú te llevaste a mi hijo.

María se zafó y salió corriendo del salón, golpeteando las losas con los pies descalzos. Malintzin intentó seguirla, pero Cortés la cogió del brazo.

—Déjala ir.

Ella se defendió, pero con su esposo fuera de la casa y Zaachila tan lejos que no podía oír, no había nadie que la protegiera de sí misma. Su corazón se tragó los años de privación de un solo golpe. Nunca más pasaría hambre, pero él seguía siendo su vida. Su cuerpo recordó todo en un instante y se la llevó como un caballo desbocado, aferrada a las crines, luchando por controlarlo. De nuevo Cortés era el amo del mundo. Liberado de sus meses de humillación, cabalgaba por la tierra con Malintzin a su lado. Por un instante eterno que alimentaba los años fueron una sola criatura que respiraba su propia oscuridad y encendía su cuerpo para crear la luz. Él veía su boca retorcerse, sentía su cuerpo encresparse como un río que pasa por piedras y rocas, cae sobre rápidos y lo salpica todo en el intenso sol. Entonces, se desplomó de golpe contra ella y volvió en sí, renovado por su lealtad. Esa mujer había encendido una vela en su alma y su turbulento amor era un rezo para el Nuevo Mundo.

Malintzin se encontró inmovilizada en la esquina de su propio salón, con la piel marcada por el pesado material del jubón de Cortés. Jadeaba como un perro que corrió como loco buscando a su amo.

—Ahora —dijo—. Ahora aceptaré tu hospitalidad —y se sirvió otro trago de pulque mientras ella se acomodaba.

—El Capitán cenará con nosotros —dijo Malintzin cuando Zaachila entraba al salón trayendo una cesta con tortillas frescas y un plato con queso de cabra.

Al ver su mirada de complicidad, dijo severa:

—Ahora ve, hay trabajo que hacer en la cocina.

Ella lo tomó de la mano y lo llevó por la casa vacía, llenándola con su presencia, la esencia de él, de la cual ella se alimentaría, igual que se había alimentado de la tierra de su hogar.

En la cena se sentaron uno frente al otro en la larga mesa; Jaramillo a la cabeza, Cortés y Malintzin a cada lado. Zaachila sirvió platos generosos de cerdo y tamales con chiles y atole, y una cesta de tortillas humeantes. Jaramillo sirvió más vino en la copa de Cortés.

—¿Irá a España, mi Capitán?

—Sí, saldré hacia Villa Rica de la Veracruz y zarparé desde allí.

—¿Pero seguramente regresará a nuestra tierra, Don Hernán? —preguntó Malintzin.

—Cuando me hayan concedido una audiencia con el rey, un indulto total y la restitución de mis tierras.

Aliviada, dejó caer los hombros y siguió comiendo.

—Hay otro asunto que debo arreglar —dijo de manera casual mientras estudiaba el mantel de damasco con la mirada—: me llevaré a mi hijo y lo estableceré en...

—¡No! —su tenedor traqueteó en el piso cuando ella se levantó.

—Marina... —advirtió Jaramillo.

—¡No te puedes llevar a Martín!

—Él tiene que aprender acerca de su herencia, Marina.

—Es demasiado pequeño, solo tiene seis años. ¡No puedes hacer eso!

—Lo pondré bajo el cuidado de mis parientes hasta que tenga suficiente edad para ir a la corte. Allí servirá de paje en la casa real.

—¡Así que por eso viniste! —vociferó.

—Vine para informarte de mis planes. Al menos tengo esa gentileza con usted, Doña Marina.

—Juan —corrió hacia su esposo y tomó su brazo—, no dejes que se lleve a nuestro hijo. Martín te ve a ti como su padre. Tú le diste tu apellido.

Jaramillo se tocó la barba, pensativo. Él quería un hijo propio. Esta podría ser su oportunidad. Otro hijo y ella pronto se sobrepondría a la pérdida de Martín. Malintzin estaba parada detrás de él, con las manos sobre sus hombros, mirando a Cortés. *Mío*, decían sus ojos. *Mío. Este es el hombre con quien comparto el lecho todas las noches, quien me protege. Él me defenderá.*

Pero antes de que Jaramillo hablara, Cortés dijo:

—Martín tiene sangre india. Él no tiene futuro en este país. Tiene que venir conmigo a España y allá se le quitará lo indio. Aprenderá sobre su verdadera herencia española, adoptará nuestras costumbres y tradiciones en la Santa Iglesia Católica. Lo legitimaré como mi hijo verdadero y heredero, y se convertirá en Caballero de la

Orden de Santiago. Entonces podrá regresar a la tierra en que nació, si así lo desea.

Jaramillo asintió sabiamente al tiempo que Malintzin caía de rodillas. Sabía que estaba derrotada y que no le quedaba nada con qué luchar, porque amaba a Cortés igual que amaba a su madre, incluso cuando tomó la bolsa llena de monedas junto al río. Cortés podía ofrecerle todo a su hijo, ¿y qué le podía ofrecer ella? *Sangre, la fuerza de la sangre. Hemos mezclado nuestra sangre, tú y yo, Hernán, y nos unimos para siempre, ¿pero qué le pasará a mi hijo con su sangre mezclada?* La serpiente vibró y sus ojos se nublaron como el espejo opaco del dormitorio. No podía ver a través de la oscuridad, pero olía muerte, olía huesos secos.

Jaramillo dejó el comedor y Cortés se levantó de la mesa y extendió la mano hacia Malintzin. Cuando la levantó del suelo, sus ojos se encontraron y ella vio que su mirada se había suavizado.

—Tú tienes mi corazón —susurró él.

Había pasado lo peor y ahora ella sabía lo que tenía que hacer.

Al día siguiente, Malintzin se quedó en su dormitorio.

—Protégelo, Tonantzin, y cuídalo. Es la oportunidad que tiene nuestro hijo de dejar esta tierra y escapar de su destino.

Cuando ella regresó a su terruño durante el viaje a Honduras, se escapó para ver a la sacerdotisa que le había predicho su propio futuro cuando niña. Le dio el día y la hora de nacimiento de Martín, pidiéndole que predijera su futuro.

"Nació bajo el signo del sacrificio y la resistencia. Pasará su vida en medio del océano, en un exilio perpetuo, vagando, desarraigado…".

Cuando Malintzin protestó, la vieja mujer levantó la mano para acallarla.

"Ese es su destino, hija mía, reparar los daños de otros, crear equilibrio en el mundo. Dale libertad. Su nahual es el pájaro que vuela y solo cuando aterrice lo capturarán y sacrificarán, como el pez que nada en el mar y da su cuerpo para que lo coman".

"Oh, Madre, ¿qué puedo hacer para ayudarlo?".

"Hay una hierba amarga que debe comer para tener fortaleza. Se llama ruda y crece al sol. La conocerás por sus hojas y por su sabor... ¿ves? Esto lo protegerá y lo mantendrá fiel".

La sacerdotisa habló con severidad, pero su rostro se suavizó al tomar una pizca de ruda y ponerla en la lengua de Malintzin. Tenía un sabor amargo y embriagador. Intentó no creer las crueles palabras, pero una vez dichas, mantuvieron el poder sobre su imaginación. "En medio del océano... ". Ahora tenía sentido, "en un exilio perpetuo...".

—Oh, por favor, no, no puede ser —llenó una bolsita con ruda, cosechada en su propio jardín detrás de la casa, y envió a Zaachila a hablar con el cocinero por última vez para poder despedirse de su hijo.

—Irás con Papá en un viaje, Martín, a España.

—¿Por qué?

—Porque tú eres español. Irás en un gran barco por el océano.

—¿Y tú vienes, Mamá?

Ella sacudió la cabeza, luchando por encontrar su voz.

—Mamá se quedará aquí. Ahora eres un niño grande, Martín, listo para salir al mundo. Montarás con Papá en su caballo a Villa Rica.

Tomó a Martín en sus brazos y le explicó sobre la hierba amarga. Lo convirtió en un juego: puso una pizca sobre su lengua y asintió con la cabeza, con la boca abierta, hasta que la tragó.

—*Xochitl xolotl* —murmuró—, príncipe de mi corazón, siempre floreciente —y amarró la bolsita al cinturón de Martín. Le dijo que la cuidara y que la recordara cuando probara la ruda.

"Tú tienes mi corazón, tú tienes mi corazón...". Las palabras de Cortés hacían eco en su cuerpo lleno de sueños durante la noche hasta que se levantaba y mientras se ocupaba de sus labores diarias. Cada mañana salía y esperaba cerca de la casa de Altamirano, esperando verlos irse, hasta que oyó que se habían ido y no los logró ver. Recordó cuando desembarcaron en Villa Rica de la Vera Cruz y Cortés se arrodilló en la arena y rezó. Recordó cómo la traicionó una y otra vez, y cómo ella lo había perdonado, porque después de todo era un hombre y no un dios. Ella tenía sus propios dioses y confiaba en ellos.

Tonantzin me protege, Chicomecoatl me alimenta con maíz maduro, Cihuacoatl me dio una nueva piel para encontrar el camino a casa. Tengo mi lugar en esta tierra, el lugar donde nací, donde habita mi espíritu.

Sí, ella iría. Ella los seguiría y se pararía en el acantilado y miraría hacia el mar, esperando su regreso.

*

Las pirámides de Iximche estaban rodeadas de pinos. De los troncos salían gotas doradas de savia que brillaban con la luz del sol. Pamela inhalaba aquel olor acre y observaba a un pájaro carpintero que repiqueteaba alto entre las ramas; una mancha roja que se movía hacia delante y hacia atrás al martillar. Hizo una bola de savia con los dedos, la envolvió en una hoja y comenzó a caminar de regreso hacia la entrada. Antes de llegar a la puerta, oyó una voz detrás de ella.

—¡Pamela!

Volteó y vio a Guadalupe parada en medio del camino. Pamela se movió primero. Corrió hacia ella con el paquetito en la palma de la mano y se lo dio a Guadalupe.

—Ah —dijo, oliendo la savia. Rio y se abrazaron.

—Pensaba que no vendrías. Qué bueno verte. Estos días han sido maravillosos, Lupe; fui a todas partes. ¿Has ido a Tikal? ¡Es increíble!

Guadalupe sacudió la cabeza, sonriendo. Había visto Tikal en el mapa. Parecía demasiado lejos; quedaba al norte, en la frontera con México y Belize. Tomó la mano de Pamela y caminaron por el sendero bajo los enormes árboles, con manchas de luz rojas y doradas que se filtraban por las ramas, salpicándoles la piel. El corazón de Guadalupe estaba más alegre que nunca. Se había advertido a sí misma que refrenara ese sentimiento; no lo entendía y temía que pudiera presagiar algo terrible. Escuchó atenta las aventuras de Pamela mientras pasaban las pirámides escalonadas de Iximche. Había tanto que decir, que Guadalupe enmudeció por el enorme lastre; como si al empezar a hablar pudiera sorprenderse diciendo cosas que no había comprendido antes de pronunciarlas. Pero Pamela le hizo preguntas y al final comenzó a hablar. Le contó de la aldea, de las mujeres con sus hijos enfermos, de los largos días y tardes en la clínica, de la muchedumbre que esperaba con tanta paciencia, de aquellos que no pudieron atender porque el Doctor Ramírez estaba agotado.

—Me gustaría ayudar —dijo Pamela—. Quisiera hacer algo útil.

—Podrías... venir conmigo... la próxima vez.

—Pero tengo que encontrar a Fabiana. No he renunciado a eso, Lupe. Algo va a pasar cuando regresemos a la capital; lo sé.

—Te llevaré a un lugar especial donde hacemos nuestras ceremonias —al fin lo dijo. Su corazón palpitaba fuerte—. Puedes rezar por tu madre.

Llevó a Pamela detrás del sitio arqueológico, por un sendero estrecho que se abría hacia un claro rodeado de árboles. En el centro había un círculo carbonizado lleno de brasas de copal que brillaban y, detrás de él, un túmulo de rocas cubiertas de cera. Guadalupe se arrodilló delante del montículo y encendió dos velas, una blanca para la purificación, otra amarilla para la semilla de fe en su corazón, fe renacida de su infancia. Cortó una naranja verde en cuatro partes y la ofreció, limpiando las piedras con el jugo ácido y rociándoselo en la cara. Un hombre trepó por las piedras y colocó arriba dos grupos de velas encendidas, luego tomó un buche de alcohol de una botella pequeña y escupió al suelo. Pamela vio a un pequeño grupo de gente con vestimenta indígena caminar acompasado alrededor del círculo calcinado y escupir a las brasas crepitantes de copal. Del velo de Guadalupe salían pequeños mechones de cabello oscuro. Sus labios se movían al tiempo que, detrás de los ojos cerrados, veía a su padre en el altar de la casa, meneando la cabeza hacia delante rítmicamente mientras rezaba.

"Recuerda, Calixta, honrar la tierra, las piedras, el fuego, las aves del aire, los ríos y océanos. Ellos nos dicen quiénes somos".

Recordó la textura áspera de aquella mano sobre su brazo y la luz en sus ojos cansados. Quitó un trozo de corteza del tronco de una ceiba, se mordió el labio y besó el pergamino. Luego puso una pepita de copal sobre la corteza con sangre y le prendió fuego. Mientras inhalaba el aroma de la dura resina evocó a su padre, que le hablaba a través del humo del copal ardiente.

"Esta es la sangre de los árboles. Mira, Calixta, es roja y dulce; se nos obsequia para nuestras ceremonias.

Cuando se quema, se convierte en el aliento de la Madre-Padre".

Se limpió el labio donde se le había posado una mosca, una ráfaga de verde brillante que se fue volando, atrapando su mirada.

"El jade lleva al espíritu al otro mundo, lleva al alma a otro lugar. El jade en los ojos enceguece a los muertos, el jade en las orejas silencia el mundo, el jade en la boca consume el aliento y envía al alma a otro mundo. Mira la sangre de los ancestros moverse dentro del jade funerario. Todo se acabó, una y otra vez".

—Te ofrezco mi sangre —murmuró—, *Cha'x a'jan*. Ven a beber con el alma de los muertos en tus alas.

*

La canoa se deslizaba por el lago en total silencio, salvo por el agua que goteaba de los remos cuando se levantaban y cortaban de nuevo aquella superficie lisa. Fern era experta en el remo y Hannah aprendió de ella a lo largo de muchas temporadas en la cabaña del Tío Jack. Estaba sentada en la parte de atrás, timoneando, y tenía una vista perfecta del cuerpo de Fern. Con los ojos seguía el movimiento de sus músculos debajo de la piel cuando hundía el remo y lo levantaba; los omoplatos subían con la fuerza de alas invisibles, halando el remo por el agua de manera rítmica. Era en el lago donde triunfaba el cuerpo de Fern. Llevaban allí tres días y al fin se había relajado; logró soltar a toda su clase de postgrado. Por supuesto que ellos eran su vida; los estudiantes, las ideas, las palabras y los libros. Desde siempre, Hannah se grabó en la mente la imagen de una niña pequeña y fuerte en pantalones recortados y camiseta rosada, con un libro bajo el brazo, que miraba el sol con los ojos entrecerrados. Fern decía que tenía el cuerpo "como una tabla" y era la chica más flaca y lista de su clase. Cuando los demás chicos le tomaban el pelo por sus buenas calificaciones, no tenía otra cosa de qué echar mano, sino seguir estudiando. Pero cuando llegó a la mitad de la adolescencia estaba de moda verse como un palo. Regresó el estilo ultra delgado y de pronto se volvió popular. Cuando comenzó la universidad, todos querían salir con ella y recuperó el tiempo perdido, rebelándose contra su educación católica. Algo debía cambiar. Entonces, por supuesto, tuvo la infección. *Qué extraño cómo pasan las cosas*, pensó Hannah, *cómo una cosa lleva a la otra*. Tuvo mucho tiempo para reflexionar en el lago. Miró con detenimiento el cuello de Fern, su fragilidad, como el tallo de una flor que puede quebrarse si no se cuida. Las dos hundían y halaban, perfectamente sincronizadas como un solo cuerpo, unidas a la canoa, al agua, a la tierra, al cielo. Podía sentir el mundo entero y también a Pamela, como si aún fuese un bebé en su regazo. Incluso sentía su peso, lo liviana que era y su calor. El rostro de Hannah se surcó en una sonrisa tan persistente que le empezó a doler la mandíbula. *Amar duele*, pensó. *El amor y el dolor son indistinguibles en sus extremos*. Atrapó aquel instante; sabía que necesitaría ese recuerdo para sostenerse cuando regresaran a la ciudad.

*

—Glorifica mi alma al Señor y mi espíritu se llena de gozo, al contemplar la bondad de Dios mi Salvador. Porque ha puesto la mirada en esta humilde sierva suya, y ved aquí el motivo por el que me tendrán por dichosa y feliz todas las generaciones. Pues ha hecho en mi favor cosas grandes y maravillosas... —los labios de Guadalupe se movían en silencio mientras cortaba de rodillas las flores muertas del rosal en la esquina del patio. Los pétalos caían al tiempo que cortaba las flores. Los juntó en sus manos haciendo una pequeña pila.

—Buenos días, Hermana —María Teresa estiró la mano y levantó a Guadalupe—. ¿Este es tu informe? —preguntó, señalando la carpeta que estaba sobre el banco.

—Sí, iba camino a su oficina, Hermana.

—Podemos sentarnos aquí. ¿La clínica está funcionando bien?

—Sí. El Doctor Ramírez estaba satisfecho. Vimos a muchos pacientes de seguimiento que tenían mejoras significativas —su hablar ligero y rápido era como el agua sobre las piedras. Pero hoy había un burbujeo debajo de la corriente que María Teresa no había oído antes.

—Pareces... refrescada por tu viaje.

—Estoy contenta. Pero todavía hay demasiados pacientes, Hermana. Tuvimos que trabajar muchísimas horas para atenderlos a todos. ¿Quizás pudiéramos ir a la aldea con mayor frecuencia?

—¿Por qué estás contenta?

—Por nuestro trabajo, las azucenas, las nuevas rosas que vienen... —Guadalupe comenzó a reír; no podía contenerse.

—Si no te conociera tan bien, querida, pensaría que estás entablando una relación. El Doctor Ramírez es un hombre casado.

Guadalupe se echó a reír y de inmediato se puso seria, tapándose la boca con las manos.

—Oh, no, Hermana; el Doctor Ramírez es un modelo de decoro. No hay ninguna duda.

María Teresa recordó cuando Guadalupe entró al convento. Era una niña traumatizada a punto de hacerse mujer. María Teresa tenía veintiún años, de los que llevaba cuatro en Casa Central; era una novicia veterana. Pensó en el momento en que encontró su vocación. De niña sufrió ataques de furia terribles que venían de su lado oscuro y la dejaban devastada por el dolor que ella causaba. Su madre era una mujer dulce que se sometía a su esposo en todo. Después de María Teresa tuvieron tres hijos más; dos hijas de piel morena como su abuela materna y, por último, un varón. Su padre era un católico devoto, pero en el rostro de su madre solo había conformidad. Sin embargo, María Teresa buscaba pasión cada día. Ella misma tenía sentimientos muy fuertes y no podía creer que existiera alguien que no sintiera con la misma intensidad. Cuando comenzó a romper cosas, su madre le rezó a la Virgen; pero cuando hizo sangrar la nariz de su hermana, su padre le dijo: "¡Has llegado demasiado lejos!" y la sacó de la casa. Se trepó a una ceiba de ramas anchas en el jardín del vecino y se acuclilló en una rama que se bifurcaba. Al caer la noche oyó que su padre la llamaba. Contuvo la respiración hasta que se fue, pero la tensión en sus miembros hizo que los músculos temblaran y sintió un hormigueo que le hizo sacudir brazos y piernas para que la sangre fluyera de nuevo. En medio de la noche apareció la Virgen al pie del árbol con una luz extraña a su alrededor, como si la grama pálida ardiera y el aire se consumiera. María Teresa cerró los ojos y los abrió de nuevo; aún estaba allí. Sus labios se movieron en silencio y la niña la oyó, como si la Virgen estuviera en su cabeza, pensando sus pensamientos.

"Tienes que entrar en mi casa, María Teresa. Entrega tu vida en servicio a mi Hijo y te salvaré, hija mía. Eres un peligro. Hay que salvarte de ti misma".

Por la mañana entró a la casa de su padre y tocó a la puerta de su estudio.

"Papá, tuve una visión. La Madre María quiere que sea su hija".

La sonrisa de su padre le confirmó que su visión fue verdadera. Los ojos de su padre brillaron y, en la cocina, su madre lloró.

María Teresa quería mucho a Guadalupe; ella era su desagravio. La atendió en los primeros meses, cuando tenía la expresión ausente y se negaba a comer. Con sus cuidados, poco a poco la fue trayendo de vuelta y luego la Madre Superiora la puso a cargo de los bebés. Entonces volvió a la vida por completo, con sus gestos y su hablar rápido, y con sus ojos claros. Cuando María Teresa presenció la transformación, supo que las dos se habían salvado y le dio gracias a la Virgen.

Estaba sentada en su oficina, con el informe de la clínica sobre el escritorio frente a ella. Al poner la mano encima, vio la silueta de sus propios dedos delgados en el portafolio de gamuza. Un aro delgado de oro brillaba en el dedo anular. *Ella necesita mi ayuda de nuevo. Treinta y cinco años, su cuerpo pide a gritos un bebé. La guiaré a través de esta crisis. Yo también he sufrido por esos deseos y tú, Virgen bendita, me libraste. La próxima vez enviaré a la Hermana Rosa para que trabaje con el Doctor Ramírez. Será la penitencia de Guadalupe, por su propio bien.*

*

Cuando levantó la mirada, él la estaba viendo y Pamela lo reconoció de inmediato. Le apretó el brazo a Guadalupe mientras se acercaba a ellas, balanceando un poco los brazos y el cuerpo de lado a lado.

—Buenos días —se quitó la gorra inclinándose un poco—. ¿Primera vez que vienen al Parque La Aurora?

—Sí —respondió Pamela.

El joven se volvió a poner la gorra y ladeó la cabeza.

—Creo que te he visto antes, ¿no? Estabas entrando sin autorización —rio y le tendió la mano—. Mi nombre es Miguel.

—Pamela —dijo, poniendo su mano brevemente en la de él—, y la Hermana Guadalupe.

Asintió de manera cortés, casi sin quitarle los ojos de encima a Pamela.

—¡Tú querías entrar al palacio! —rio—. ¡Qué caramba! Me asustaste.

—Aún quiero —dijo Pamela.

Miguel sacudió la cabeza mientras seguía riendo.

—Hoy es mi día libre. ¿Quieren caminar conmigo?

Encima de ellos, en las enormes copas de los árboles, los pájaros cotorreaban haciendo tanto escándalo que parecían casi humanos. Pamela y Guadalupe se levantaron juntas, con los brazos entrelazados.

—Nosotros venimos aquí —Miguel señaló un grupo de hombres jóvenes que estaba cerca— para encontrarnos con nuestras compañeras. Somos del mismo pueblo, Santo Domingo Xenacoj. Vinimos a buscar trabajo en la capital. Nuestras hermanas y primas trabajan de niñeras y sirvientas para gente rica.

Cuando supo que Pamela era de Canadá, Miguel lanzó su gorra al aire y la atrapó con un floreo. Le preguntó si quería ser su amiga por correspondencia y si podía llevarla a ver a los animales en el zoológico del parque.

—No me gusta ver cosas enjauladas.

—¡Pero tú quieres ver el palacio, la jaula más grande de Guatemala!

—¿Me ayudarás?

Miguel se encogió de hombros haciendo un gesto de disculpa.

—No puedo —dijo con tristeza.

Caminaron en silencio por un rato y Miguel preguntó:

—¿Te gusta bailar? Ven conmigo esta noche a La Sampedrana. Hay música típica y todos estarán allí; mi hermana, su compañero, mis primos, mis hermanos.

—¿Tus hermanos también trabajan en el palacio?

—Mi hermano Pedro trabaja en la cocina. Él es cocinero.

—Me gusta bailar —dijo Pamela, sonriéndole a Miguel por primera vez.

Al día siguiente, Pamela esperaba a Miguel en las escaleras de la Catedral Metropolitana, mirando de lleno el palacio. Tuvo que utilizar todos sus encantos para persuadirlo de ayudarla y le agradeció a Hannah y Fern desde el fondo de su corazón por criarla bilingüe. Nunca hubiera llegado tan lejos en medio de la capital si no hablara español con fluidez. En La Sampedrana bailaron al ritmo de una pesada selección de música anticuada: Cyndi Lauper cantando *Girls Just Wanna Have Fun*; *Gypsies, Tramps and Thieves* de Cher; *Beat It* de Michael Jackson. Miguel la hizo dar vueltas por toda la pista de baile, con las manos calientes y pegajosas sobre sus hombros. Fue un alivio cuando comenzó la música típica, con su ritmo repetitivo y el reconfortante sonido de las marimbas.

El rostro de Miguel se iluminó cuando vio a Pamela, y la abrazó haciendo un pequeño espectáculo.

—Pamela, mi chica canadiense. Eres la mejor bailarina —dijo. Miguel mantuvo el brazo con firmeza alrededor de la cintura de ella mientras cruzaban el Parque Central y caminaban hacia la parte trasera del palacio, donde bajaron por unas escaleras de concreto a una estrecha puerta en el sótano—. No debería estar haciendo esto —susurró—, pero estoy locamente enamorado de ti.

Sacó una llave del bolsillo y abrió la puerta, cerrándola con rapidez detrás de ellos. De inmediato se pegó a ella e intentó besarla. Pamela contuvo la respiración y trató de no moverse. Cuando al fin respiró, él la soltó. Sonriendo de oreja a oreja, se puso el dedo sobre los labios. La tomó de la mano y caminaron de puntillas por un largo pasillo. El sótano del palacio estaba caliente y mal ventilado. Pamela se limpió la mano sudorosa en la falda y siguió a Miguel mientras intentaba fijarse en todos los recodos y vueltas.

—Detrás de esa puerta —señaló al otro lado del corredor—, hay un camino subterráneo que lleva a la Casa Crema, donde solía vivir el presidente. Hace más de cincuenta años, el presidente Carlos Castillo Armas fue asesinado en ese túnel. ¿Quieres ver?

—Ahora no —susurró impaciente—. ¿Dónde está la cocina?

Miguel la llevó por el pasillo hasta una puerta que se abría a una larga escalera de metal. Al subir por ella, sus zapatos traquetearon sobre el metal. Cuando salieron a otro largo corredor salpicado de puertas a intervalos regulares, Pamela se figuró que estaban en la planta baja del palacio. Miguel abrió una puerta a la izquierda y enseguida se oyeron voces masculinas y el ruido de platos. Le hizo señas de que se quedara donde estaba y desapareció. Pasaron varios minutos antes de que Miguel reapareciera con Pedro.

—¡Caramba! Eres igualita a ella —dijo Pedro; el mismo comentario que había hecho en La Sampedrana la noche antes.

Miguel la besó de lleno en la boca antes de que pudiera evitarlo y se fue corriendo por el pasillo, saltando por el aire.

—Ven —dijo Pedro, echando a andar en la otra dirección.

Luego de una larga y laberíntica travesía por las tripas de la fortaleza, llegaron a un patio abierto bordeado de columnas.

—Estamos en el centro del palacio. Dobla a la derecha al final y verás una puerta. Allí está la suite del romance —dijo Pedro, sonriendo.

—Gracias —respondió, estrechándole las manos, de pronto temerosa.

Pedro se ruborizó.

—No les digas nada —dijo—. Estoy arriesgando mucho por ti.

Pamela estaba sola en el último trecho. Cuando giró, se encontró debajo de un arco de piedra que daba hacia una columnata de pilares de piedra gris. El sol entraba a un patio que tenía un rectángulo de grama amarillenta. A su izquierda, al final de las columnas, había una pesada puerta de madera. Caminó hasta ella y tocó. Nadie contestó y tocó de nuevo, con el corazón en la garganta. *Esperaré*, pensó, *ya llegué hasta aquí.* Se sentó en la piedra tibia de la esquina del rectángulo. Sentía como si estuviera en una película mala y pudieran editarla en cualquier momento para eliminar su personaje.

Recostada entre sábanas arrugadas, Fabiana miraba el juego de luces sobre su vientre. A veces pasaba horas acostada con la mente en blanco mientras su cuerpo se entrelazaba con una parte de la vida de Ernesto. Recordó cómo la encontró, la haló por los hombros y la levantó de la acera donde estaba agachada a la entrada de una casa. Fabiana olió su aliento a alcohol cuando la obligó a caminar por la calle, tambaleándose de un lado al otro. Tuvo miedo de que fuera de la policía y que la encerrara en la cárcel, pero en lugar de eso, la llevó a un hotel y cayó encima de ella, hurgando en su cuerpo. Fabiana aún estaba adolorida del parto y gritó cuando trató de penetrarla.

"Por favor, no llores", dijo. "Por favor, por favor, no más llanto". En su ebriedad, comenzó a balbucear sobre el olor a quemado en su propio pelo y en su ropa; cosas sin sentido. Se arrancó las ropas y se sentó desnudo en la cama, abrazándose las rodillas al tiempo que miraba a la distancia y hablaba de cuerpos hinchados que flotaban en el río y de carne que borboteaba, derretida en formas irreconocibles. Habló hasta que amaneció, siempre mirando la oscuridad, y Fabiana lo oyó sin entender. Entonces, a medida que la luz entraba despacio por las persianas, se acostó y ella lo estrechó entre sus delgados brazos, sosteniendo la pesada cabeza contra su clavícula. Cuando despertó y la miró, había una nueva luz en sus ojos. "Mi niña", dijo, "tú me salvaste".

Fabiana saltó al oír los golpes a la puerta. *Debe ser Ernesto*, pensó. *¿Pero por qué no usa su llave?* Se vistió apurada, alisó las sábanas y haló las cobijas. Abrió las persianas para mirar, pero Ernesto no estaba allí. Había alguien sentado, con la espalda curva y la cabeza inclinada hacia delante. Fabiana se movió en silencio rumbo a la puerta.

Pamela no escuchó la puerta abrirse. Oyó un taconeo brusco y se volteó, con el rostro en la sombra. Entonces vio su propia imagen parada en el arco. Primero pensó que era su sombra, parada detrás de ella, proyectada al futuro. Entonces, la imagen habló.

—¿Quién eres tú? ¿Qué quieres?

—Pamela… —tenía la boca seca y pegajosa, casi se ahogaba con su propia lengua— Flor de Mayo…

—¿De qué estás hablando?

—Yo soy tu hija —dijo, saliendo de las sombras.

Pamela estiró los brazos, pero la mujer se sobresaltó y dio un paso atrás; estiró los brazos con firmeza y mostró las palmas en rechazo para impedir que Pamela se acercara.

—No, no —dijo—. Tú no debes venir aquí.

—Por favor, no me digas que me vaya —suplicó Pamela, y comenzó a contarle su pesadilla, como se la contó a María Teresa, como se la había contado a Guadalupe, apenas consciente de quién era la persona a la que se lo contaba ahora mientras volvía a repetir la película.

A medida que caían las palabras, salpicadas de la sangre de la aldea, como huellas en el piso de la selva, las manos de la mujer se elevaron y cubrieron sus oídos. Cayó de rodillas y se encorvó, pequeña, como un pájaro herido. Pamela, ahora callada, abrazó a su madre. Sintió una quietud gélida en ella antes de que comenzara a temblar. La abrazó con fuerza hasta que oyó pisadas y el rechinar del cuero. Un hombre bien parecido caminaba con paso enérgico por el patio, enfundado en el uniforme ajustado de un general.

—¿Qué pasa aquí? —preguntó, tomando a Fabiana por el brazo y poniéndola de pie.

Ella lo miró perpleja.

—Mi niña —dijo—. Mi niña, Ernesto. Mira.

Miró a Pamela, y poco a poco su gesto torcido se fue convirtiendo en una sonrisa.

—¡Qué bonita! —silbó—. ¿Cómo entró?

—Yo la traje —dijo Fabiana rápidamente—. Ven, tenemos que entrar. Tengo que hablar con ella.

Ernesto dudó un instante y abrió la puerta. El cuarto al que entraron tenía el techo alto con molduras en las cornisas y una gran chimenea de piedra. Las sillas eran monumentales y estaban cubiertas de terciopelo rojo tachonado en la madera con arabescos. El General se dejó caer en una de esas sillas y se echó hacia atrás. El cuero brillante de sus botas rechinó al cruzar las piernas.

—Ven, vamos a mi dormitorio —dijo Fabiana, tocando insegura a Pamela en el hombro. Ernesto asintió, mostrando una expresión neutra en el rostro.

Pamela se movía como una sonámbula en el espacioso cuarto con la gran cama con dosel. Miró a su alrededor. Detalló las ventanas de bisagras con cristales de plomo que daban hacia el patio, las pesadas cortinas que caían desde el techo hasta el piso, la cabecera de la cama tallada en madera que se levantaba por encima del cubrecama brocado, el enorme candelabro en el centro de la repisa de mármol de la chimenea, oscurecido por el goteo de la cera en las noches. Entonces, sus ojos descansaron en el rostro de Fabiana y era como si estuviera mirándose al espejo.

—¿Cómo me encontraste?

—Fui a Casa Central.

—Ah, las hermanas. Ellas te separaron de mí. Dijeron que te llevarían con alguien para que tuvieras una vida mejor, pero eso me rompió el corazón.

Oyeron el rechinar de las botas del General y el golpe de la puerta cuando dejó el apartamento. Al pasar por la ventana, su sombra cayó sobre el rostro de Fabiana y tapó el sol por un momento.

Pamela se dio vuelta y vio los reflejos de ambas en un largo espejo dorado que colgaba de la pared.

—¡Míranos! —dijo. Se vieron la una a la otra en el vidrio ahumado, idénticas en todo menos en el tiempo, con solo catorce años de diferencia—. Somos como hermanas.

Se vio a sí misma tomando la mano gemela de su madre y entrelazando sus dedos despacio. Todo se volvía lento mientras que en su pecho el corazón rugía al sentir la piel de Fabiana.

—Si tú supieras cuántas veces he soñado esto —se oyó decir. Las palabras se estiraban y se distorsionaban al salir de su boca.

Caminaron juntas en silencio y subieron a la cama, donde se recostaron acurrucadas la una en la otra; una traslúcida, la otra opaca con los años. Fabiana puso su pequeña mano en la cara de Pamela y le tocó la mejilla, explorándola con los dedos y los ojos, y le acarició el cabello.

—Lo que tú soñaste me pasó a mí —dijo al fin.

Pamela intentó hablar, pero no pudo. Las palabras de Fabiana resonaron muy profundo en su cabeza, ensordeciéndola.

—Así que sí pasó —dijo, con la lengua gruesa detrás de sus labios hinchados—. ¿Todo?

—Todo. Tú eres la única que lo sabe.

Pamela apenas podía distinguir un objeto de otro en la habitación. Se sintió lejos de allí, como un puntito en el universo, y sin embargo, tan grande que no podía manejar su propio cuerpo. Los zapatos rojos de Fabiana quedaron en el suelo; uno en la esquina con el tacón de punta de metal apuntando hacia arriba y el otro ladeado junto a la puerta, apoyado contra la madera veteada. Sintió la cabeza liviana, como si girara y arrastrara su cuerpo a otra parte.

—Madre —susurró, y con gran esfuerzo comenzó a trazar los rasgos del rostro de Fabiana con el dedo. Sus corazones latían juntos en el largo silencio, buscando el ritmo conocido del otro—. ¿Qué pasó?

—Me escapé de Casa Central. Ernesto me encontró en la calle. Tenía tanta hambre.

La habitación comenzaba a enfocarse alrededor de ella; los objetos aparecían con mayor claridad, era el mundo de su madre.

—¿Ernesto?

—Él es mi vida —susurró Fabiana, con los ojos clavados en Pamela, como si no pudiera creer que existiera.

—¿El General? ¿Es mi padre?

—No.

—¿Quién fue mi padre?

—Fue un español, un ladino —Fabiana inclinó la cabeza—. Lo siento, fue hace mucho tiempo, no puedo decirte más nada.

Pamela movió la cabeza hacia atrás y hacia delante, despejándola, intentando caer en el momento. A medida que la movía, acumulaba energía.

—Soy *tu* hija… tuya, tuya, Mamá. No puedo creerlo. Por fin estamos juntas. ¿Eres de verdad? Oh, dime que sí eres de verdad.

—¡Sí, sí! He pensado en ti todos los días y desde hace tiempo te siento. Yo sabía que vendrías, pero no lo quería creer.

Pamela miraba las motas de polvo bailar en los rayos del sol. Eran como pequeñas explosiones que salían de la boca de Fabiana mientras hablaba, donde cada palabra volaba por el aire y se posaba en los pliegues de las pesadas cortinas.

—Tenías tantas ganas de venir al mundo. No pude detenerte. Tuvieron que cortarme.

La habitación estaba llena de susurros, todas las palabras se apilaban unas encima de otras y colapsaban en suspiros y sonidos dulces. La miel de la voz de Fabiana resbalaba a cuentagotas por la garganta de Pamela, acallándola.

—Solo te tuve una vez en mis brazos, pero nunca olvidé la sensación de sostener tu vida en mis manos. Eras un milagro —dijo con la mirada lejana.

—¿Vendrás conmigo? —preguntó Pamela despacio.

—No me puedo ir.

—¿Por qué? ¿Tienes hijos con…?

—Ernesto tiene hijos con su esposa. Pero yo le pertenezco a él. Eso nunca cambiará —dijo con vehemencia. Se tapó la cara con las manos y sollozó—. Oh, ¡¿por qué viniste?!

Pamela abrazó sus hombros y se meció con ella.

—Mamá, Mamá, tenía que encontrarte. El sueño… tu vida… son cosas que tengo que saber. ¿Cuál era el nombre de tu aldea?

Fabiana sacudió la cabeza.

—Todo lo que recordaba era mi nombre y mi lengua, mam.

—¿Tu aldea estaba en Huehuetenango?

—¿Cómo sabes?

—Sé los nombres de las aldeas que fueron destruidas. Cuatrocientas cuarenta aldeas, Mamá, destruidas por el ejército que siguió la estrategia de Ríos Montt de arrasar con todo. Ellos lo aprendieron de la CIA, porque el ejército estadounidense hizo lo mismo en Vietnam en los años 60. Hubo la masacre de Panzos en 1978, San Francisco-Nenton en el 82, Chuabaj Grande, Corinto, Chajul-Quiche…

—Shh, no debes hablar de estas cosas —los ojos de Fabiana estaban llenos de miedo—. No es seguro hablar de esto —susurró.

Pamela acarició el cabello de su madre, oscuro y sedoso como el suyo.

—Vamos afuera a sentarnos en la grama. Quiero sentir el sol.

—¡No! Hay peligro por todos lados, incluso en el palacio. En la calle hay orejas, en todas partes hay espías y asesinos. Dolores se escondió en el temazcal, el baño de vapor en nuestra aldea. Ellos la encontraron, a mi hermana. La degollaron. A las mujeres embarazadas les abrieron los vientres. Vi un bebé en un charco de sangre; su boca se abría y se cerraba como si fuera un pez —el rostro de Fabiana era imperturbable, su voz había perdido toda la vida—. Disculpa, disculpa, perdóname, no puedo recordar el nombre de mi aldea. Lo siento.

—Está bien, Mamá, está bien. Ahora que te encontré, no quiero perderte de nuevo.

La puerta se cerró de golpe en el salón y Fabiana se estremeció. Saltó y corrió por sus zapatos. Llegó a la puerta del dormitorio tambaleándose en un solo tacón y poniéndose el otro zapato justo cuando Ernesto tocó.

—Mi corazón —dijo, abriendo la puerta de par en par—, ¿dónde estabas?

—Afuera, solo afuera —dijo con dulzura mientras le acariciaba el cabello con su gran mano. Saludó con la cabeza a Pamela, que aún estaba sentada en medio de la cama, con una expresión de asombro en el rostro. Se sintió como alguien a quien interrumpieron con su amante.

—Eres una invitada. Eres bienvenida, pero ahora tienes que irte. Mira, tu madre está cansada.

Pamela se levantó de la cama con el rostro rojo de la rabia. Alisó la cubrecama prestando mucha atención al detalle. Entonces caminó hacia ellos y le tendió la mano a Ernesto.

—Me llamo Pamela —dijo.

—Mucho gusto —dijo, apretándole la mano. Olía a humo de cigarrillo.

—Vendré mañana por la tarde a la oficina del frente en el palacio. Dígale al guardia que me traiga aquí.

Ernesto levantó las cejas y miró a Fabiana. Ella asintió.

—Muy bien —dijo—. A las tres de la tarde.

Pamela trató de besar la mejilla de Fabiana, pero solo atinó al lóbulo de la oreja porque volteó la cara hacia Ernesto.

—¿Me acompañas a la puerta, Mamá? No recuerdo el camino.

—Por favor, llamaré a un guardia para que te escolte —Ernesto ya marcaba el número en un celular que sacó del bolsillo del pecho, como si fuera un paquete de cigarrillos. Habló rápido y colgó—. Un guardia te buscará en el patio de inmediato.

La había despedido. Sintió sus ojos sobre ella mientras cruzaba el salón y salía por la puerta.

Fabiana descansó la cabeza en la hondonada del brazo de Ernesto, con el cabello oscuro esparcido por su pecho. Se sentía acurrucada frente a la chimenea, oyendo palmadas que daban forma a las tortillas y luego ¡pum!, ¡pum!, cuando caían en el comal humeante. Por el piso bailaban círculos de luces, que titilaban como peces en un río. Sintió la mano de Ernesto descansar ligera sobre su vientre y de pronto una lágrima cayó en su oreja.

—Mi amor —murmuró Fabiana.

—Más de veinte años y aún es por ti que vivo, por nadie más —dijo Ernesto al levantarse de la cama e inclinarse para besarla.

Los años estaban tejidos densamente en el cuerpo de Fabiana, amarrados, envueltos y trabajados de manera tan intrincada, que ya no sabía dónde comenzaban o terminaban las hebras. Todos los extremos sueltos estaban asegurados y ella descansaba dentro de ellos, columpiándose en una hamaca roja, amarilla, turquesa, azul y dorada. Miraba a Ernesto vestirse, abotonar su camisa, subir el zíper de sus pantalones ceñidos, arreglarse el pelo revuelto con la palma de la mano. Era un hombre guapo, orgulloso de su apariencia. Estaba sentado al borde de la cama poniéndose las botas. El esfuerzo hizo que le brotaran gotas de sudor en la frente. Cuando volteó para besarla en la boca, los ojos de ella eran una pregunta.

—El niño tiene un partido de fútbol —dijo—. Tengo que estar allí, es importante.

—¿Vendrás esta noche?

Él titubeó un momento.

—Trataré.

En realidad él era su cautivo. Ella era la única que le daba libertad. La esposa de Ernesto esperaba que él fuera todo lo que no era y, aunque rara vez cuestionaba su ausencia, quería que estuviera presente en los momentos indicados para interpretar al orgulloso Generalísimo: en cenas y fiestas familiares, en los conciertos de la niña y las graduaciones, en los eventos deportivos de su hijo. Alicia se sentía excitada por su reputación y le gustaba que él fuese rudo con ella, que la llevara al borde de su existencia burguesa. Ella nació en una familia ladina rica y nunca sabría lo que era ser india, pero le encantaba coquetear con la idea. Era una actriz frustrada y el Generalísimo era su protagonista. Pero era Fabiana quien conocía al Ernesto de verdad, desnudo, libre de toda referencia. Él se despojaba de su piel cuando entraba en aquel apartamento secreto. Era un búnker, sellado contra intrusos… hasta ahora.

—¿Traerás tortillas?

—Tú puedes hacerlas, ¿no?

Fabiana se abrazó a su cuello.

—Tráeme unas frescas de la tortillería, Ernesto. Y pan dulce para nuestro desayuno —quería la energía de las manos de otros; que alguien más golpeara las tortillas entre las palmas, las tirara en el comal y la alimentara a ella con su vida.

—Esta noche hay una recepción. Debo asistir.

—Te esperaré.

—Mi amor —la besó con ternura y le tocó la cara con sus grandes manos. Siempre era desgarrador dejarla.

Abandonó raudo la habitación y pasó por la sala en dos zancadas. Salió por la puerta y marchó por la columnata. *¿Cómo habrá entrado la chica? Tiene que haber sido en complicidad con la seguridad.* No creyó que Fabiana la trajera. Ella estaba encubriendo a alguien. Él sintió su miedo y estaba resuelto a protegerla. Se lo debía, porque ella lo había salvado.

Ahora que Ernesto se había ido, su mente explotó con recuerdos. No podía parar. Caminó por la habitación, pero no podía detener las imágenes que pasaban disparadas por su cabeza. Salió corriendo al patio, casi esperando que Pamela estuviera allí, pero la columnata estaba desierta y la grama pálida yacía precaria en las sombras. ¿Acaso la había soñado? Se agachó junto a un pilar y recostó la mejilla contra la piedra tibia.

*

1528: La flotilla llena de provisiones parecía un circo flotante. El pródigo no quería llegar a casa con las manos vacías. Cortés ordenó llenar sus galeones a capacidad con criaturas enjauladas; jaguares y ocelotes, monos que parloteaban, colibríes y quetzales. Las cubiertas estaban repletas de acróbatas que daban vueltas, magos, enanos y albinos; viajeros del tiempo que cruzaban hacia otro mundo. La risa desbordante de Cortés se oía fuerte durante el largo viaje cuando triunfaba en las mesas de juego, al recoger sus ganancias y beber brandy. Su suerte en las cartas no lo había abandonado, tampoco sus bravuconadas en medio de un sospechoso regreso a casa después de veinticuatro años. Rodeado de sus hombres y flanqueado por sus amigos leales, Gonzalo de Sandoval y Andrés de Tapia, decidió interpretar al hidalgo español y tener hijos legítimos para que le devolvieran el gobierno de la Nueva España. Desfilaba por la cubierta, caminando con paso enérgico por los tablones resbaladizos. Llevaba calzas largas y zapatos con cintas, y cargaba a Martín sobre sus hombros. Era un jorobado jubiloso, con su capa de terciopelo extendida contra el viento cortante para cubrir el cuerpo del niño y el suyo.

—¿Cómo es España, Papá? —pio Martín, como un pajarito sobre la joroba de su padre.

—Es una gran tierra llena de pájaros y animales, y más caballos que los que hayas visto jamás, Martín. Hay olivos y viñedos repletos de frutas, multitudes de gente con familias grandes, e iglesias, muchas iglesias. España está gobernada por un poderoso rey cuya corte va de Barcelona a Madrid, de Valladolid a Toledo, adonde él vaya, por llanuras y desiertos, con toda su comitiva.

—¿Qué es un desierto, Papá?

—Un desierto, Martín, es un lugar seco con arena y tierra roja, con mucho sol y caliente en el día, y frío y crudo en la noche, y a veces con flores hermosas que salen de la tierra como milagros.

—¿Mamá estará allá antes que nosotros?

En la privacidad de su camarote, Cortés cayó con la cabeza entre las manos y le rezó a la Virgen para que lo liberara.

—Devuélveme mi corazón, Virgen bendita. Marina me ha embrujado. Líbrame de mi deseo de su cuerpo salvaje —podía oler la piel de Malintzin, suave y con olor a almizcle. Viajaba por su cuerpo, explorando valles y ríos, montañas y volcanes, llanuras y malezas espesas. Lo perseguía la carita triste de su hijo, que miraba al mar buscando a su madre. Se maravillaba por la memoria del niño. *Él también tendrá que aprender a vivir acongojado.* Cortés dejó sus rezos y bebió otro trago de brandy.

Sandoval contrajo la fiebre en el barco y murió poco después de su llegada al puerto de Palos de la Frontera. Apenas lo enterraron, cuando llegó la noticia de otra muerte; el viejo Martín Cortés había muerto antes de conocer a su nieto. Hernán le escribió a su padre sobre el niño y esperaba el encuentro; una reunión de su sangre, la continuación de su linaje, pero resultó frustrado. Viajó con Andrés de Tapia y el joven Martín a su lugar de nacimiento, el pueblo de Medellín, donde abrazó a su acongojada madre y se arrodilló junto a la tumba de su padre en la Iglesia de Santiago. Apesadumbrado por tal pérdida, Cortés solo quería regresar a México y gobernar sus tierras. Puso a Martín bajo el cuidado de Tapia, quien prometió llevar al niño junto a los parientes de Cortés mientras Hernán corrió a reunir su circo disperso para alcanzar a la comitiva del rey. De ahí iría a defenderse y a pedir el reconocimiento de sus logros en la Nueva España. Aunque tenía los ojos apagados por el dolor y su cuerpo de cuarenta y dos años estaba perdiendo vitalidad, aún vivía en él ese mismo deseo del joven que se trepó por el muro de doña Carmen en Salamanca, con la cabeza llena de historias de caballería.

—Le doy otra oportunidad —dijo Carlos en tono generoso al tiempo que alcanzaba una ostra rellena de anchoas. Cortés veía hincharse las mejillas del rey, cuyas palabras se producían con lentitud y eran traducidas trabajosamente por un cortesano inexpresivo. Carlos era alemán nacido en Gent y hablaba flamenco y alemán, pero poco español. Su larga mandíbula de Habsburgo se movía hacia arriba y hacia abajo mientras comía el revoltijo de pescado que tragó al final, haciendo un chasquido con la boca.

—Las propiedades confiscadas por nosotros en su ausencia cuando estaba en la selva le son regresadas, a perpetuidad, para usted y sus descendientes. Yo lo declaro Marqués del Valle de Oaxaca. Puede regresar a la Nueva España como un hidalgo, un caballero de buena posición con propiedades y palacios llenos de sirvientes indios. Usted nos ha servido bien, Don Hernán, y ahora puede descansar en sus laureles.

El músculo en la quijada de Cortés tembló al oír la traducción de la proclama del rey, y después se quedó inmóvil cuando apretó los dientes. *Me están pensionando*, pensó mientras los años invocaban sus glorias pasadas, burlándose de él. Él quería gobernar, no menos que eso. El cruel golpe se fue endureciendo en su interior a la vez que comenzaba a conspirar. No se daría por vencido.

Martín temblaba acostado en su nueva cama bajo un nuevo cielo. Sentía frío desde que llegó a la casa de su tío, a pesar de que era el comienzo del verano y el dulce olor de las flores de los naranjos se colaba por las ventanas. Extrañaba el calor pesado de México-

Tenochtitlán, el olor de la cocina y el patio adoquinado donde solía jugar. Era todo lo que conocía del mundo, lo que podía recordar, además del olor dulce y picante de la piel de su madre cuando lo abrazaba fuerte. Cuando el señor Tapia se fue de la casa, sintió que se rompía el último hilo y perdió el honor llorando.

—¿Dónde está Mamá? ¡Quiero a mi mamá! —su tía se persignó, apretó los labios con fuerza, lo levantó en brazos y lo llevó a la cama. Mientras lo arropaba, le explicó sobre su nuevo hogar y le dijo que no volvería a ver a su mamá, pero Martín no le creyó. Cuando se fue, bajó de la cama y se paró en la ventana. Todo estaba en silencio. Miró hacia el cielo y vio la luna, llena y redonda, que brillaba sobre la tierra. Había visto la luna muchas veces antes de que cruzaran el océano. Era la misma luna, estaba seguro. Observó cómo se iba poniendo más redonda con el paso de los días, igual que lo hacía en casa, y entonces desaparecía poco a poco hasta que el cielo estaba oscuro. Caminó hacia la cama sin hacer ruido, con los pies descalzos sobre las losas frías, y buscó la bolsita de cuero entre sus ropas. Pellizcó las hojas secas: ruda, un olor conocido. Desmenuzó una hoja sobre su lengua y la mantuvo allí, saboreándola. Sintió a su madre cerca de él y se consoló.

*

Los pensamientos de Guadalupe estaban muy lejos del convento mientras lavaba su ropa en la pila, con las manos hundidas hasta el fondo. Se sobresaltó al sentir una palmadita en el hombro.

—Ven, Hermana Lupe. Quieren vernos en la oficina de la Hermana María Teresa —la Hermana Rosa la jaló por la manga.

—¿Qué pasa? —se molestó por la intrusión en medio de su ensueño.

—No debemos preguntar, Hermana. Nos mandaron a llamar. Rápido, rápido, puedes terminar esto después.

Con frecuencia, Guadalupe se había maravillado por la aceptación de autoridad de la Hermana Rosa y rezaba por lograr tal humildad y obediencia.

María Teresa las saludó con una sonrisa. Apretó las manos de Guadalupe y la miró fijamente a los ojos.

—¿Hermana?

—Siéntense. Tengo algo que decirles a las dos —la carpeta de la clínica de Huixoc estaba sobre su escritorio. Pasó la mano sobre ella y se detuvo un instante. Luego levantó la mirada y comenzó a hablar, moviendo los ojos entre Guadalupe y Rosa—: estuve hablando con el Doctor Ramírez. Él agradece mucho tus esfuerzos en la clínica, Guadalupe, pero ha pedido la ayuda de una hermana madura para su trabajo clínico. Usted lo acompañará la próxima vez, Hermana Rosa.

—¿Pero por qué? —exclamó Guadalupe—. ¡Yo conozco a todos los pacientes! ¡Yo conozco a todos en la aldea! ¿No puedo ir yo también?

María Teresa inclinó la cabeza en un gesto de comprensión y se inclinó sobre el escritorio.

—Querida, esta es una situación delicada. El Doctor Ramírez cree que si le ayudara una monja mayor, quizás más hombres de la aldea irían a tratarse.

—Pero él nunca me habló de eso.

La Hermana Rosa hizo un chasquido con la lengua en desaprobación.

—Este cambio no viene por ninguna falta personal, Hermana. Tienes que superar tu decepción y pensar en el bien de toda la aldea.

—Pero la Hermana Rosa no habla su lengua.

—No te debes preocupar por esos detalles, Guadalupe. Uno de los aldeanos que hable español puede traducir.

—Pero la traducción es más que…

—He pensado muy bien sobre este asunto.

—Por supuesto —Guadalupe inclinó la cabeza en sumisión, con la cara roja por la ira.

—¿Hermana Rosa?

—Sí, sí, Hermana, estoy feliz de servir.

—Sabía que podía confiar en usted. La Hermana Lupe revisará el expediente con usted y la instruirá sobre cada uno de los pacientes. Ahora puede irse, Hermana. Estoy segura de que tendrán mucho que preparar. La próxima clínica es, creo…

—En dos semanas —dijo Guadalupe con brusquedad—. Viajará con el Doctor Ramírez en su carro, si funciona. Si no, tendrá que tomar el autobús de la mañana, Hermana Rosa, a las ocho de la mañana.

Apenas Rosa dejó la oficina, María Teresa se levantó y caminó hacia Guadalupe. Se paró detrás de su silla y descansó las manos sobre los hombros de Guadalupe con suavidad. Sus dedos la apretaban mientras la masajeaba, subiendo hacia los músculos del cuello.

—Relájate, querida. Comprendo la tensión que sufres. No te preocupes, que todo pasará y luego sonreirás al recordar estas dificultades.

—¿Cuáles dificultades? —Guadalupe se volteó—. Yo no tengo dificultades en la aldea, Hermana. No entiendo.

—He intentado ser lo más discreta posible, Guadalupe, para salvar tu dignidad. Tienes que confiar en mí. Estoy a cargo de ti y todos los días rezo por tu alma —el rostro de María Teresa era solemne, pero sus ojos brillaban.

De pronto, Guadalupe comprendió y se tapó la boca para contener la risa.

—Reza para tener fuerzas, hija mía.

—Sí, Hermana, iré a la capilla. Gracias, Hermana, gracias —tomó las manos de María Teresa y las besó.

*

Pamela llegó puntual al palacio y un guardia imperturbable la escoltó hasta la columnata que llevaba al apartamento de Fabiana. Cuando dobló la esquina la vio parada allí, sola en el patio, apoyada contra un pilar, fumando. Pamela la observó por unos momentos antes de hablar.

—Mamá.

Fabiana se dio la vuelta, con una mezcla de miedo y sorpresa que le atravesaba el rostro. Tiró el cigarrillo al suelo, lo pisó con su zapato de tacón y corrió hacia Pamela. Al abrazarla, Pamela sintió la ligera humedad del cabello recién lavado de Fabiana. Llevaba muy poca pintura de labios y olía a humo de cigarrillo y rosas.

—Ah, hija mía. Me costaba trabajo creer que era cierto —tomó la cara de Pamela en sus manos, sosteniéndola como un objeto precioso, luego le pellizcó las mejillas y se rio—. Pensé que tal vez eras un sueño.

—Es un sueño hecho realidad. ¿Estás bien, Mamá? Te ves cansada.

—No pude dormir anoche —dijo, aún mirando con insistencia los ojos de Pamela—. Pusiste mi vida de cabeza —giró de manera abrupta y le apretó la mano—. Ven adentro. Haré café.

Pamela la siguió. En el apartamento pasaron por el salón con las persianas cerradas y llegaron hasta una pequeña cocina al fondo.

—¿Todavía deseas que no hubiera venido?

Fabiana se encogió de hombros en un gesto de impotencia. Trató de sonreír, pero su rostro se contrajo.

—No sé —sus manos se movieron, intentando atrapar el aire—. Anhelaba esto, que regresaras a mí, pero ahora no sé. Son los recuerdos… es demasiado doloroso.

—Lo siento.

Fabiana se apartó y se dispuso a preparar el café. Puso cucharadas de café finamente molido en una olla, agregó agua y encendió una llama azul.

—Mamá, ¿qué pasó después de que dejaste tu aldea?

—Ah, hija mía, no me preguntes eso. Es demasiado difícil para mí.

—Discúlpame, pero tengo derecho a saber. Prométeme que me contarás, cuando puedas hacerlo.

Fabiana se volteó a verla. Tomó sus manos y miró atenta los ojos de Pamela.

—Tienes que ser paciente conmigo.

—Tengo mucho tiempo —miró el pequeño cuartito, los azulejos rotos, la cocina de dos hornillas, el fregadero hondo. Dio unos cuantos pasos buscando algo con la mirada—. *Door*... puerta —dijo, señalando—, *wall*... muro, *kitchen*... cocina...

El rostro de Fabiana se ruborizó de enojo.

—¿Qué me estás diciendo?

—Es inglés, Mamá. Esto es lo que hablamos en Canadá —tocó el cabello de Fabiana, sintió su suavidad, quería oler su frescura y frotarse la cara con él—. *Hair*... pelo, *skin*... piel —y acarició la mejilla de su madre. No podía quitarle las manos de encima, pero Fabiana la apartó, arañándole la muñeca con sus largas uñas.

—¡Basta! —afirmó con rudeza—. Ya aprendí español.

Miró a Pamela a los ojos como si buscara algo, luego sacudió la cabeza y se dio vuelta. Pamela lamió la sangre de su muñeca, donde las venas se veían azules en contraste con su piel morena. Se acordó de un gatito que Fern trajo a casa, proveniente de la sociedad protectora de animales, y de cómo la atacó con sus garras afiladas. Pamela lloró y Hannah la abrazó hasta que se sintió mejor y le puso una curita sobre el arañazo. Era raro pensar en sus dos madres ahora que había encontrado a su verdadera madre. Estuvo parada en silencio mientras Fabiana hizo el café y lo vertió en dos tazas que esperaban sobre una pequeña bandeja de plástico con cucharitas y una azucarera.

—¿Con leche?

Pamela negó con la cabeza.

—Negro.

Entraron en la cavernosa sala con su mobiliario monumental y el zumbido del ventilador que colgaba alto sobre sus cabezas, y que tenía suficiente fuerza como para levantar el dobladillo de la falda de Fabiana cuando pasaba debajo de él. Era un mundo masculino, lleno de madera oscura y cuero. Fabiana no había dejado marca alguna allí. Estaba sentada como un niño que no tiene nada que decir, cruzando y enderezando las piernas. Pamela estaba extrañamente conmovida al ver las piernas desnudas de su madre y sus anticuados zapatos de punta con tacón de aguja. Quería abrazarla, tocar su cuerpo y oler su piel, pero había una distancia entre ellas y Pamela no sabía cómo salvarla.

—¿Recuerdas a Guadalupe en Casa Central?

Fabiana negó con la cabeza.

—¿Calixta?

—¡Ah, Calixta! Sí, la recuerdo. Era una niña como yo.

—Ella me cuidó cuando era bebé.

—Ella hablaba mam, pero las monjas nos hacían hablar español.

—¿Es por eso que te molestaste conmigo en la cocina?

Fabiana sacudió la cabeza.

—Perdóname, mi niña. ¿Qué pasa con Calixta?

—Ella me dijo dónde encontrarte. Nos hicimos amigas. ¿Podríamos ser amigas *tú y yo*, Mamá? ¿Quisieras salir conmigo mañana? Podríamos ir al Parque La Aurora.

—Ya fuimos allí, juntas.

—¿Qué quieres decir?

—Cuando estabas dentro de mí —susurró.

Pamela se deslizó de su silla y se arrodilló a los pies de Fabiana. Recostó la cabeza en el regazo de Fabiana, la presionó con suavidad sobre su vientre y puso la cara entre los muslos, así que no oyó los pasos. Ernesto abrió la puerta y dio un paso atrás, sorprendido.

—Ah, la hija —dijo, recuperándose—. ¿Cómo estás? —agarró la mano de Pamela y la hizo levantarse mientras la evaluaba con una ligera sonrisa. Se inclinó para besar a Fabiana—. Mi corazón.

—No te esperaba, Ernesto.

—Terminé mi trabajo por hoy —se dejó caer en una silla de cuero y cruzó una pierna con su bota sobre la otra.

—¿Quieres café? —preguntó Fabiana y, sin esperar por una respuesta, se apresuró hacia la cocina.

—Esto es muy bueno para nuestro país, tener turistas estadounidenses.

—Soy canadiense —dijo Pamela, irritada.

—Todos son bienvenidos —dijo con un gesto despreocupado, y luego le dijo de manera particularmente lenta—, pero siempre llega el momento en que la vacación se termina.

—Esto no es una vacación, Ernesto. Vine para encontrar a mi madre.

El General se inclinó hacia delante y bajó la voz.

—Tengo que ser honesto contigo. Fabiana está delicada de salud. Para ella es inquietante verte después de todos estos años. Estuvo despierta por la noche, llorando. Si amas a tu madre, Señorita, deberás regresar a tu propio país ahora, ¿entiendes?

—Este es mi propio país. Y apenas la encontré. ¡No me voy a ir ahora!

—Shhh. Este apartamento es nuestro refugio. No queremos escándalos aquí.

Oyeron el tintineo de una taza y un platillo en la cocina, y luego unas pisadas.

—Por favor, mi boleto es para el 1ro. de agosto. Hay tiempo para que se acostumbre a mí, para que nosotras... —Pamela dejó de hablar cuando Fabiana entró en la sala.

Fabiana se detuvo para darle a Ernesto su café y él la retuvo con el brazo, susurrándole rápido al oído.

—No debe venir aquí otra vez... terminado... deshazte de ella.

A pesar del murmullo, Pamela oyó lo esencial.

—Pero Ernesto... —comenzó Fabiana.

Se puso de pie de un salto y caminó por el cuarto como un tigre enjaulado.

—*Goodbye, goodbye* —dijo en un inglés exagerado—. Esperaré afuera mientras te despides de tu madre y entonces te escoltaré hasta la puerta del palacio.

En dos segundos se había ido. Las mujeres quedaron confundidas. Podían verlo a través de los listones de las persianas, yendo y viniendo, fumando un cigarrillo, con el cuerpo extrañamente inconexo con respecto a las líneas horizontales de las persianas.

—¿Mamá? ¿Qué vamos a hacer? Él dice que no puedo volver a venir aquí.

Fabiana parecía incapaz de hablar.

—Tengo que verte. Vamos a vernos mañana —susurró Pamela con urgencia. Sacudió a Fabiana por los hombros con suavidad—. ¿Mamá?

Fabiana se espabiló de repente, como si hubiese despertado de un sueño.

—Peñalba —dijo.

—¿Peñalba? ¿Qué es eso?

—Un restaurante, en la Avenida 6, a media calle, a la izquierda.

—¿A las diez?

Ella asintió.

—En dos días.

—Pero eso es mucho tiempo.

Fabiana levantó dos dedos.

—Dos días.

—Está bien. Te invito a desayunar —Pamela se inclinó hacia delante y besó a su madre, sosteniendo su cara por un momento. Sus ojos se encontraron. Entonces atravesó la sala y salió.

Ernesto estaba esperando. Puso su brazo sobre los hombros de Pamela y comenzó a caminar con ella por la columnata. Ella volteó la cabeza y miró su mano con insistencia, pero él no pareció darse cuenta.

—Los dos queremos lo mejor para tu mamá, ¿cierto? Es difícil para ella, tú entiendes. Ella no quería decírtelo.

Pamela intentó decir algo, protestar, pero no podía pensar. El contacto con Ernesto drenó la energía de su cuerpo. Él siguió hablando y hablando hasta que llegaron a la estación del guardia.

—¡Claudio! Vas a escoltar a la Señorita. Fue un gran placer —dijo, al quitar por fin su brazo y agarrarle la mano—. Adiós, adiós, que te vaya bien.

*

Juan de Jaramillo se ausentaba de su casa cada vez con más frecuencia. Su fortuna iba en aumento. Fue proclamado teniente de la ciudad y se le otorgó una extensión de bosque junto al muro de Chapultepec. Se estableció y construyó una magnífica residencia en el lugar, pero cuando llegó la hora de mudarse, Malintzin se negó a ir.

—Quiero regresar a mi terruño, Juan. Ya aseguraste tus tierras con este matrimonio, ahora déjame ir.

—Y tú aseguraste tu posición en esta ciudad, Marina.

—No lo niego —dijo cansada—. Pero este no es mi lugar. Quiero ir a casa.

—¿Y qué pasará con María?

—Se quedará aquí contigo, su padre.

—Eres una madre desnaturalizada.

—Lo hice lo mejor que pude, esposo, pero estoy muerta de nostalgia por mi terruño.

—¿Y qué hay de tu hija? ¿Tú crees que no sentirá nostalgia por su madre?

—María estará mejor cuidada en tu casa.

—¿Por Zaachila?

—Zaachila vendrá conmigo. Encontraré una mujer que cuide de María.

—Quizás yo encuentre una mujer... otra esposa —dijo desafiante.

—Como quieras. Te concedo tu libertad y no te exigiré nada.

Un viaje más hacia el este, más allá de Cholula, subir de nuevo bajo la mirada de tres grandes volcanes y atravesar el Pico de Orizaba. Las dos mujeres se acurrucaron juntas para darse calor en aquellas noches que helaban los huesos; se abrazaron una a la otra y saltaron por la mañana para activar la circulación en sus pies congelados; luego descendieron a los pantanos fétidos del Golfo, donde Malintzin se sintió abrazada por el aire, como si la envolviera una manta. El viaje tenía un carácter resolutivo, ella seguía el deseo en su corazón, donde cada paso la llevaba más cerca de él.

—Cuando él regrese, llegará a la costa del Golfo —dijo—. Lo esperaré.

Estaba parada al borde del acantilado, en las tierras asignadas a ella por Cortés. Su cuerpo era un faro encima de las olas que chocaban, alisando las rocas.

Malintzin estaba en casa, arraigada de nuevo en la oscura tierra del pueblo de Paynala, donde una vez reinó su padre. Estaba parada sobre el océano. Había regresado al punto de partida, llena de un conocimiento que nunca hubiese sospechado cuando se paraba en el mismo acantilado siendo una niña, a la sombra de su padre. Esperó y esperó, hasta que la alcanzó la realidad de las palabras de Cortés, que hacían eco en los interminables días.

"Se le quitará lo indio... mi verdadero hijo y heredero... un caballero de la Orden de Santiago... nuestras costumbres y tradiciones dentro de la Santa Iglesia Católica...".

Martín no regresaría. Cortés no vendría. Perdió la cuenta de las lunas. Ella podría esperar por siempre, pero ellos no vendrían. El hijo de Jaramillo se movía en ella inequívocamente.

—Voy al río —le dijo a Zaachila—. Quédate en casa con mi familia. Hay que hacer tortillas. Somos muchos.

Vivían con la madre de Malintzin en la casa de su medio hermano Lázaro, el joven cacique.

Cuando llegó al río, se paró en la orilla a oír el agua correr. El río estaba crecido por las lluvias de verano y Malintzin se sintió afectada por su turbulencia. Esta no era la corriente burbujeante que ella recordaba de su niñez. El río había crecido con ella, se hinchó con la fuerza de su corazón y ahora la jalaba al tiempo que ella sumergía los pies, las rodillas, los muslos, el vestido verde que se levantaba. Caminó en el agua, aplastando el barro con los pies, hasta que se encontró en el agua oscura, nadando hacia la cueva que estaba en la otra orilla, escapando por fin de los hombres de Xicalango. Su corazón se hinchó a la vez que sus miembros se abrían paso por el agua. *¿Quién me guiará en mi viaje por la tierra, oh, Señor Quetzalcoatl, ahora que te fuiste?*

"Reinarás sobre muchas personas, pero nunca sobre tu propio corazón".

El río arrastró a Malintzin. La corriente la sostenía mientras ella nadaba en sus brazos.

"Muerte y destrucción en tu camino…".

Pero su pueblo se estaba recuperando; avanzaba hacia su destino, el nacionalismo mestizo que crecía de su sangre mezclada, tan fuerte como el maíz. La sangre le latía en los oídos cuando entró en la cueva. Comenzó a recordarlo todo mientras nadaba hacia la luz de un hoyo alto en el techo. Recordó el brazalete de oro en la muñeca de su padre, el olor del cabello de su madre, la melodía del río cuando corría sobre las rocas, la tierra sobre su lengua, el dios cuando se movía dentro de ella, sus dientes al masticar carne de caballo en la retirada de Tenochtitlán, los bebés que pateaban dentro de su vientre, el copal ardiente, los deditos de Martín que rodeaban su dedo, su puñito que era apenas un pliegue. El corazón de Malintzin se encogió cuando salió a la superficie y respiró. Sus ojos se llenaron de cielo hasta que no vio nada, solo oyó romperse una rama de ceiba cuando intentaba halarse fuera de la cueva. Cayó hacia atrás en la boca de la serpiente emplumada y viajó por el brillante túnel de su cuerpo hacia la radiante tierra, única y silente.

Zaachila encontró el vestido verde de Malintzin al otro lado del río, escondido entre la maleza como una piel descartada. Estrechó la tela húmeda contra su pecho y lloró. Estaba lejos de su hogar, un hogar que ya no existía. Se sintió desconsolada.

*

Guadalupe estaba arrodillada en la Capilla de la Medalla Milagrosa. Una luz brillante jugaba detrás de sus ojos cerrados y olió el aroma de las azucenas mientras sentía de nuevo el suave golpe de su colisión, cómo las azucenas caían de sus manos y la tierra las recibía a ambas, unidas sin haberse visto antes. Abrió los ojos, pero no había nadie; nadie excepto las hermanas y unas cuantas personas que entraron de la calle para rezar. Las azucenas maltrechas habían echado raíces y crecido en la esquina del patio. Esperaba que Pamela estuviera bien. No supo más de ella desde que fue a La Sampedrana con Miguel.

*

Pamela se encontró una vez más hablando a través de un vidrio.

—¿Tu madre tiene un pasaporte? —decía el hombre por un micrófono.

—No, ya le dije, nunca ha salido de Guatemala. Quiero que le expida un pasaporte de refugiada patrocinada por mí —el intento del General de interponerse entre ella y Fabiana hizo que aflorara su espíritu luchador. Sabía que él mentía, que Fabiana quería que ella se quedara, y sabía que su madre era la única sobreviviente de una terrible masacre y que necesitaba ayuda.

—Señorita, este es el Consulado de Canadá. Nosotros no expedimos pasaportes para ciudadanos guatemaltecos. Y oficialmente no hay más refugiados desde que se declaró la paz en el 96. Tiene que hacer la solicitud desde Canadá para patrocinarla —Enrique Ruiz sonrió excusándose cuando vio caer su mirada—. Esas son las reglas. Además, estás en el lugar equivocado. La oficina de Inmigración está abajo y lo lamento, pero tendrás que esperar mucho.

El rostro de Pamela se ruborizó y respiró hondo.

—Okey, primero que todo, ¿dónde puede ella obtener un pasaporte?

El señor Ruiz tenía hambre. Se frotó la barriga pequeña y redonda. Se había quedado retozando en la cama con su esposa y no le dio tiempo de desayunar. *Sin duda valió la pena*, pensó, recordando sus besos ansiosos y la tibieza de sus senos apretados con fuerza contra él, pero ahora las tripas le sonaban de manera vergonzosa.

—Aquí está la dirección —garabateó algo en un bloc de notas—. También necesita un examen médico —arrancó la hoja con un ademán elegante y la empujó debajo del vidrio.

—¿Si ya no hay programa de refugiados, cómo puedo patrocinarla?

—Como un familiar. Ella es tu madre, ¿no es cierto? Ellos te lo explicarán en Inmigración, dos pisos más abajo —hizo un gesto con el pulgar—. En mi opinión, ella no se quedará. Todos regresan. Son las tortillas.

Pamela lo miró anonadada.

—Los guatemaltecos adoramos nuestras tortillas y frijoles. En ninguna parte del mundo hay tortillas y frijoles como en Guatemala. Yo he ido a los Estados Unidos, y sus tortillas, ¡bah!, parecen cartón. No se pueden comer. Y los frijoles, ¡agh!; esos gringos no saben hacer los frijoles. Es un detalle, sí, pero es importante.

—¿Hay alguna manera de patrocinarla sin tener que regresar a Canadá?

La miró entrecerrando los ojos y suspiró. Era casi la hora de la comida. Garabateó algo más y le dio la nota.

—Dale esto a la recepcionista en Inmigración y ella te llevará con mi amigo Alejandro. Tal vez no tengas que esperar todo el día. Buena suerte, Señorita.

Cuando Pamela salió del edificio de Inmigración dos horas después, el calor de la tarde envolvía la ciudad estrechamente. Oyó el ruido del tráfico y las bocinas de los carros en la distancia desde el Obelisco, un monumento a la independencia de Guatemala que marca la intersección de la Avenida La Reforma con la Calle 13. La entrevista con Alejandro le levantó el espíritu. Caminó con energía por la amplia y arbolada calle en la Zona 10. *Queridísima Hannah, este es mi plan. Tú comienzas el trámite del patrocinio en Canadá y yo ayudaré a Fabiana con su pasaporte.* Las buganvillas se derramaban por los muros altos con fragmentos de vidrio encima, incrustados en el concreto. *Lo haremos como un trámite urgente. Tenemos seis semanas, eso debería ser suficiente, pero puede ser que me tengas que enviar algo de dinero.* El fuego del bosque hacía gala de sus flores anaranjadas. *Ya comencé a solicitar su visa. Vendrá conmigo de visita, y luego, si decide quedarse, el patrocinio ya estará andando y…* Las enormes palmas cortaban los rayos del sol con sus sombras. Pasó una reja alta de hierro forjado que tenía al lado una placa de bronce con un nombre alemán *…y puedo regresar a Guatemala con ella, presentar los papeles del patrocinio para que entonces pueda emigrar oficialmente conmigo como su patrocinadora legal. Brillante, ¿eh?* Pamela vio dos chicas mayas en uniformes de sirvientas sacudiendo una alfombra. El polvo se levantaba en medio de la calima, y a lo lejos oyó ladrar un perro. *Les va a encantar. Es bella, exactamente una versión mía de más edad. Siento como que por fin crecí.*

Pamela se apresuró hacia el centro para enviar el correo electrónico. Estaba impaciente por organizarlo todo. Nunca se le ocurrió que Fabiana pudiera decir que no. La cara de Guadalupe le venía a la mente y pensó en ir a Casa Central a contarle las noticias, pero *no*, pensó, *no; esperaré hasta después de nuestro encuentro de mañana en Peñalba.* Disfrutó su anonimato en esa ciudad extraña y llena de secretos, y ahora ella misma tenía un secreto que disfrutar. Llevada por un impulso, tomó un autobús y se encontró de nuevo en la Avenida La Reforma, cerca del Museo del Popol Vuh, un lugar que había querido visitar desde que llegó a la ciudad. Así que se bajó en la Universidad

Francisco Marroquín y caminó por los exuberantes predios hacia el museo. Una vez dentro, caminó por los pasillos fríos, con la mente dándole vueltas. *El tiempo es una estructura, cada momento es un grupo de todos los momentos, pasados y futuros; una torre de tiempo que hace equilibrio en mi mente. Todo se apila en la torre y un día caerá, astillándose las horas en minutos, segundos, sin dejar de pasar; y el momento eterno, que no tiene nada que ver con el tiempo, se perderá.* Algo la atrajo; un objeto que vio de reojo. Era una pequeña figura con la espalda doblada y un tocado con joyas, Ix Chak Chel, La Diosa Vieja. Pamela sintió curiosidad por la figura. Se apoyaba en algo, un bastón o una vara de siembra, a la vez que su cuerpo se encorvaba como una serpiente y su cara se levantaba hacia el cielo. Pamela compró una réplica de Ixchel en la tienda del museo, para ella, para Fabiana, para Guadalupe. La compró para todas, pero aún no estaba segura de quién la recibiría. A veces pensaba en el ensayo que aún debía hacer para la universidad, en las largas horas que pasó encorvada sobre los libros en la biblioteca. Toronto se sentía como otro mundo a pesar de su frecuente comunicación con Hannah y Fern y con sus amigos; pero la historia de Cortés y La Malinche seguía acompañándola como si la tuviese plantada y creciera en su interior. Ella los veía aparecer por la noche, con la piel oscura y los ojos blancos en el negativo de sus sueños. Veía a su hijo solo en un país extraño, añorando a sus padres.

*

Toledo, 1532

Martín no podía recordar cuándo comenzó. Quizás cuando llegó a la corte por primera vez tres años atrás para entrar al servicio de la emperatriz Isabel. Al día siguiente de cumplir siete años, su tío lo puso en el carruaje con destino a Toledo. Después de vivir en el modesto hogar de su tío en el campo, el palacio parecía un sueño de telas doradas y arañas de luces, con damas en vestidos voluminosos del brazo de caballeros en jubones con faldones y cuellos altos con vuelo. Lo pusieron bajo el cuidado de don José, Maestro de Pajes, y ocupó su puesto en un catre estrecho en el dormitorio largo y sin ventanas donde dormían todos los pajes.

Un día, su padre fue a contarle que regresaba a México.

—El rey me ha ordenado establecer mi residencia en la Nueva España y gobernar mis tierras allá.

—¿Puedo ir contigo, Papá?

—No, Martín. Tienes que quedarte en la corte y servir a la emperatriz con toda tu alma y corazón, como corresponde a un paje de la casa real.

—Pero Papá…

—Shhh —Cortés puso su dedo sobre los labios de Martín—. Ten paciencia, hijo mío, un día serás un hombre y entonces decidirás por ti mismo —se inclinó hacia él y le susurró al oído—; para combatir al enemigo tienes que aprender a ser como él. Tenemos que protegernos de los españoles. Recuerda eso, Martín. Nos tratarían con prepotencia.

—Pero yo soy medio español, Papá.

—Tú eres un niño muy especial, Martín —dijo, mirando sus ojos almendrados y el tono dorado de su piel—. Por tus venas corre la sangre del Viejo Mundo mezclada con la del Nuevo Mundo, nuestro verdadero hogar. Aprenderás lo que significa esto a medida que crezcas. Siempre debes estar orgulloso de tu sangre mezclada.

Cortés se quedó en silencio cuando Martín le preguntó acerca del viaje, sobre su madrastra, Juana de Zúñiga, que se había casado recientemente con Cortés e iba a ir con él a establecer su residencia en la Nueva España, y sobre su madre.

—¿Verás a mi mamá? Dile que estoy bien y que pienso en ella —Martín recordó los latidos del corazón de su padre a través del grueso material de su jubón.

Antes de que Cortés se fuera, recibió la aceptación de su primogénito como Caballero de la Orden de Santiago. El paje de siete años prometió de manera solemne luchar contra los infieles y cumplir con el rígido código de estudios de la Orden. El mismo Cortés había sido rechazado, pero su hijo era joven y se destacaría más que su disoluto padre.

Martín recordó cómo comenzaron los rumores; como una brisa, un ligero remolino de hojas que volaban en el patio del palacio, con polvo alrededor de sus pies. Recordó cuando se agachaba debajo de la mesa en la cocina de la casa de su tío en México, recordó al cocinero que le susurraba a Zaachila, recordó las palabras que no había entendido: "Bastardo de Los Malinches, sangre sucia…" y recordó la risa de los empleados. Ahora oía los mismos sonidos desagradables y aquella risa que le hacía querer regresar con su tía y tío en Extremadura.

Don José se encargó de Martín desde el principio. El niño mostró ser excepcionalmente prometedor, pero cuando comenzó a fantasear y a dejar caer objetos en presencia de la emperatriz, el maestro le habló con brusquedad.

—¿Qué te pasa, Martín Cortés? ¿Por qué te has convertido en un zopenco torpe, que anda medio dormido todo el día? ¿Quieres que te expulsen de la corte?

—Por favor no me expulse, Don José. Mi padre se enojaría.

—Entonces, niño, ¿qué pasa? —era un hombre de buen corazón, a pesar de su apariencia áspera.

—Yo... yo tengo pesadillas... sobre mi mamá... gente que se burla de ella... y me llaman bastardo.

—Ah —asintió y se rascó la cabeza entrecana—. Tendrás que soportarlo, niño, así que bien puedes saber la verdad. Tu madre es una india, una traidora de su pueblo, dicen algunos. Y tú eres su hijo bastardo. Tu padre ahora tiene una esposa española y un hijo legítimo.

—¿Tengo un hermano? —el rostro de Martín se iluminó.

—Un medio hermano.

—¿Cómo se llama?

—Es otro Martín, como tú. Pero él es el hijo y heredero y tú, mi niño —apretó la mano sobre el hombro de Martín—, tú tienes que saber por lo que estás luchando, Martín. Entonces te podrás defender.

—Cuando sea un hombre, voy a pelear por el rey.

Acostado en la oscuridad, trataba de recordar cómo era su mamá. En la casa de su tío en Extremadura esperó todos los días a que ella viniera y masticó la ruda para mantener su recuerdo vivo en la lengua, hasta que el bolsito quedó vacío y ya no podía ver más su cara. Las mejillas le ardían y tenía la garganta hinchada y adolorida. Extrañaba algo y no sabía qué era; su cuerpo ardía en círculos de deseos no expresados. Trató de imaginar cómo sería su hermano, entonces cayó dormido y soñó que corría por los canales de México-Tenochtitlán, con el aire caliente y picante en la piel, y la mano de su hermano entrelazada con la suya. Cuando despertó en la noche, su cuello y garganta estaban tan hinchados que respiraba agitado y no podía tragar.

Don José le escribió a Cortés sobre la enfermedad de su hijo.

...Lamparones, una enfermedad horrible y deformadora que hace que el cuello del niño se hinche con llagas ardientes que

supuran y que, Dios lo quiera, se vaciarán y solo dejarán una cicatriz. Él lo llama a usted, Don Cortés, y a su madre…

Para el momento en que Cortés recibió la carta, Martín había sobrevivido una fiebre intensa en la que vio la cara de su madre inclinada sobre él y sintió su mejilla fresca apretada contra el rostro ardiente. Percibió el olor dulce y picante de su aliento, y de pronto, el sabor a ruda reventó en su boca, trayéndole el consuelo que necesitaba. Cuando el niño regresó a sus obligaciones, don José vio que algo fundamental había cambiado a raíz de su delirio.

Martín el primogénito creció en el desierto de la ausencia de sus padres, con un creciente resentimiento hacia todo lo español. *Es España la que me quita a mi padre; mi padre, que me quiere y sabe que soy especial. Papá tiene otra esposa, una nueva familia. Ahora yo soy responsable de mi madre.* Juró sacar a los españoles de la tierra de su madre, encontrar a su hermano y reunir a su familia.

Lo arreglaré todo.

Pensando en su secreto, sobrevivió a las crueles burlas y los chismes de la corte.

*

Pamela estaba sentada en una mesa junto a la ventana, mirando por turnos su reloj y la entrada. Las diez cuarenta y cinco. Sorbió el resto de su chocolate caliente y, ansiosa, miró a la calle en ambas direcciones. En la zapatería que estaba al otro lado de la calle colgaban filas de botas de cuero puntiagudas y con diseños elaborados. La ciudad estaba llena de zapaterías con muestras fetichistas de zapatos de cuero. Pero los pies anchos de los indígenas iban descalzos o estaban atrapados en sandalias de plástico, como si fueran caminando hacia la playa, de vuelta a las costas de alguna tierra antigua donde sus vidas habían sido distintas.

La mesera la miró de manera inquisitiva. Pamela sonrió y ordenó el plato típico: huevos fritos, frijoles, plátanos con crema, aguacate, tortillas y arroz. Una hora después, pagó la cuenta y dejó el plato sin tocarlo. Caminó la corta distancia al Palacio Nacional y se presentó frente al ahora conocido guardia.

—Por favor, lléveme al apartamento de la Señora Fabiana.

—No hay visitas.

—Pero yo fui allí hace dos días. Tengo una cita.

—No hay visitas.

—¿Miguel está?

El guardia, un maya con el rostro inmutable y bello como las esculturas del Popol Vuh, sacudió la cabeza. Era un caso perdido. Se dio la vuelta y regresó a su hotel. Se sentía muy cansada.

"Usted ha llamado a las oficinas de Dónde Están. Estaré ausente por una semana. Por favor, deje un mensaje y le regresaré la llamada cuando vuelva el 21 de junio" —dijo la cálida voz de Ana María.

Pamela puso la tarjeta telefónica en su billetera y dejó el *lobby* del Chalet Suizo. Salió a la calle y se dirigió hacia Casa Central, donde la Hermana Rosa la reconoció de inmediato y abrió la puerta.

—Buenas tardes, niña. ¿Vienes a ver a la Hermana María Teresa?

—No, a la Hermana Guadalupe.

La pequeña monja juntó las manos y ladeó la cabeza como un pájaro pardo.

—No se puede. La Hermana Guadalupe está descansando.

Una voz resonó en la cabeza de Pamela. "Puedes venir a mí si necesitas ayuda más adelante". Estaba desesperada.

—Está bien. La Hermana María Teresa.

—Ven conmigo.

*

Después de deshacerse de Pamela, Ernesto llevó a Fabiana a cenar; un acontecimiento excepcional para celebrar su triunfo sobre la intrusión del pasado en sus vidas. Estaba decidido a proteger a Fabiana de las terribles cosas que Pamela le había hecho recordar. Él se lo debía. Después de todo, ¿no lo protegió Fabiana de las propias cosas espantosas que él sabía y le dio un refugio en el que pudiera reparar su error? Estaban sentados en la oscura limosina con los vidrios ahumados, ambos con lentes de sol, a pesar de que era de noche. Cuando el chofer abrió la puerta de Fabiana, Ernesto, ya en la acera, de inmediato la tomó del brazo. El *maître* los llevó a un área aislada y los sentó a una mesa junto a una fuente. El pozo estaba turbio por las algas y Fabiana vio a dos tortugas que caminaban despacio alrededor de él, interrumpidas por un esporádico destello dorado. Ella picoteó la comida; su rostro estaba pálido y demacrado. Rara vez salían del palacio, porque ella se sentía notoria del brazo del famoso Generalísimo. Por encima de todo quería evitar atraer la atención hacia ella. Ernesto le había sugerido ir a bailar después de la cena, pero ella insistió en regresar al apartamento. Una vez allí, Fabiana se aferró a él, apretó su cuerpo contra él, como si quisiera fundirse con su carne. Sus huesos lo lastimaron y él fue tierno, muy tierno con ella mientras ella lo empujaba como a un enemigo.

Ernesto despertó en la noche y oyó correr agua en el baño. Se quedó acostado, pero vigilante, hasta que paró y todo estaba en silencio. Entonces, caminó sigiloso por el apartamento. La luz del baño brillaba hacia el pasillo poco iluminado. Al pasar por la cocina oscura sintió algo, y cuando viró veloz la cabeza, vio a Fabiana con la boca llena de tortillas viejas. Algunos trocitos de tortilla cayeron al suelo a la vez que rompió a llorar, aún masticando. Ernesto estaba de pie, desnudo en el pasillo, mirándola. Ella inclinó la cabeza, engullendo, intentando tragar.

—No te enojes conmigo —dijo ella—. Por favor, por favor, no te enojes conmigo.

Entonces, él se movió, liberado por sus palabras, y con su cuerpo cubrió el cuerpo desnudo de Fabiana. Estaba húmeda y tibia de la ducha, y tenía un olor dulce.

—Mi amor, ¿qué es esto? Ven a la cama —dijo con suavidad.

—Discúlpame, discúlpame —lloró—. No lo puedo evitar. Tengo la cabeza llena de… cosas terribles.

Ernesto le trajo un vaso de agua y la sentó, apoyándola entre sus piernas. Le masajeó la cabeza y las sienes hasta que al fin se quedó dormida, apoyada contra su pecho, con la cabeza echada hacia atrás debajo de su barbilla. Cuando se despertaron con el sonido de su celular, Ernesto canceló sus compromisos del día. Durmieron hasta el mediodía y se quedaron en la cama toda la tarde haciendo el amor; era la única manera de calmarla. Ernesto ordenó comida y bebidas de la cocina del palacio y extendió un mantel sobre su gran cama e hicieron un picnic. Quería mantener sus sentidos atados para evitar que Fabiana alzara el vuelo. Pero él no podía impedir que escapara. Por la noche, ella se escabulló de nuevo y él la encontró acurrucada en las baldosas de la ducha. El agua caliente caía por su delgado cuerpo.

—Sangre, sangre, sangre —murmuraba, y se frotaba los pies con un pequeño trozo de jabón.

Ernesto no quería llevarla al hospital, así que la abrazó toda la noche mientras ella lloraba como si su dolor no tuviera final.

—No me dejes, Ernesto. No me dejes nunca.

—Nunca —susurró, con la voz áspera de la emoción. La estrechó más fuerte, hasta que sintió sus costillas contraerse y su respiración volverse superficial. Entonces, Ernesto se bajó de la cama y caminó en silencio hacia la cocina por un vaso de agua y una pócima para dormir. Estuvieron acostados juntos durante todo el segundo día, hasta que por fin ella salió de la oscuridad. Fabiana no sabía qué día era. Cada momento había sido un grupo de todos los momentos, pasados y futuros; una torre de tiempo. Al final del segundo día, la torre había caído y las horas regresaron, divididas en minutos, segundos, sin dejar de pasar; el momento eterno se había perdido.

*

—Entonces, ¿la encontraste?

Pamela asintió.

—Y ahora desearías no haberla encontrado. ¿Qué esperabas, que te recibiera con los brazos abiertos? —María Teresa sonrió cansinamente, luego entrecerró los ojos—. ¿Cómo la encontraste?

—Por medio de una agencia. Y sí me recibió.

—¿De verdad?

—Pero al día siguiente estaba distinta, como si algo hubiera pasado. Usted dijo que me ayudaría.

—Te lo advertí, Pamela, es mejor no perturbar el pasado. Puede ser que el verte haya sido muy doloroso para tu madre, ¿has pensado en eso?

—¿Cómo puede vivir con un militar?

—En Guatemala estamos todos atrapados en esto juntos, víctimas y victimarios, ejército y civiles. Nuestra sangre se ha mezclado desde la conquista de nuestro país, hace 500 años. Ya no sabemos quiénes son los conquistadores y quiénes los conquistados. ¿Quiénes son las personas de las que estamos hablando? ¿De qué lado estamos nosotros con nuestra sangre mezclada?

—¿Usted también?

Ella asintió.

—Mi abuela era maya. En el ejército guatemalteco se entrena a los niños mayas para que maten a sus madres, sus hermanos, sus hermanas. Enseñan a los kaibiles a comerse al enemigo, a arrancarle el corazón, aún palpitante, y clavarle los dientes. Los kaibiles son un cuerpo especial, como los boinas verdes, entrenados para matar como animales, por instinto. Tú sabes por tu sueño, Pamela, qué tan grande es el horror, pero no lo has vivido y no tienes derecho a juzgar a las personas que han sobrevivido ese horror de la mejor manera que han podido. No podemos seguir viviendo con odio. Tenemos que renunciar al dolor o morimos. Tu madre encontró una razón para vivir con su General. Encontró un lugar, fuera de la calle, al cual pertenecer.

—Pero él es un asesino. Me puso la mano encima y me sentí… contaminada.

—Sus manos están limpias, querida. Él solo dio las órdenes. Ahora es inofensivo. Él cuida del presidente como un perro guardián.

—¿Por qué todo es tan complicado aquí? No puedo ir a ver a mi propia madre porque vive en un apartamento secreto. Usted no me quiso decir nada acerca de ella porque es un secreto. Cada vez que intento hacer algo, la gente me dice: "¡No, no, no puedes, está prohibido, es un secreto, es peligroso!".

—Bienvenida a Guatemala. Así es aquí. Hemos vivido tanto tiempo en guerra, en peligro y con secretos, que nuestras vidas se han infectado de ello. Pero hacemos todo lo que podemos por vivir y por cuidar de los demás. Debes tener compasión por tu madre. Con el tiempo entenderás las complejidades que pueden llevar a una mujer a amar a su carcelero, pero nunca sabrás lo que es ser guatemalteca.

—¿Qué quiere decir?

—Tu madre decidió que te volvieras canadiense.

—¡No! ¡Usted miente! Las hermanas me separaron de ella. Ella me lo dijo.

María Teresa le tendió la mano a Pamela encima del escritorio.

—Pamela, tu madre era una niña cuando tú naciste. No hubiera podido hacerse cargo de ti.

—¿La violaron?

—No lo sé —dijo, sacudiendo la cabeza—. Los guatemaltecos no son los únicos que sufren. Lo mismo pasa en El Salvador, Chile, Nicaragua, en Colombia y Argentina… Hay una maldición sobre América Latina y en cada lugar donde la gente intenta vivir cerca de la tierra. El mundo es así ahora; quieren destruir la tierra. Tenemos que hacer lo que podamos para resistir, Pamela, incluso si no tiene remedio —poco a poco se le fue dibujando una sonrisa en el rostro; una sonrisa tan cálida que Pamela no sabía si la estaba despidiendo o animando cuando María Teresa le dijo con suavidad—: tú encontrarás el camino.

Anduvo por el corredor frío y se sentó unos minutos en el patio, con el eco de las palabras de la monja en la mente. Por supuesto que pensó en Guadalupe y recordó que habían estado sentadas juntas allí mismo tan solo unas semanas antes, pero ya parecían meses, de tantas cosas que habían sucedido. El convento estaba tranquilo y en silencio, como si todas estuvieran durmiendo. Antes vio una escalera que salía del corredor y ahora regresaba sobre sus pasos, de puntillas por la puerta de María Teresa. Comenzó a subir los escalones de piedra y cuando llegó arriba, siguió por otro pasillo largo, que olía a desinfectante. Se imaginó a las monjas arrodilladas fregando las losas. Una rendija de luz cortaba la penumbra; venía de una puerta a su derecha que no estaba cerrada por completo. Escuchó atenta y no oyó nada. Empujó la puerta con suavidad y percibió el aroma a limón. Pensó en Fabiana, en su olor oculto por talcos y perfumes, y sintió una punzada de nostalgia. Guadalupe estaba acostada en una cama estrecha, con los ojos cerrados y el cabello suelto sobre la almohada. Se había quitado la chaqueta y abierto los botones de arriba de la blusa, lo que revelaba la turgencia de sus senos. Pamela sintió la ridícula necesidad de entrar de puntillas y despertarla con un beso; quería tocar su cabello extendido. Estaba a punto de irse cuando Guadalupe abrió los ojos. Se sentó de inmediato, cubriéndose el pecho con las manos.

—Discúlpame.

—Está bien. Entra. Por favor, entra.

—No debí...

—Sí, sí, tienes que entrar —Guadalupe se movió muy rápido, balanceó las piernas en el borde de la cama, se abotonó la blusa, tomó la chaqueta de la silla y metió los brazos en ella. Entonces se quedó de pie, muy quieta—. Me sorprendiste. Una sorpresa maravillosa —dijo—. Yo no esperaba...

Se quedaron paradas un tanto incómodas junto a la puerta abierta, hasta que Pamela giró y la cerró con suavidad. Mientras tanto, Guadalupe tomó el cepillo de la mesa de noche y se recogió el cabello, sujetándolo.

—Por favor —señaló la cama y alisó la colcha rápido—, siéntate.

Pamela asintió y se sentó en la cama tibia.

—¿La encontraste?

—Sí —le contó a Guadalupe todo lo que había pasado en el corto tiempo desde que conocieron a Miguel en el parque. Estaba tan absorta en su historia, que no se percató de la tristeza en el rostro de Guadalupe.

—Ahora que encontraste a tu madre, te irás de Guatemala.

—No hasta que pueda persuadirla de venir conmigo. Y ahora ni siquiera la puedo ver. El General *es* un perro guardián.

—Rompiste tu promesa.

—¿Cuál?

—Fuiste a hablar con la Hermana María Teresa. Le contaste.

—No, le mentí. Le dije que la encontré a través de una agencia. Yo no la hubiera ido a ver, pero la Hermana Rosa dijo que tú estabas descansando. Estaba desesperada. Lo lamento. Yo nunca traicionaría tu confianza.

—Está bien. Yo te perdono.

—¡No hay nada que perdonar!

—Shh. Por favor, habla en voz baja. Estás en mi habitación privada. Está prohibido, ¿no entiendes?

—En este país todo está prohibido —Pamela susurró con vehemencia—. Lo entiendo muy bien. ¿No lo entiendes tú? Yo quiero a Fabiana. Ella es mi verdadera madre. Cuando estoy lejos de ella, la veo en todas partes. Pienso en ella todo el tiempo y… —se detuvo de pronto, como si hubiese hablado de más—. ¿Lupe?

Estaban sentadas con las piernas casi tocándose, contenidas en el silencio del enorme edificio del convento. El aire que respiraban era como una pregunta.

—Tengo algo para ti —sacó la réplica de Ixchel de su bolsillo. Cabía perfectamente en la palma de su mano. Estiró el brazo hacia Guadalupe y dejó caer la figura en su mano abierta.

Guadalupe miró a Ixchel, luego a Pamela.

—No puedo —dejó caer la pequeña escultura en la cama, como si se hubiese quemado. Se paró de un salto y caminó hacia la ventana.

—¿Por qué? ¿Qué pasa?

Guadalupe estaba de pie junto a la ventana mirando la jacaranda violeta, llenándose los ojos de ella.

—No puedo aceptar tu regalo —se volteó—. Soy católica. Estoy casada con Cristo —susurró.

—Y tú le rezas a su madre, que arregla todo —dijo Pamela con amargura—. Es solo un regalo, Lupe. Lamento haberme inmiscuido en tu privacidad. Me voy.

—¿Qué vas a hacer?

—Voy a esperar todos los días en Peñalba hasta que venga.

—¿Y si no viene?

—Vendrá. Yo también tengo fe, en el amor humano.

Guadalupe volteó hacia la ventana, herida. Aún miraba las flores de jacaranda cuando oyó que la puerta se cerraba. Entonces se permitió llorar. Una pérdida tras otra. Durante tantos años no se había permitido sentir la pérdida; la pérdida de su madre, de sus hermanos, de su hermanita, de su padre y de todos en su aldea, la pérdida de la bebé Flor.

Ahora es mi decisión —se sentó en la cama y se sonó la nariz—. Esa es la diferencia.

*

Cortés regresó a México con su esposa de sangre pura, doña Juana Ramírez de Arellano y Zúñiga, hija del conde de Aguilar, y había adoptado su propio título de marqués del Valle de Oaxaca. Construyó un palacio en Cuernavaca, cerca de la capital, con los restos de la pirámide azteca que antes se había levantado allí. El joven aventurero que había huido de su hacienda en Cuba se encontró cargado con hectáreas de tierras habitadas por indios pobres, una segunda esposa, un segundo hijo y una familia que crecía, prosperando en medio de sus sueños rotos.

—¿Qué pasa, Hernán? —dijo Juana, con la voz ronca del sueño. Estiró los brazos hacia su esposo, que estaba sentado al borde de la cama, con la cabeza entre las manos—. Ven, ven conmigo.

Cortés se levantó de manera abrupta.

—Son mis viejas heridas —dijo, y dejó el dormitorio tirando la pesada puerta. Caminó por los corredores de su laberíntico palacio recordando los días de hambre, fiebre, insomnio, las semanas de marcha con sangre en la nariz. Como un perro, recorrió las fronteras cada vez más reducidas de su vida, aquellos años de privaciones que calaron hasta sus huesos al tiempo que comenzó a darse cuenta de que nunca gobernaría la tierra que había conquistado. Aún le molestaba un encuentro que tuvo en la ciudad.

—Ah, Don Hernán, ¿qué lo trae a la capital? —le preguntó don Antonio de Mendoza—, ¿la administración de sus propiedades?

El virrey de la Nueva España nunca perdía la oportunidad de enfurecer a Cortés con su sarcasmo sutil. El conquistador también estaba molesto por el trato hacia los indios. Bajo el gobierno de Mendoza se establecieron ciertas estructuras que beneficiaban a la Corona española, tales como las encomiendas; un sistema por el que se les otorgaba tierras a los conquistadores y se les exigía a los indios trabajarlas a cambio de la protección y la salvación de sus almas por sus amos católicos. Esto aseguraba la conversión y su lealtad como esclavos. El propio Cortés era uno de los beneficiarios de las encomiendas, un hecho incómodo que lo hizo tomar medidas.

—He venido a mediar en las disputas con los indios. Les quitaron las tierras y los están marcando como esclavos en grandes números, todo en el nombre de la Iglesia.

—No se moleste, Marqués —le respondió Mendoza—. Usted los amansó eficazmente. Ahora déjenos gobernarlos. Han cambiado muchas cosas desde su tiempo.

—Yo he sufrido por esta tierra —gruñó Cortés—. La tierra de México ha bebido nuestra sangre. Nos ha reclamado, y ahora nuestra sangre se ha mezclado con la de los indios. Hay una generación de mestizos sin padre que está creciendo, que temo un día se rebele y... —no pudo continuar cuando recordó a su primogénito en España, y lo invadió un escalofrío premonitorio.

Es la tierra la que importa, no la sangre, se dijo, *la tierra que conquisté con mis hombres, para nuestra progenie, no para España.*

El sol salió e inundó las lomas con una luz suave. Cortés pensó en Malintzin, que según había oído, regresó a su hogar en el Golfo.

—Mi lengua —susurró—, mi lengua bonita.

Él haría un viaje, sí, la encontraría y expondría a aquel bígamo, Jaramillo. No quería creer que estaba muerta, como afirmaba su esposo.

*

Virgen bendita, dame el dominio sobre mi corazón, ayúdame a cumplir mis votos de servicio y castidad. En esta, mi hora de necesidad, muéstrame el camino para recuperar el equilibrio.

Guadalupe fue tarde a la capilla queriendo confesarse, pero cuando llegó al confesionario se dio cuenta de que no sabía qué confesar. Regresó a su banco y se arrodilló por más de una hora mirando la Virgen iluminada.

Oh, Madre bendita, me sonríes con tu sonrisa eterna. Por mi cuerpo corren cien ríos y estoy perdida en sus corrientes. ¿Qué significa eso? Ayúdame, Madre, a imponerme sobre esto, a elevarme hasta la luna contigo y a vivir eternamente pura, más allá del tiempo...

Fueron los dioses de su aldea quienes al final le respondieron, en mam, la lengua de su pueblo. Guadalupe comenzó a llorar mientras las palabras entraban en ella y encontraban sitios para hurgar y anidar, perturbando los recuerdos. Le vino a la mente la figura de arcilla de Ixchel en el altar de su padre parada al lado de Itzamna, Dios de toda la Creación. ¿Por qué rechazó el regalo? Estaba muy arrepentida y pidió perdón. Pero a ella se le hizo que el regalo significaba más de lo que parecía. ¿Sería el dolor del pasado, o acaso la promesa de algo impensable, lo que la perturbaba? La cabeza le dio vueltas por un instante cuando se levantó, luego salió de la capilla por la puerta lateral y caminó por una columnata hacia el convento. Estaba al pie de las escaleras, a punto de comenzar a subir al santuario de su habitación, donde Ixchel estaba parada sobre su escritorio, cuando oyó la voz de la Hermana María Teresa.

—¡Hermana Lupe! Espero no haber herido tus sentimientos, querida, al designar a la Hermana Rosa en tu lugar.

—Por supuesto que no.

—Pareces ofendida.

—No.

María Teresa la miró a los ojos.

—Estás disimulando. Dime la verdad, Guadalupe. Yo puedo ayudarte.

—No puede.

María Teresa la tomó de la mano y la llevó al patio.

—Ahora dime la verdad —dijo, sentada en el banco—. ¿Es el Doctor?

—No, no, no —Guadalupe sacudió la cabeza—. ¡Estoy tan cansada de decirle no a toda mi vida, siempre no!

Los ojos de María Teresa brillaban con una extraña mezcla de esperanza y vigilancia. Tomó el rostro de Guadalupe en sus manos y lo sostuvo, obligándola a mirarla a los ojos.

—Puedes confiar en mí, Guadalupe. Te conozco como a mí misma.

—Oh, Hermana, es la chica canadiense, Pamela. Su venida me ha traído todos los recuerdos que estaban enterrados desde antes de convertirme en novicia. Dedicar mi vida a Nuestro Señor me permitió dejarlo todo atrás. Lo empujé todo hacia la oscuridad y juré nunca pensar en eso. No debería decir esto, Hermana, pero usted comprenderá, ¿no es cierto? Es como si nuestra fe fuese una manera de negar lo que nos pasó.

María Teresa se echó atrás, escandalizada.

—Perdóneme, no quise decir... es solo... la destrucción de mi aldea, la pérdida de mi familia... de todos... —perdió el control y se echó a llorar. María Teresa la abrazó, con una expresión de gozo que se asomaba a su rostro en forma de rubor.

—Tú le contaste, ¿no?

—No pude negarme. La quería cuando era una bebé.

—No cumpliste tu palabra.

—Perdóneme.

—Solo Nuestra Señora puede perdonar nuestros pecados.

—No parece ser pecado amar donde ha habido pérdida y sufrimiento.

María Teresa se apoyó en el espaldar, abrazando a Guadalupe de lejos. La miró burlonamente.

—No sabía que te habías alejado tanto de nosotras, Hermana. Existen muchas clases de amor: erótico, espiritual, carnal, divino...

—Pero el amor por un niño...

—Es el amor a Nuestro Señor.

—Entonces, ¿cómo puede ser un pecado...?

—Pamela no es una niña. No puedes vivir en el pasado, Hermana. Tienes responsabilidades. La chica sufrirá por lo que hiciste. Y has traicionado nuestra confianza. Tienes mucho por lo cual responder.

—Lo siento, Hermana. Haré penitencia.

—Y yo pensaba que *estabas* haciendo penitencia —nerviosa, María Teresa sacudió las manos apretadas. Tenían el hormigueo de un antiguo sentimiento, y sus piernas también tenían un hormigueo. Se levantó del banco y caminó de un lado a otro. A medida que la sangre fluía por sus extremidades, se llenaba de ira—. Fui tan tonta de compadecerte. Me hiciste parecer tonta, Guadalupe —de pronto pateó las azucenas que estaban juntas en la esquina. El tallo de una flor se rompió y cayó al suelo; los pétalos rizados lloraron lágrimas de humedad al lastimarse y marchitarse—. Quizás el trabajo en el campo durante un tiempo prolongado y con supervisión sirva para recordarte tus deberes.

Guadalupe se estremeció e inclinó la cabeza.

—Lo que usted diga, Hermana.

*

Eran las diez en punto cuando Fabiana llegó a Peñalba.

—¡Mamá! ¿Dónde estabas? —Pamela trató de abrazarla, pero Fabiana le rehuyó.

—Tenemos que sentarnos en la parte de atrás. Ven, hay una mesa en la esquina.

—¿Qué pasó ayer? Estuve esperando un largo rato.

Fabiana se encogió de hombros.

—Un día es tan bueno como el otro.

Pamela se sintió tonta por el alboroto que hizo e intentó hacerlo a un lado mientras se acomodaban y ordenaban el desayuno. Había un silencio incómodo.

—¿Mamá? Quítate los lentes de sol. No puedo verte.

—Tengo los ojos irritados… el sol…

—Aquí está oscuro —Pamela se inclinó sobre la mesa y le quitó los lentes, y por un instante se miraron a los ojos.

Fabiana bajó la cabeza.

—Lo siento —dijo Pamela y puso los lentes en las manos de Fabiana—. ¿Qué pasó?

—Tuve una mala noche. No pude dormir.

—¿Te lastimó?

—Ernesto nunca me lastima —dijo seria—. Son los recuerdos… imágenes terribles en mi cabeza.

Sacó un paquete de cigarrillos de su cartera. Pamela se preguntó qué más guardaría en ese dominio femenino privado; ¿pintura de labios, cartas de amor, fotografías? ¿Ernesto le habrá dado dinero? El cigarrillo temblaba entre sus labios al tiempo que lo prendía con un pequeño encendedor dorado y aspiraba.

—"Rubios. El mejor cigarrillo de toda Guatemala" —dijo Pamela, exagerando las eres como en el comercial que oía a todo volumen en las radios de los puestos callejeros. Se sintió estúpida cuando Fabiana la miró sin expresión, indiferente.

—No sé qué hacer, niña. Has trastornado mi vida y ya no hay manera de regresar.

—¿Regresar a dónde?

—A la paz que da el olvido.

—Lamento haber trastornado tu vida, ¿pero qué hay de la mía? ¡Yo también tengo sentimientos! —apenas salieron las palabras de su boca, Pamela se arrepintió de haberlas pronunciado. Dentro de ella se libraba una guerra. Quería desesperadamente que su madre la abrazara para así engullir el amor que le faltaba, pero quería gritarle a Fabiana por todos los años perdidos. Quería hacer una escena y decirles a todos en el restaurante cuánto había sufrido.

—Discúlpame —susurró Fabiana, estirándose sobre la mesa, buscando la mano de Pamela y agarrándola—. Puedo llevarte con tu padre si eso es lo que quieres —sus uñas imprimieron una fila de medias lunas en la parte carnosa de la palma de la chica—. Recuerdo dónde vive, pero no sé si…

—¡No! Apenas te encontré a ti. ¿Cómo podré soportar conocerlo también a él? —quitó la mano y se la frotó—. De todos modos, lo más probable es que lo odie. Él te abandonó, ¿no es cierto?, entonces te tuviste que ir con Ernesto…

—No, no, no es verdad, tú no entiendes…

—Entonces explícamelo. Yo no sé nada de ti después de la masacre. ¿Qué pasó después de que dejaste la aldea?

Fabiana estuvo callada por un minuto, entonces se recostó en el espaldar de la silla, tomó el cigarrillo y aspiró con fuerza.

—Yo vine a la capital. No sé cómo llegué aquí, pero recuerdo a la mujer en el Banco de Guatemala y a las hermanas en Casa Central. Ellas me enseñaron español y la Hermana Rosa me llevó a la casa de la Señora Méndez. Fue allí donde comenzó tu vida, dentro de mi cuerpo, y le di gracias a la Madre María por la paz que me trajiste, porque yo no entendía.

—¿Qué quieres decir, Mamá? —ahora la voz de Pamela era suave. Estaba inclinada hacia delante con los codos apoyados en la mesa, concentrada en la historia de su madre.

—Yo era muy joven. Nadie me había explicado cómo se creaba la vida.

—¿Te violaron?

—No. El Señor fue amable conmigo, pero yo no entendía lo que hacíamos.

—Ese bastardo. Tú solo eras una niña.

Fabiana sacudió la cabeza.

—Por favor, ayúdame —rogó Fabiana—. Cuéntame de nuevo… tu sueño. Dime que no estoy loca. No puedo creer que todo lo que recuerdo sea verdad, porque nunca se lo conté a nadie.

El desayuno llegó: platos blancos y gruesos cargados de huevos, arroz, frijoles y plátanos fritos; un tarro con salsa roja y una cesta de tortillas humeantes, pero apenas lo tocaron mientras Pamela hablaba y Fabiana escuchaba, fumando cigarrillo tras cigarrillo, desapareciendo detrás de ojos vidriosos, volviendo lentamente cuando Pamela la tocaba, insistente:

—Regresa, Mamá, regresa.

Fabiana comenzó a hablar con rapidez y confirmó cada detalle del sueño de Pamela: el pizarrón vacío, los tallos de maíz quemados en los campos alrededor de la aldea, el hueso blanco astillado en el hombro de Mamá, las bocas abiertas de los papás…

—No podía ver la cara de Papá, pero sabía que era él quien sobresalía de la montaña, porque vi su cinturón. Él me pegaba con ese cinturón. Era marrón, tenía una hebilla plateada y su nombre quemado en la parte de abajo. Al frente tenía cinco agujeros, uno por cada hijo. Quería sacar el cinturón de sus pantalones y pegarle con él, pero ya estaba muerto. Todos los papás estaban muertos —sus ojos brillaban llenos de vida y tenía una energía que Pamela no había visto antes en ella.

La gente se aglomeraba en el restaurante y llenaba las mesas. Era la hora de la comida. Fabiana empezó a comer con voracidad; engullía los huevos espesos y recogía los frijoles fríos y la salsa con una tortilla doblada. Mientras comía, Pamela le contó sobre Canadá, su vida allá, sus estudios, la casa de Hannah y Fern, el enorme arce que sombreaba el frente de la casa, el castaño en el patio trasero.

—¡Ven conmigo a Canadá, Mamá!

Fabiana dejó de masticar y levantó la mirada con la boca llena y los ojos inquisitivos. Pamela cayó en un momento de incertidumbre.

—Fui al Consulado de Canadá y a la oficina de Inmigración. Tenemos que sacarte un pasaporte. Yo iré contigo. Sé dónde ir.

—No, no, mi vida está aquí.

—Solo de visita, para ver si te gusta. Si decides quedarte, puedo patrocinarte y podemos estar juntas por fin.

Pero Fabiana seguía comiendo y, como un animal, estaba completamente absorta.

A la una de la tarde estaban en la calle.

—¿A dónde vamos? —preguntó Pamela en medio de la gente que se abría paso.

—Tengo que ir a casa y descansar. Estoy agotada, Pamela.

—¿Puedo verte mañana? —se sentía como una enamorada. Recordó a Guadalupe parada en su ventana y la pequeña Ixchel tirada en la cama. *Debí habérsela traído a Fabiana*, pensó.

—Te veo en la Catedral Metropolitana.

—¿A las diez?

—Más o menos. Quién sabe lo que pueda pasar.

Pamela garabateó algo en un trozo de papel.

—Toma: el teléfono de mi hotel, por si acaso.

Fabiana puso el papel en su cartera con cuidado.

—Estaré dentro de la catedral. Me verás.

Pamela abrazó a Fabiana. Olió su perfume caro, fuerte y embriagador, tan diferente del olor limpio a limón de Guadalupe.

—¿Puedo caminar contigo al palacio?

—No, es mejor que nos despidamos aquí —la besó y se volteó para unirse a la lenta aglomeración de gente.

—¿Mamá? —Pamela la tomó del brazo y la haló hacia sí—. ¿Vienes conmigo mañana a la oficina de los pasaportes?

—No tengo papeles, no tengo certificado de nacimiento, nada.

—Hay muchas personas como tú que perdieron todo. Hay maneras de resolverlo. Ya hablé con Inmigración.

Fabiana miró a Pamela por un momento como si fuese una completa extraña, luego giró y desapareció entre la multitud. Sus tacones de aguja tamborileaban por la acera.

Pamela caminó de vuelta al Chalet Suizo, se dejó caer en las sábanas recién lavadas y durmió profundamente, sin soñar. Despertó al oír a los pájaros aglomerarse en los árboles. Se duchó y se lavó el humo mañanero que se le había pegado al cabello mientras trataba de olvidar la mirada inexpresiva de Fabiana cuando se volteó para irse. Comió algo en el Café Rey Sol y pasó la tarde en el cibercafé, enviándoles correos electrónicos a sus amigos en Toronto. Les contaba que pronto regresaría a casa y traería a su madre; enviaba la misma historia una y otra vez para hacerla verdadera. Comenzó a escribirle a Hannah y Fern, un mensaje largo y complicado acerca de sus sentimientos por Fabiana, sobre el rechazo de Guadalupe hacia su regalo, sobre su creciente prejuicio contra el catolicismo, pero lo borró sin enviarlo porque no sabía qué era lo que intentaba decir. Sus sentimientos eran como un enredo de hilos de colores, imposibles de soltar uno del otro.

—Crece —se dijo a sí misma—. Tienes que entender esto sola.

Levantó la mirada hacia el reloj, que siempre era exacto en el cibercafé. Mucho más de las cinco. Se imaginó a Guadalupe arrodillada en la Capilla de la Medalla Milagrosa y sintió el pequeño medallón apretado contra el pecho. Si hubiese sido más temprano, habría corrido allá y le hubiera puesto la mano en el hombro a

Guadalupe para hacerla voltear sorprendida, tan solo para ver su radiante sonrisa.

Cuando regresó a la habitación, tomó la postal del Palacio Nacional que estaba en la pared y escribió por la parte de atrás:

Hola Talya, aquí te envío una foto de la casa de mi madre. ¿No es grandiosa? Encontré a mi madre. Es bella. La traeré a casa. Saludos, Pamela.

*

El General rumiaba sentado en su sillón de cuero. Una vena le latía en la frente, desde el centro del nacimiento del pelo, a lo largo de todo su ceño fruncido. El día anterior, cuando la crisis de Fabiana terminó y por fin regresó a casa, Alicia le gritó frente a la sirvienta:

"¡Regresa con tu puta! ¿Crees que me importa? ¡Son tus hijos quienes te castigarán por esto! ¡No estuviste en los quince años de Nineth!".

Es el día más importante en la vida de una niña, a partir del cual se le considera mujer, ¿cómo pudo haberlo olvidado?

"Yo la compensaré. Tenía deberes que resolver para el presidente".

"¡Mentiroso! El presidente está en México. ¿Crees que soy estúpida? Estuviste fuera tres noches como un gato asqueroso. ¡Podría divorciarme de ti por esto, Ernesto!".

Ernesto saltó del sillón y caminó por el cuarto. Normalmente cubría sus pistas; regresaba antes del amanecer, desayunaba con la familia, aparecía siempre a la hora de comer. Luego salía de nuevo, tarde por la noche, por una llamada telefónica del presidente. Su celular era la coartada perfecta. Alicia sabía, pero no le importaba mientras mantuviera las apariencias. Ernesto tenía una energía ilimitada, demasiada para una mujer, y hasta ahora había sido un malabarista experto con respecto a sus aventuras.

Puso un cojín en el suelo y se arrodilló para rezar. Recordó el comienzo de su relación con Fabiana, cómo ella lo había sanado de las cosas que tuvo que hacer, cómo lo había perdonado y absuelto con su cuerpo. Recordó la primera vez que se arrodillaron juntos en la Iglesia Pentecostal de la Palabra, cómo el pasado salió de su boca en palabras que no entendía, cómo levantaron sus voces juntas en plegaria, cantaron y gritaron en muchas lenguas, todos fuera de sí con la gloria de la Palabra. *Qué extraño*, pensó, *el gran Generalísimo Ríos Montt nos dijo que el evangelicalismo salvaría a los indios de ellos mismos, cuando en realidad somos nosotros los que nos salvamos.* El rostro de la chica apareció detrás de sus ojos cerrados. *Se ve igual a Fabiana hace veinte años, pero las apariencias engañan. Es una gringa, una de aquellas gringas concienzudas y de buenas intenciones que creen que pueden venir a Guatemala a interferir en nuestras vidas. La chica es peligrosa.*

Ernesto se dejó caer sentado desde sus cuclillas y se aguantó la cabeza con las manos. No podía rezar sin Fabiana. Ella era como una extremidad, y sin ella, él no era él mismo. Se puso de pie trabajosamente, con las rodillas tiesas y adoloridas, y se tiró en el sillón. Ayer cuando llegó al apartamento, herido por los insultos de Alicia, encontró a Fabiana dormida, tan pequeña en la gran cama. Estaba acostada en el centro, con el cabello extendido como un aura oscura, con el rostro al fin en paz y con una ligera sonrisa que le hacía temblar la boca. Toda su ira se disipó en un mar de ternura. Se inclinó para besarle la frente y oír su respiración, sentir el constante soplar y aspirar, tibio y fresco sobre su mejilla. Fabiana se movió y entreabrió los ojos, sonriendo, y se abrazó a su cuello.

"Mi amor, siempre quiero despertar y ver tu guapo rostro".

Él la besó, con un beso lento y largo. La boca de ella era tan suave y complaciente.

"¿Dónde estuviste hoy?".

"En ningún lado, Ernesto. Estuve esperando por ti", respondió al tiempo que comenzaba a desabotonarle la camisa.

"El guardia me dijo que saliste por la mañana".

"Ah, sí... a ver a mi hija", dijo despreocupada, como si lo hubiera olvidado por un momento.

"¿Dónde se encontraron?".

"En un restaurante", comentó de manera casual, como de pasada. Jaló la camisa, la sacó de los pantalones y comenzó a hacer dibujos en su pecho con las puntas de los dedos.

"¿Será que tienen un plan?".

"No", dijo adormilada, lánguida. "Solo fui a hablar con ella, Ernesto. Es mi hija. Pronto se irá de Guatemala".

"El 1ro. de agosto".

"Mmm", tenía las manos en el cinturón y lo desabrochaba para agarrar luego el zíper del pantalón.

"Ella quiere llevarte consigo", la vena le latió en la frente cuando ella se apoderó de su pene, acallándolo.

Sus manos eran fuertes, su cuerpo ágil. Como una gata, saltó sobre él y se deslizó encima de su humanidad, hasta que Ernesto quedó enterrado muy profundo dentro de su cuerpo. Se elevaron y cayeron en picada como águilas que se aparean. Apretados, caían, caían, se separaban a pocos centímetros de la tierra y se dejaban remontar por la corriente de su propio placer.

Después de lo que pareció una eternidad, Fabiana habló desde el cuenco de su hombro.

"Es verdad. Ella quiere que me saque el pasaporte".

"¿Para visitar Canadá? ¡Qué buena idea! Tienes que ir, mi amor".

Ella levantó la mirada, con los ojos vivaces y oscuros. Cogió sus brazos y recostó la cabeza sobre el pecho.

"¡No quiero dejarte, Ernesto!".

Él la rodeó con sus brazos lentamente.

"Eres libre, mi corazón. Yo confío en ti", su corazón palpitaba de miedo ahora al recordar sus palabras. "Te ayudaré con el pasaporte", era un riesgo, una prueba.

"Quizás…".

"¿Qué, mi amor?".

"Quizás tengas razón, Ernesto. ¿Crees que debería ir? ¿Solo de visita?".

Él siempre ganaba en las mesas de juego. Ahora tendría que seguir con la farsa y utilizar otra táctica.

Maldijo a la chica por obligarlo a ser hipócrita con la mujer que amaba, por inmiscuirse en su vida, por traer problemas a su matrimonio, por hacer que olvidara el cumpleaños de su hija. Ernesto tenía miedo, pero lo habían entrenado para vencerlo. Era un soldado. Él sabía qué hacer.

*

María Teresa estaba arrodillada junto a su cama. Por su espalda desnuda cruzaban marcas inflamadas, pero ella casi no las sentía. Tenía la espalda entumecida y la mano, que apretaba una correa de cuero, le picaba con un hormigueo. Se mordió el labio hasta que la sangre le corrió por el mentón, pero no sentía nada. Afincó los codos en el colchón y golpeó las rodillas contra el duro suelo hasta que casi gritó del dolor y la gratitud. Al fin las lágrimas corrieron por su rostro y se dejó caer sobre la cama.

—Perdóname, perdóname, Virgen santa, porque he pecado y faltado a mi deber. He tenido pensamientos y sentimientos prohibidos. Sálvame de mí misma, del pecado de mi ira, mi envidia, mi naturaleza mala. ¡No soy digna de vivir, así que ayúdame, Madre, a atenuar mi pasión, a humillarme ante tu Hijo, Nuestro Señor Jesucristo!

Caminó toda la noche sobre las rodillas. Por la mañana, la carne le ardía como si la hubieran frotado con sal. El dolor la sustentó durante el día, al caminar con dificultad por la columnata hacia los rezos, al comedor, a su oficina. No se atrevió a mirar a Guadalupe.

*

La larga procesión iba encabezada por Hernán Cortés y su mujer, doña Juana Zúñiga. Había música y baile, banquete y jolgorio. Multitudes de convertidos abarrotaban las calles y se rendían ante el poder de la Virgen de Guadalupe. Algunos resultaban pisoteados mientras rezaban. Juan de Zumárraga, primer arzobispo de la Ciudad de México, sonrió al pensar en el momento de su inspiración. Lo recordaba perfectamente; el borde dorado de la copa en los labios, el sabor fuerte del vino tinto, su chasquido de satisfacción. Detrás de él, la Virgen abría sus alas eternas y pisaba con firmeza la cabeza de la serpiente enrollada alrededor de la tierra. Sobre su hombro el Cristo bebé, con los brazos estirados hacia el cielo. Zumárraga recordó haber volteado para alzar su copa por la Virgen y que en ese mismo instante recibió su brillante idea, a partir de entonces atribuida a la inspiración de la Virgen bendita.

Tomó cierto tiempo encontrar al hombre adecuado: Juan Diego, un humilde indio convertido cuya familia era muy pobre. Escogieron el lugar; el cerro del Tepeyac, un sitio dedicado a la Diosa Madre azteca

Tonantzin, ubicado de manera conveniente cerca de la capital. Durante ese año de 1531 hubo tres apariciones, pero nadie le creyó a Juan Diego. Según su descripción, quien se le apareció no se parecía a Tonantzin, aunque le hablaba en su náhuatl natal y dijo que su nombre era Santa María de Guadalupe, según informó Juan Diego. El arzobispo estaba encantado de oír esto. Él mismo había visitado el templo de 200 años de Guadalupe en la provincia de Extremadura, lugar de nacimiento de Cortés, el antiguo gobernador.

Por fin, en diciembre, poco antes de la celebración del nacimiento de Cristo, la Virgen se le volvió a aparecer a Juan Diego. Como antes, tenía la forma de Guadalupe, pero esta vez llevaba rosas en pleno invierno y se las dio al indio como prueba de su visión. La gente estaba impresionada. Dijeron que la tilma en la que Juan Diego llevó las rosas estaba impresa, los mismos pétalos estaban bordados sobre el material. Comentaron que el arzobispo se estremeció cuando Juan Diego dejó caer las rosas frescas a sus pies al soltar su tilma estampada para chuparse el pulgar donde se había pinchado con una espina. "Al fin los padres españoles nos escucharán", dijeron. "Ellos oyeron a Juan Diego, un indio como nosotros". La gente acudió en masa al cerro del Tepeyac. Se construyó una capilla en el sitio de la visión de Juan Diego, un templo a la Guadalupe.

El 26 de diciembre de 1531, la tilma de Juan Diego fue llevada de Tenochtitlán al cerro del Tepeyac, en una larga procesión que subía por la montaña, palpitando con el poder de la conversión.

—Al fin transformamos a los mestizos, que antes eran bastardos de indias violadas, en hijos de la Virgen pura —discurseó el arzobispo—. Y Nuestro Señor Jesucristo, quien ha sufrido y muerto por ellos, es su padre sustituto —agregó, manteniendo el paso de Cortés y doña Juana.

*

Una mujer pequeña, fervientemente católica, avanzaba sobre sus rodillas por la nave de la Catedral Metropolitana, frotando con su piel las piedras gastadas. La alcanzaban destellos de luz que derramaban tonos dorados y escarlatas sobre las piedras y sus mejillas mustias. La mujer avanzaba en un éxtasis de misterio, murmurando:

—María, Madre de Cristo, no hay remedio para este dolor. Devuélveme a Clara Luz, mi niña llevada por los militares hace veinte años. O que me lleve la muerte.

Había hileras de velas que chisporroteaban y destellaban en sus mares de cera, iluminando el cuerpo dorado y lastimado de la mujer. Las flores recién cortadas temblaban y liberaban sus aromas por toda la catedral. El aire, denso de rezos, estaba lleno de gritos, suspiros y sonidos de gente que arrastraba los pies.

Pamela metió los dedos en la pila de agua bendita y se tocó la frente como le enseñó Guadalupe. La catedral estaba llena de gente que rezaba en los bancos y capillas laterales, pululaba en los pasillos, encendía velas y hacía ofrendas. Ansiosa, comenzó a buscar a Fabiana por el pasillo de la izquierda. Vio a la mujer vieja, que aún avanzaba sobre sus rodillas, con lágrimas que le corrían por las mejillas. Luego vio a tres mujeres arrodilladas en el comulgatorio con las cabezas inclinadas. Sus pañuelos refulgían en la luz reflejada por los vitrales con escenas de la humillación de Cristo. Mientras pasaba, miró con detenimiento las figuras esculpidas; cada Virgen y cada santo tenían un rostro distinto: el rostro del escultor, de su esposa o de su hijo. *Son imágenes de nosotros mismos*, pensó, *les conferimos poder y entonces las adoramos*. Algunas estaban adornadas con milagros; réplicas pequeñitas de extremidades, corazones, manos, colgadas con lazos y

llenas de oraciones por la intervención milagrosa de la
Virgen en alguna enfermedad o desgracia. Pamela recordó
su rezo a san Judas Tadeo, patrono de los imposibles, y
sonrió por la ironía. Tal vez su madre estuvo arrodillada
en la catedral ese día. Caminó hacia el final del pasillo,
donde había un pequeño grupo reunido al pie del Jesús
negro crucificado, pero algo le llamó la atención. Se
volteó y vio a Fabiana arrodillada en los escalones del
altar de una capilla lateral, con las manos unidas en alto
frente a ella, la cabeza inclinada, rezándole a una pequeña
figura de la Virgen. Un rayo de luz hería a su madre por la
espalda; caía desde una ventana en la nave mayor de la
catedral. La luz se esparcía como sangre en un círculo
sobre su columna desde donde se extendían las costillas,
enjaulando el corazón. Pamela sintió los latidos de su
propio corazón, el pulso de vida en las muñecas, detrás de
las rodillas, en la garganta y en el pliegue corolino de sus
genitales.

—Mamá —susurró.

Fabiana volteó rápido. Su rostro se iluminó. Se
levantó y abrió los brazos para estrechar a Pamela.

—Ven —dijo, tomándola de la mano—. Estaba
dándole gracias a la Santa Madre por regresarte a mí —se
arrodillaron juntas en los escalones del altar del pequeño
santuario—. Ella es la Virgen del Socorro. Ella respondió
mis plegarias.

Pamela levantó la mirada hacia la Virgen. Solo
medía un metro de alto y estaba flanqueada por columnas
doradas. Su túnica era de un rojo profundo con un manto
oscuro y llevaba una corona grande y abombada. La
pintura se había oscurecido con el tiempo, y así, los
cabellos rubios que enmarcaban su rostro le daban una
apariencia de muñeca, banal y evocadora a la vez, como si
a lo largo de los años se le hubiese conferido un gran
poder. Fabiana puso unas monedas en la caja de las
limosnas y encendió dos velas, una para cada una.

Entonces salieron hacia el sol radiante y se quedaron paradas en los escalones de la catedral, mirando los puestos del Parque Central.

—Hoy estás mejor.

—Sí, dormí y soñé con tu nacimiento. Pero era ahora y me quedaba contigo.

—Oh, Mamá —acarició el rostro de Fabiana—. ¿Sabe mi padre siquiera que yo existo?

Fabiana se encogió de hombros y alzó las manos en un gesto de impotencia.

—Nunca más lo vi después de que la Señora me echó de la casa —dijo, y se encontró con la mirada fija de Pamela—. Era un buen hombre. Fue amable conmigo. Tenía una biblioteca con muchos libros y me enseñó a hablar español. Yo no sabía nada. Yo trabajaba en su casa. Solo estaba él para protegerme.

Pamela miró la acera con insistencia. Estaba cubierta de excremento de pájaros.

—Yo puedo cuidarte ahora.

—Tengo a Ernesto.

—No. ¿No lo ves, Mamá? Es igual. Ahora eres adulta y estás haciendo lo mismo, dejando que un ladino te controle.

—No tienes derecho. Ernesto me ama. Soy libre de hacer lo que quiera.

—Entonces ven a Canadá conmigo.

Fabiana se levantó. Era una mujer pequeña que apretaba la cartera por su seguridad.

—Vamos a sacar mi pasaporte.

Pamela se estremeció.

—Quieres decir… ¡que sí vienes!

—¿Por qué no? —respondió valiente—. Ernesto quiere que vaya. Y nos ayudará con el pasaporte. Puedo dar su nombre como referencia —se rio cuando Pamela la abrazó—. Ves, lo juzgaste mal.

—Lo siento.

El Museo Ixchel, el museo textil que lleva el nombre de la Diosa del Tejido maya, era un edificio claro al que le entraba la luz por muchas ventanas. Fue un alivio ir allí después de estar en la oficina sombría de los pasaportes, donde esperaron más de una hora antes de que las hicieran pasar a una oficina aún más pequeña. Pamela puso un billete de 50 dólares estadounidenses junto con la solicitud de Fabiana, que había completado ella misma, porque Fabiana no sabía leer ni escribir. Las mujeres dieron el nombre del General como referencia y el oficinista sonrió y les prometió que el pasaporte estaría listo en tres semanas.

"Eso quiere decir seis", susurró Fabiana, "quizás cinco, si tenemos suerte. Ernesto me dijo".

El museo estaba lleno de telas hermosas de colores brillantes, todas tejidas a mano.

—Mamá, ¿habías visto esto antes? —Pamela señaló un telar de espalda con un tejido a medio terminar, encordado en hebras desteñidas. Un extremo rodeaba las caderas de una maniquí, el otro estaba sujeto a un poste.

Fabiana lo veía atenta, con la mirada perdida y el rostro inexpresivo.

—¿Tu madre tejía en un telar como ese, atado a un árbol?

—No recuerdo mucho antes de la masacre, excepto que… mi madre molía el maíz en un mortero de piedra. Ella hacía tortillas, batiendo las palmas, así —Fabiana dio palmadas lentas, de lado a lado—. Dolores y yo nos sentábamos en el suelo a pelar frijoles viendo a Mamá.

Fabiana estuvo parada largo rato frente a una figurita de Ixchel, igual a la copia que Pamela le había dado a Guadalupe. Pamela le preguntó si quería una copia de Ixchel de la tienda del museo, pero ella negó con la cabeza. Entonces, Pamela le compró una tela tejida de colores vivos.

—Esto es para tu apartamento —dijo—, para que lo alegres y lo hagas tuyo.

—Gracias, gracias —dijo, sosteniendo la tela enrollada bajo el brazo.

—¿No quiere una bolsa? —preguntó el ayudante. Fabiana sacudió la cabeza.

Atravesaron el recinto de la Universidad Francisco Marroquín, pasaron el Museo del Popol Vuh y caminaron por calles veteadas con rayos de sol que se filtraban por las hojas verdes de las copas de los árboles. Pasaron un seto de hibiscos lleno de flores escarlatas, y cuando Pamela cortó una para ponerla detrás de la oreja de Fabiana, pensó en Guadalupe. Quería verla de nuevo para disculparse por su intromisión. Cuando llegaron a la concurrida Avenida La Reforma, donde los autobuses llegaban disparados cada pocos minutos escupiendo humo negro, Fabiana de pronto volteó hacia Pamela.

—No quiero dejarte, pero estoy nerviosa. Para ti no es seguro que te vean conmigo.

—Pero tú eres mi madre.

—Por favor, tienes que hacerme caso. En Guatemala pasan muchas cosas; la gente desaparece sin motivo. Tienes que confiar en mí y regresar a Canadá.

—¡No! ¿De qué hablas? No me voy a ir de aquí sin ti.

—Tú no entiendes, porque tu vida es distinta a la mía.

—Pero tú accediste a venir. ¿Qué hay de tu pasaporte?

—Shhh, yo estoy contenta ahora que te encontré. Recé para que vinieras, mi deseo se cumplió y es suficiente.

—Pero este es solo el principio, Mamá.

—No, no —tocó el rostro de Pamela, que tenía los ojos llenos de miedo—, no debo pedir más.

Un autobús se paró y la gente se estaba aglomerando para entrar. Fabiana besó a Pamela y subió al autobús cuando se empezaba a mover. Al agarrarse del pasamanos, el tejido se cayó y rodó hacia la alcantarilla. Por un momento lo miró aterrada, pero no se podía mover. Pamela recogió la tela polvorienta y comenzó a correr. Alcanzó al autobús en la siguiente parada y encajó el tejido en los brazos de Fabiana justo antes de que volviera a andar.

—¡Llámame! —gritó Pamela al tiempo que el autobús desaparecía en una nube de polvo y humo de escape, dejándola en la acera. Las lágrimas se derramaban por su rostro contraído—. ¡La odio, la odio, la odio! —sollozó, intentando contener el pánico.

*

—Bendice estos alimentos para nuestro cuerpo y a nosotras para tu eterno servicio.

—Amén —las hermanas salmodiaron al unísono.

Guadalupe tomó su tenedor y comió en silencio. Estaba al centro de la larga mesa llena de hermanas calladas que cenaban. Las cestas de tortillas tibias pasaban de un lado al otro, cada hermana pendiente de las necesidades de sus vecinas. Guadalupe sintió los ojos de María Teresa sobre ella. *Será bueno irme*, pensó mientras otra parte de ella gritaba *¡No me mandes allá, por favor!* Mordió su tortilla. Sabía a aserrín. Recordó a Flor cuando probó la banana por primera vez; su boquita chasqueaba y chupaba, sus papilas explotaban de placer, los puñitos cerrados al subir y bajar los brazos. A su lado, la Hermana Angelina se puso algo tensa y Guadalupe sintió una patadita en el tobillo. Se estiró para alcanzar las tortillas y pasárselas a Angelina, pero se dio cuenta de que ya tenía dos tortillas en el plato. Angelina tosió cortésmente, cubriéndose la boca. *Ah, la jarra de agua.* Guadalupe se volvió a estirar y le sirvió. En la superficie flotaba una rodaja de limón. Sintió la tibia caricia de la nariz de Flor en su cuello y sin previo aviso la jarra de agua se volcó, derramándose por la mesa. Se cubrió la boca con la servilleta para sofocar un grito. Entonces la silla chirrió sobre las losas y se cayó, al salir Guadalupe corriendo del comedor. María Teresa la siguió con dificultad y la encontró acurrucada junto a un pilar que sobresalía del muro y sostenía un arco de la columnata.

—¡Guadalupe!

Ella se dio vuelta.

—Oh, Hermana, perdóneme.

—¿Te sientes bien?

—Me siento... —tomó aire—, me siento abrumada.

María Teresa estiró el brazo, titubeante, y le dio palmaditas en el hombro a Guadalupe, cambiando de posición para aliviar el dolor en las rodillas. Guadalupe lo notó enseguida.

—Hermana, su pierna, ¿qué se hizo?

—Me caí, no es nada. La Hermana Rosa me la frotará. Frunció la boca para ocultar el labio roto, pero el movimiento haló la costra y comenzó a sangrar de nuevo, goteando por la boca.

—Oh, Hermana, ¿qué nos está pasando? —dijo Guadalupe, llorando.

María Teresa se apartó y después de un momento, Guadalupe vio que le temblaban los hombros. Estiró la mano y la mantuvo inmóvil en el aire, incapaz de tocarla, como si hubiese una barrera invisible alrededor de su cuerpo. Cuando María Teresa se volvió hacia ella, ya se había controlado y limpiado la boca. Nerviosa, se pasó la lengua por los labios para tragar la sangre que aún salía y habló con severidad, evitando el contacto visual con Guadalupe.

—Mientras más rápido te vayas, mejor será para ti, Hermana. Llamaré a la Madre Superiora en el convento de Huehuetenango y haré arreglos para que puedas alojarte allá, hasta que estés... mejor. Las hermanas te cuidarán.

Guadalupe sintió un haz de luz que le calentaba el rostro. Sus labios se abrieron ligeramente.

—¿Qué sucederá con mi trabajo en la aldea?

—Se reanudará, por supuesto —María Teresa parecía imperturbable; se mantuvo inmóvil mientras hablaba—. Le diré a la Hermana Rosa que ya no necesitamos que te sustituya. Podrás regresar cuando la Madre Superiora vea que estás lista. No estás bien, Guadalupe. Tienes que descansar.

A pesar de su quietud, María Teresa parecía moverse más allá de su cuerpo como un ser fantasmal, y por un instante Guadalupe pensó que la estaba abrazando. Se sintió abrigada, a pesar de que María Teresa no se había movido, y de pronto tuvo miedo de esta mujer que había sido su consejera y amiga más cercana.

—Buenas noches, Hermana —dijo rápido, inclinando la cabeza. Caminó apresurada por la columnata, aliviada de haber escapado.

*

Zaachila oyó los gemidos que noche tras noche llenaban la oscuridad, hasta que comprendió que tenía que regresar a la ciudad para cuidar de María. El sonido lastimero la siguió en su viaje de regreso por el Pico de Orizaba; Zaachila sabía que era a Malintzin a quien oía, que hablaba por la voz de Cihuacoatl. Ahora ella la llama La Llorona, y va al cerro de Tepeyac a darle gracias a

Tonantzin por su regreso sana y salva, pero ahora la llama Guadalupe. Todos tienen un nombre nuevo.

*

—¡Teléfono para la Señorita Pamela!

Saltó de la mesa, casi volcando la silla en su entusiasmo al correr hacia el *lobby* del Chalet Suizo, y levantó el auricular.

—¿Mamá?

—¿Pamela? Soy yo. Lamento lo de ayer.

—¿Puedo verte?

Hubo una pausa.

—¿Mamá? ¿Estás ahí?

—Es mejor que no nos veamos por un tiempo.

—Por favor, tengo que verte. No entiendo…

—No puedo explicártelo. En la catedral… en media hora.

—Sí.

—Ten cuidado.

Hubo un sonido y Pamela se quedó con el tono de marcar. *¿Qué quiere decir con 'ten cuidado', cuando por fin todo está comenzando a salir bien?*

La noche anterior soñó que caminaba por Bloor Street hacia el edificio del Instituto de Estudios en Educación de Ontario. Había una mujer a su lado y ella estaba tan feliz que casi podía flotar. La identidad de la mujer no estaba clara. Era Fabiana, pero quien hablaba era Hannah, con los rápidos gestos de Fern que cortaban el aire. Durante todo el sueño percibió el olor a limón, y había un sentimiento dulce y triste en su alegría.

Pamela se abrió paso por la Avenida 6, esquivando los puestos, caminando por la calle cuando la acera estaba demasiado abarrotada de gente. Mientras subía la escalinata de la catedral vio a un hombre apoyado contra la pared de piedra gris, como si fuese parte de ella. Se fijó en él porque lo había visto antes, al doblar la esquina del Chalet Suizo, parado afuera de la estructura gótica de la jefatura de policía. Era un hombre pequeño con un bigote bien cuidado y llevaba *jeans* y una camiseta amarilla sucia. No tenía nada de extraordinario, excepto que Pamela se preguntaba cómo había llegado antes que ella.

Fabiana esperaba en el banco de atrás. Tomó la mano de Pamela y la llevó a la capilla lateral. Solo había dos personas allí, cada una concentrada en sus rezos.

—Arrodíllate conmigo —susurró Fabiana. Se arrodillaron ante la Virgen del Socorro y Fabiana comenzó a susurrar sin mirar a Pamela.

—Tienes que irte de la capital por un tiempo.

—Pero Mamá, ya pasamos por todo esto.

—Escúchame. Yo iré contigo cuando mi pasaporte esté listo. Hasta entonces no te podré ver. Es demasiado peligroso. Sé que si dejas la capital estarás a salvo. Tienes que confiar en mí.

—¿Cómo te volveré a encontrar? ¿Puedo ir al palacio?

—No. Nos encontraremos en Peñalba, en cinco semanas.

—Oh, Mamá, es tanto tiempo. Yo pensaba que podíamos hacer tantas cosas juntas, todo lo que no pudimos hacer; ir al parque, de compras, al cine…

—Tendremos tiempo para eso en tu país.

—Seguro vas a venir, ¿me lo prometes?

—Sí, te lo prometo.

—No me vuelvas a fallar.

—No lo haré.

—Compraré tu boleto y haré los arreglos para tu visa.

—Sí, ahora vete, por favor, rápido. Que te vaya bien —cerró los ojos con fuerza mientras las lágrimas le rodaban por las mejillas—. ¡Ve! —dijo entre dientes.

Cuando Pamela regresaba por el pasillo, una camiseta amarilla llamó su atención. Era el mismo hombre. Estaba rezando. *Esto es ridículo. Me estoy volviendo igual de paranoica que todos los demás en este país.*

*

Tenía la maleta lista. Tomaría el autobús a Huehuetenango al día siguiente, acompañada de la Hermana Angelina, quien regresaría un día después. Angelina había pedido esa responsabilidad, debido a la preocupación que sentía por Guadalupe desde el incidente en el comedor.

Huehuetenango también era una ciudad, pero más pequeña que la capital. Era más tranquila y estaba cerca de la aldea donde Guadalupe trabajaba con el Doctor Ramírez. La idea de ver a Chavela la confortaba, pero los ojos verdes de María Teresa la perseguían. "No podemos permitirnos entregar el corazón, Guadalupe", había dicho. "El corazón es nuestra fuerza y tenemos que usarlo para el bien del mundo. Estos sentimientos personales pasan, pero el amor de Nuestro Señor perdura. Hemos escogido sacrificar nuestras vidas por una vocación más elevada; es un gran privilegio y tenemos que ser dignas de ello".

Guadalupe cruzó la calle en dirección al parque, preguntándose cuánto tiempo pasaría hasta que tuviera que regresar. *Es mi decisión*, pensó. *Puedo estar triste o puedo aceptar esta oportunidad para renovar mis votos y fortalecer mi corazón. La Hermana María Teresa tiene razón, claro que tiene razón.* Sus zapatos levantaban pequeñas nubecitas de polvo. Eran las cinco y media de la tarde. No fue a la capilla, prefirió estar sola con sus propios pensamientos. *¿Dónde estaría ahora si mi familia estuviera viva, si nuestra aldea hubiese sobrevivido? Estaría casada y tendría muchos hijos. Tal vez ya sería abuela.* Dentro de ella se mantenían en equilibrio todas las promesas y pérdidas de su vida. Se sentía joven, y a veces tan vieja.

Cuando levantó la mirada, vio a Pamela cruzar la calle. La chica comenzó a correr cuando vio a Guadalupe, y el soldado de guardia volteó a verla. Su cabello bailaba sobre los hombros y las hojas se dispersaban a su paso.

—Lo siento. Siento haber invadido tu privacidad. Nunca debí haber ido a tu habitación, pero... —se detuvo abruptamente.

La sorpresa de Guadalupe se había transformado en una brillante sonrisa.

—Me voy mañana.

—¿A la aldea?

—La Hermana María Teresa me está enviando a nuestro convento en Huehuetenango. No he estado... bien.

—Iré contigo.

—¿Y qué pasará con tu madre?

—Quiere que deje la capital mientras tramita su pasaporte. ¡Va a ir a Canadá conmigo, Lupe!

El rostro de Guadalupe carecía de toda expresión, como si lo hubiesen cerrado.

—¿Qué pasa? —preguntó Pamela.

—No lo sé. Todo es tan confuso.

—Yo siento lo mismo. Toda esta paranoia y tantos secretos.

—¿Estás en peligro?

—No, pero tenía que verte, Lupe, para disculparme. Me mantendré alejada si eso es lo que quieres. Pero tengo que ir a algún lugar por unas semanas y me parece maravilloso que tú también te vayas. ¿Podemos ir juntas? ¿Cómo es Huehuetenango? ¿Podrías llevarme a la aldea?

Guadalupe comenzó a reír. El soldado las miraba.

—¿Cuál es el chiste? ¿Estoy parloteando mucho?

Guadalupe la tomó del brazo y caminó con ella por el sendero, bastante lejos como para que el guardia no las oyera.

—No tomes el autobús de la mañana —dijo—. Ven por la tarde. Hay un autobús a las dos, de la línea Los Halcones. El trayecto a Huehuetenango dura cinco horas y el pasaje te costará 30 quetzales. Ve a la hostería Todos los Santos en la Calle Dos, está en el centro, cerca de la estación de autobuses. Te veré allí, Pamela. Iré tan pronto como pueda.

Oh, Madre bendita, ¿qué he hecho? Mi corazón late de nuevo. Iré a la aldea y serviré a mi gente.

*

—¿Qué es esto? —Ernesto cogió el tejido del centro de la mesa donde Fabiana lo había extendido.

—Es un regalo de mi hija.

—Ah, a los turistas les gusta comprar los artículos folklóricos indígenas —dijo.

Se puso la tela sobre el brazo y bailó por el cuarto para tomarle el pelo.

—¡A mí me gusta, Ernesto! —Fabiana corrió tras él y le quitó el tejido—. Quiero tenerlo en nuestro apartamento como recuerdo —volvió a poner la tela sobre la mesa y la alisó.

—Por supuesto, mi amor, por supuesto —dijo con brusquedad—. ¿Así que tu hija se fue?

Fabiana se volteó rápido y vio sus ojos inquisitivos.

—Se fue de la capital.

—¿Y va a regresar? —se inclinó sobre la mesa, acercando su cara a la de ella.

—Por supuesto, cuando esté listo mi pasaporte. Es solo para ir de visita, Ernesto.

—¿Por cuánto tiempo?

Fabiana se encogió de hombros.

—¿Dos semanas, quizás tres?

—Tú nunca has salido de Guatemala. Temo por ti.

—Pero tú dijiste…

—Yo no pensaba que tú…

—Tú vas a los Estados Unidos con el presidente —dijo en tono acusador—. ¿Por qué no puedo ir yo una vez, solo una, Ernesto?

Él la tomó en sus brazos y la estrechó con fuerza, acariciándole el cabello nerviosamente.

—Te voy a extrañar, Fabiana. Nunca me has dejado solo.

—Pero tú me has dejado sola a mí, Ernesto. ¿Y qué podía hacer? Es tu turno de confiar en mí.

—Yo confío en ti.

—¿Entonces por qué hiciste que siguieran a Pamela?

Ernesto se echó hacia atrás.

—¿Le dijiste que se fuera?

—Sí. No quiero que estés celoso, mi amor —estiró el brazo y tocó su mejilla. La piel comenzaba a caer alrededor de las líneas cansadas de su apuesto rostro—. Prométeme que no dejarás que la toquen, Ernesto. Prométemelo.

Ernesto tomó sus manos y se arrodilló en la alfombra, jalándola con suavidad para que lo acompañara. Cuando los dos estaban arrodillados frente a frente, él habló.

—En el nombre del Señor, yo prometo, con el corazón prometo —se golpeó el pecho con el puño—, que no le pasará nada a tu hija, Fabiana —sus ojos la miraron con ardor, exigiendo que hablara.

Pero Fabiana no dijo nada. Abrazó el cuello de Ernesto y se echó atrás, con el rostro relajado en una sonrisa lánguida. Él la miró a los ojos, captó el cambio de ánimo y dejó que su cuerpo se fuera infundiendo de ella a medida que se acercaba, doblándose y tonificándose, buscando fuerzas. Entonces, abriéndose poco a poco, comenzó a abrazarse a sus caderas arrodilladas, balanceándose de un lado al otro, rozándolo como una gata. Ernesto empezó a rezar y Fabiana lo acompañó, entrelazados en una sola piel, sin saber quién abrazaba y quién se dejaba abrazar, temblando en una sola voz.

Cuarta parte

*****

*La cultura ha sustituido a la naturaleza como el factor
principal en la selección evolutiva.*

—Arthur Koestler

Pamela pasó por la jefatura de la policía al mediodía para ver si el hombre estaba allí, pero no había nadie. El siniestro edificio gris estaba desierto. Cuando llegó a la estación de autobuses se ocupó de comprar su pasaje y hacer la fila para lograr que le dieran un asiento junto a la ventana, así que no lo vio apoyado contra el muro que se descascaraba, comiendo un cono de maní recién tostado y observándola subir al autobús con destino a Huehuetenango. Mientras salían de la ciudad en un estruendo, en medio de una nube de polvo y humo, Pamela miraba atenta por su ventana tiznada cómo los hurgadores de basura rebuscaban en pilas de desechos humeantes. Casi todos eran niños y viejos con las espaldas dobladas, sus casas de cartón eran minúsculas al lado de las montañas de desechos. Aquí y allá había perros que hozaban como puercos, y los buitres se arremolinaban, difuminando el aire brillante con sus grandes alas negras.

Anochecía cuando llegó y se registró en la hostería Todos los Santos. No había mensaje de Guadalupe, así que salió y caminó una cuadra hasta la plaza. Estaba adornada con bombillas de colores. La gente se aglomeraba a la entrada de los cafés alumbrados con luces brillantes. *¿Qué hago aquí, esperando por mi madre en otra ciudad, cuando acabamos de encontrarnos? Esta es otra pesadilla loca.* Se sentía sola y extrañaba su casa, así que caminó hasta el cibercafé Mi Tierra y se sentó frente a la única pantalla desocupada.

Queridísimas Hannah y Fern: Ahora solo es cuestión de tiempo. No aguanto las ganas de volver a casa, aunque una parte de mí siente que nunca dejará Guatemala. (¿Les conté de Guadalupe? Ella fue quien me entregó a ustedes). Todavía no puedo creer que voy a estar sentada en ese avión junto a Fabiana, trayéndola a casa para que las conozca. Toda mi vida se ha convertido en una serie de sucesos increíbles. ¿Lo pasaron bien en el lago? No alquilen mi cuarto, de verdad voy a regresar a casa. Estoy descansando en Huehuetenango por un rato. 1ro. de agosto, AC 241, llegando a las 3:50 p.m., ¿Okey?

Con todo mi amor, Pamela.

Pamela durmió a ratos en la ruidosa hostería. *Por sus sueños corrían autobuses. Fabiana estaba de pie en las escaleras de cada autobús. Una tela tejida de colores vivos se desenrollaba desde sus brazos hacia los brazos abiertos de Pamela. Despertó llorando del último sueño, en el que Guadalupe iba manejando el autobús, agitando la mano y gritando "Adiós, adiós", y María Teresa le sostenía los brazos a Pamela para que no pudiera agitar las manos de vuelta.*

Se quedó toda la mañana en su habitación esperando a Guadalupe y salió a almorzar. Cuando regresó, había un mensaje en la recepción. *No te encontré. Vendré mañana a las dos.* Se dejó caer sobre la cama y golpeó la almohada con el puño. Estuvo recostada oyendo todos los sonidos: voces en el pasillo, autobuses ruidosos, música en la calle, *Girls just wanna, girls just wanna have fun...* Las imágenes se movían rápidas detrás de sus ojos; toda la locura de las últimas semanas se acercaba sigilosa, como niños que juegan *uno-dos-tres, ¡quietos!* Todo cambiaba de forma en su retina como si fuera un caleidoscopio: la cara de asombro de Fabiana cuando salió de las sombras, los pies de Ernesto que marcaban el ritmo enfundados en sus botas, la mano de la Hermana Rosa que salía por la puerta para agarrarla, la sonrisa de Guadalupe, un estallido de buganvilla... Se lanzó de cabeza, enterrando la cara en los pétalos apergaminados; esperar hasta mañana, todo se derrite, los sentidos revueltos, el corazón palpitante, un destello amarillo sucio en el rabillo del ojo, Fabiana arrodillada, sus labios que se mueven: "Nos encontraremos en Peñalba en cinco semanas", la pesada mano de Ernesto sobre su hombro, una explosión de fuego del bosque, todo arde, arde, grandes flores anaranjadas, el aroma a limones que le llena los ojos, la cabeza que se derrite y gotea dentro de su cuerpo...

Guadalupe esperaba en el *lobby* del hotel. Eran las dos y media.

—Pensé que no vendrías —dijo.

—Lo siento. Se me olvidó la hora.

—¿Podemos ir a tu habitación?

Pamela asintió. Su cuarto estaba en la planta baja, cerca del *lobby*. Abrió las persianas y la luz de la tarde entró inundándolo todo, derramándose sobre el rostro de Guadalupe. Se movió hacia la sombra y se sentó sobre la cama. Pamela jaló una silla y se sentó enfrente, mirándola. Se veía tranquila como un río profundo con una corriente oculta.

—¿Estás cómoda aquí?

—Sí. ¿Estás mejor?

Guadalupe sonrió y bajó la mirada hacia su regazo. Estaba doblando su rosario con las manos.

—En unos cuantos días me enviarán a la aldea.

—¿Qué tan lejos está?

—No está lejos; cincuenta kilómetros. Trabajaré en la clínica con el Doctor Ramírez —dudó por un instante—. ¿Vendrás conmigo?

Pamela se inclinó hacia delante.

—Oh, sí. ¿Puedo? ¿Puedo ayudar?

Guadalupe tendió las manos hacia Pamela.

—Siempre necesitamos ayuda. Hay tanto trabajo que hacer en Huixoc.

—¿Cómo es? ¿Te recuerda a tu aldea?

—A veces. Cuando cargo a los niños en la clínica me acuerdo de mi hermanita. La abracé cuando llegaron los soldados. Estábamos escondidas debajo de la mesa.

—¿Qué pasó?

—Mi madre fue tan valiente. Los enfrentó con las manos en las caderas. "Aquí no hay rebeldes", dijo. "Nosotros somos gente honesta. ¡Déjennos vivir!". Pero los soldados seguían gritando, "¡Ustedes están protegiendo a los rebeldes! ¡Mire todas esas tortillas! ¡Usted los alimenta!". La oí gritar cuando la tomaron por la fuerza. Le llenaron la boca con tortillas para que dejara de gritar y obligaron a mi padre a verlo todo. Después le dispararon a él. Yo lo vi todo, pero no me podía mover. Tenía una mano sobre la boca de Isabela y con la otra le cubría los ojos. La abrazaba con mi cuerpo para que ellos no la vieran. Pero ella estaba tan quieta que pensé que la había asfixiado. Nos encontraron y nos separaron de una patada. Entonces corrí, corrí como una cobarde. Nunca me perdonaré a mí misma por haber huido.

El rostro de Guadalupe estaba rígido. Pamela, aún sosteniéndole las manos, se movió hacia la cama junto a ella.

—Si no hubieras corrido estarías muerta. Tu madre dijo "Déjennos vivir". Ella quería que vivieras, Lupe. Tienes que perdonarte a ti misma. No fue tu culpa.

—Solo Dios puede perdonarme.

—¿Qué clase de dios permite que sucedan cosas como esa, una aldea entera destruida, una niñita que se queda completamente sola? ¿Qué clase de dios es ese? No es un dios que perdone. No, Lupe, solo tú puedes perdonarte a ti misma.

—Los españoles vinieron a destruir a nuestro pueblo, pero sobrevivimos; nuestro pueblo sobrevivió todos estos siglos. En nuestro tiempo comenzó de nuevo la guerra genocida, como si se hubiese mantenido escondida, como un animal salvaje que estuvo dormido todo este tiempo; pero ahora es imposible saber quién es el enemigo. Fue nuestra propia gente la que vino a nuestra aldea, Pamela. Ellos hablaban nuestra lengua, nuestro mam.

Extingan los fuegos, destruyan los barcos, abandonen las ciudades, las pirámides, las chimeneas. Todo tiene que cambiar con el tiempo.

Guadalupe inclinó la cabeza y Pamela estuvo callada. Cada gesto, cada contacto de sus cuerpos parecía exagerado, como si fuesen payasos de circo o figuras en zancos. Pamela se columpiaba en un trapecio y, en cámara lenta, muy lenta, se estiró hasta que su brazo llegó a los hombros de Guadalupe. Las venas del interior del codo palpitaban en su cuello. Sentía caballos blancos galopar en su vientre, y sus cascos tronaron cuando Guadalupe volteó hacia ella. Se aspiraron la una a la otra y su respiración cambió de ritmo en la embriagadora incertidumbre de la tarde. Pamela no se imaginaba que pudieran soltarse jamás, hasta que al fin Guadalupe se movió, dejándola libre en el aire, conteniendo el aliento, estirándose para alcanzar de nuevo su trapecio.

—A veces quisiera poder irme de este país —Guadalupe se sorprendió de su propia voz, por las terribles palabras que retumbaron en sus oídos.

—Podrías. Fabiana se va.

—¿Ah sí?

—Por supuesto.

—Eso lo veremos.

—Te dije que estamos tramitando su pasaporte.

—El General no la dejará irse.

—Él le dijo que es libre de irse de vacaciones. Es su decisión, si quedarse conmigo en Canadá...

—O regresar a todo lo que conoce.

—No me digas que tiene que ver con las tortillas. Eso fue lo que me dijo el señor Ruiz en el Consulado.

—Sí tiene que ver con las tortillas, Pamela. Tiene que ver con el maíz, la tierra, nuestros cuerpos, nuestro país, nuestros alimentos. No hay manera de escaparse del círculo. Ven conmigo a la aldea y verás.

—¿Qué voy a ver?

—La vida que olvidaste porque te arrancaron de ella cuando eras una bebé.

Extingan los fuegos, destruyan los barcos... Todo tiene que cambiar con el tiempo.

*

Guadalupe llegó retrasada y la Madre Superiora la interrogó. Ahora, en la privacidad de su cuarto, cerró los ojos y sonrió. No podía dejar de sonreír y de abrazarse a sí misma. *Esto debe estar mal*, pensó. Quería reírse estrepitosamente, oír su propia voz al gritar, saborear los sonidos en la boca. Lanzó los brazos al aire y dio vueltas como una bailarina. Nunca había bailado, solo cuando era una niñita y se meneaba con Mamá y sus hermanos al compás de las marimbas. En su aldea hubo muchos festivales y celebraciones, siempre con música de marimba, y la gente usaba las máscaras de los españoles al bailar la historia de su conquista, burlándose de los conquistadores. Recordó la figura de Maximón, desplomado en la esquina de la casa comunal, con un viejo sombrero de paja en la cabeza y un cigarro que salía de su boca de madera. Maximón era el hermano gemelo de Jesús, creado por los tz'utjiles de Santiago Atitlán para compartir su pasión, pero Maximón siempre estaba listo para la fiesta, con su botella de cerveza y su cigarro. A pesar de que compartía el destino de Cristo, se afanaba todo el tiempo en buscar el equilibrio en un mundo de enfermedad, fechorías, hechicería y muerte. Esto fue lo que su padre le contó y ella lo recordaba ahora, al dar vueltas por la habitación. *Esto no puede estar mal. ¡Me siento viva!* Paró de repente al oír la voz de María Teresa, vio su mirada y reconoció lo que había negado por tantos años. Sabía que María Teresa nunca se permitiría a sí misma expresar esa clase de sentimientos. Guadalupe alzó la mirada hacia el crucifijo que colgaba encima de la cama, casi lista para caer de rodillas cuando, con un movimiento rápido, giró y tomó la estatua de Ixchel del cajón del escritorio. Era tan pequeña. Cabía perfectamente en la mano y se puso tibia al contacto con su piel. La sostuvo un instante con los ojos cerrados, luego se la llevó a los labios. *Madre Ixchel, estoy aprendiendo a amar*, y lloró, ahogando el sonido con su chaqueta de punto, halándola sobre la cabeza como un pollito que se acomoda entre las plumas del ala. *¿A quién puedo amar? Soy una monja.* Ese era su sufrimiento: la incertidumbre, la certeza.

*

Mayo de 1539: El cortejo fúnebre se movía como una serpiente lenta desde Toledo hasta las tumbas reales en Granada y Martín era uno de los portadores. Durante la primera etapa del viaje de dieciocho días su nariz se llenó del olor acre de la mirra, el áloe y el almizcle, pero a medida que avanzaban por la cálida primavera española, el mal embalsamado cuerpo de la emperatriz Isabel, derrotado por el parto, se ajustaba a la parsimoniosa procesión, decomponiéndose de una manera lenta, pero segura. Los pajes que llevaban el ataúd sobre los hombros ataron tiras de tela escarlata sobre sus bocas y narices.

Después de sepultada la emperatriz, Martín entró a servir en la casa real de su desconsolado hijo Felipe, de once años de edad y cinco años menor que él.

*

Los primeros días en Huixoc fueron difíciles. Algunas personas hablaban español y le dieron la bienvenida a Pamela, pero muchas otras, incluyendo los ancianos, hablaban solo mam. Ellos la saludaban con la cabeza y le sonreían, y las mujeres ancianas le dieron de regalo huevos, café y aguacates para ella y Guadalupe, y para el Doctor Ramírez. Por supuesto que el paisaje que rodeaba la aldea era hermoso; estaba ubicada arriba en las montañas, sobre una finca de café. Pamela casi no podía creer lo que veían sus ojos cada mañana, cuando miraba al sol elevarse por la neblina y convertir el valle en un cuenco centelleante de oro. Se sintió una con la aldea, como si fuese parte de ella y no estuviese a miles de kilómetros de casa. Pero para las nueve, el suave sol era una bola blanca y ardiente que la cegaba, y se sentía atrapada dentro de su cuerpo, apretada y tensa. Las condiciones de vida eran difíciles. Cada vez que caía dormida, la despertaba el exasperante silbido de los mosquitos y en la mañana estaba cubierta de picadas. No había ducha, el baño exterior era horrible y la única carretera de tierra que pasaba por la aldea se convertía en un camino de surcos, lleno de charcos y lodo, lo que sucedía generalmente cada tarde. Cuando los niños de la aldea superaron su timidez, comenzaron a seguirla a todas partes, haciéndole preguntas, riéndose de sus respuestas, casi ridiculizándola. Un día, un niñito le lanzó una piedra y se alejó riéndose, y a Pamela se le hizo difícil contener las lágrimas.

La gente gritó de emoción al ver llegar a Guadalupe, felices de tenerla de nuevo con ellos. Desde el primer día estuvo ocupada en la clínica, con frecuencia hasta la noche. Pamela se sentía sola y preguntó si podía ayudar. El Doctor Ramírez se encogió de hombros y le dijo que no había nada que pudiera hacer, pero al interceder Guadalupe, le permitieron ayudar llamando a los pacientes, alcanzando provisiones de las repisas y cargando bebés mientras sus madres se dejaban examinar. Miraba a Guadalupe todo el tiempo, esperando hablar algunas palabras con ella. Renunció a todo control sobre su vida. Observaba a la gente en la aldea y poco a poco se entregó al ritmo de esa vida; se levantaba al amanecer para comer tortillas y tomar café de pie junto al fogón con las mujeres mientras los hombres comían sentados en sillas destartaladas frente a mesas con manteles de hule. Todo sucedía de manera muy lenta y misteriosa. Incluso cuando la gente hablaba español por ella, en la casa donde se quedaban Guadalupe y ella, Pamela no entendía la lógica de sus vidas. Sus preguntas no recibían respuestas directas, sino que se deslizaban de lado en el barro como las ruedas de los pocos vehículos que se atrevían a usar la carretera de tierra. Su enojo y frustración crecían porque no había nadie que tomara parte en ello, así que al final tuvo que rendirse y volverse como una niña. Entonces conoció a Chavela y se enamoró de su pueblo y de la tierra.

Chavela fue a Huehuetenango a comprar más hilos en el mercado. Estuvo esperando a Guadalupe y al Doctor, pero de alguna manera no se encontraron allá. En el trayecto de vuelta a Huixoc visitó el sitio antiguo de Zaculeu y la aldea de San Pedro Necta, donde participó en ceremonias con los ancianos. Llegó a casa unos días después y oyó que Guadalupe también había llegado. Fue a la clínica para verla y buscar medicinas para su esposo, aunque el aire limpio de la montaña en la aldea era la mejor medicina. Los pulmones de Antonio se debilitaron por la tortura y había sufrido de bronquitis. Vio a Pamela sentada en la esquina y la saludó en mam. Pamela respondió sin entender, pero no pudo continuar.

—Ella es de Canadá como tú, Chavela, y habla español, pero no mam —le contó Guadalupe.

Por la tarde, Pamela trepó la loma cubierta de grama hacia la casa de Chavela y la encontró arrodillada, tejiendo. Su timidez se desvaneció cuando Chavela la saludó en inglés, le mostró el tejido y le explicó el significado de los colores y diseños. Era la primera vez que oía inglés en dos meses. Pamela contestaba en español, admiraba la belleza de la tela a medio tejer y se maravillaba de estar en la aldea. Su propia historia parecía una larga hebra roja que esta delicada mujer le sacaba de la boca. Cuando terminó, Chavela dijo algo en mam que Pamela sintió como un rezo o una bendición y se dejó abrazar por esos sonidos.

—Si quieres, te enseñaré tu lengua, Pamela —Chavela dejó el tejido en el suelo y tomó su mano—. Ven conmigo. Te mostraré mi jardín y comenzaremos allí.

Le enseñó los nombres de las flores, frutas, vegetales y hierbas que crecían alrededor de los límites de su casa: *tse bech* – hibisco – *hibiscus*, *laa* – ortiga – *nettle*. Los decía en tres lenguas: mam, español e inglés, para que Pamela aprendiera la diferencia al sentir la vibración de cada uno de los sonidos y comenzara a entender, más allá del mam, lo que significaba el lenguaje en sí, su melodía, la reacción de su cuerpo. *Saq xi'n* – maíz blanco, *xq'an xi'n* – maíz amarillo, *chaq chenq'* – frijoles rojos, *eq' chenq'* – frijoles negros, *k'um* – calabaza, *poo ich* – pimientos verdes picantes, *chaq lo'j* – bananas, *oj* – aguacate. Aprendió los nombres de los árboles, los pastos, la tierra y el cielo. En Pamela se abrió un mundo nuevo, una parte de ella que había estado dormida, y se sintió infinita. Se expandía en ese lugar, Huixoc, en el borde del mundo, unida a todas las fuerzas de la naturaleza.

Chavela cortó una hoja de una planta pequeña y se la dio a Pamela.

—Prueba esto.

Pamela se la puso sobre la lengua y enrolló la hoja en la boca, luego la mordió para absorber el sabor, amargo y embriagador. Le sonrió a Chavela.

—Sabe a coco, pero es fuerte y amargo.

—Se llama ruda, una hierba que ayuda contra el dolor. En inglés la llaman *rue*. ¿Tienes un jardín en Canadá, Pamela?

—En la casa de mis madres, sí.

—Cuando te vayas de Huixoc te daré un gajo de ruda. Si crece en tu jardín será una buena señal. Puedes hacer té con ella y estarás saludable.

Chavela la llevó a visitar a Manuela y su nuevo bebé. Cuando Pamela sostuvo al bebé contra su pecho, aquel nuevo pedacito de vida, Chavela dijo:

—Pronto mis hijos vendrán de Canadá; mis dos hijos varones, mi hija Julia y su esposo, con mi nieto. Estaremos todos juntos de nuevo y será la primera vez que mi hijo mayor venga a Guatemala desde que era un bebé, igual que tú, Pamela. Todos están regresando a casa.

*

Cortés era propietario de fincas y palacios en la capital, en Cuernavaca, en el valle de Oaxaca y en Coyoacán, pero quería gobernar. Estaba decidido a recuperar el control de su vida, que sentía consumirse poco a poco, y a reinar en las tierras que había conquistado. Reunió a sus hombres y llevó a cabo otra expedición; esta vez hacia el norte, hasta la parte baja de California. Buscaba un estrecho que pudiera unir al Pacífico con el Caribe. Al no encontrarlo, navegó mar adentro por el Pacífico en busca de la China y soportó tormentas terribles, un amotinamiento y por último, un naufragio. Las condiciones precarias lo asolaron: alimentos malos, dolores en los huesos e insomnio; pero Cortés se deleitaba con las privaciones pensando que limpiarían su alma. Hipotecó sus tierras y empeñó sus bienes para financiar él mismo las expediciones, hasta que no le quedó nada. Sus repetidas peticiones al rey quedaban sin respuesta mientras sus sastres le presentaban fajos de cuentas vencidas y sus sirvientes lo demandaban por los salarios que les debía. Hasta su suerte en las mesas de juego se había acabado. Se estaba ahogando en un mar de deudas.

Para el año de 1540, Cortés no tuvo otra alternativa, sino regresar a España. Cuarenta y dos días en el agua a los cincuenta y seis años. De nuevo lo acompañaba un niño pequeño, Martín, su hijo legítimo de pura sangre española. Pero el tiempo había vencido a Cortés. De pie en la proa del barco se levantaba con las olas un muro de burócratas, plumas en mano, que chocaban contra el casco empujándolo hacia atrás, a las cenizas del pasado. La nación que había conquistado, muchas veces del tamaño de España, la mujer que amó, cuyo cuerpo desapareció sin rastro, llevándose su poder sobre la tierra y toda su buena suerte… *Me puse viejo como mi padre, que murió en mi ausencia. Quería que estuviera orgulloso de mí. Soñé que conquistaría el mundo como lo hizo Alejandro*

Magno. En los brazos de Marina me creí inmortal; ella me hechizó
con su lengua dividida.

Bajó del barco sin anunciarse, el hombre que
trazó el mapa del Nuevo Mundo, que le dio nombre a ríos
e islas, ciudades y montañas; sus logros fueron olvidados
en España. Pero Martín, su primogénito, ahora bien
establecido en la casa real del futuro rey Felipe, recibió a
su amado padre como un héroe y peleó a su lado como
un caballero ejemplar, bajo el estandarte del santo
emperador romano Carlos V contra el infiel Solimán.
Cuando su flota fue azotada por una tormenta frente a la
costa de Argel y Carlos dio la orden de retirada, Cortés
presionó para tomar Argel con un ejército reducido. Pero
los europeos no conocían su poder de conquista ni el
impulso que seguía vivo en el viejo soldado, así que fue
obligado a retirarse después de perder 12.000 hombres en
aquella tormenta.

*

—Hoy hay mercado en la aldea de al lado. Todos
irán, así que no habrá clínica. Podemos ir, si quieres
—dijo, con su hablar rápido y ligero.

—¿Con todos los demás?

—Sí, el autobús estará repleto.

—¿No quieres descansar? Has estado trabajando
tan duro, Lupe.

—Hay un lugar especial que te quiero mostrar.

—¿Dónde es?

—Ya lo verás. Chavela también vendrá. Es una
caminata larga.

—No me importa. Prefiero caminar, que ir en un
autobús atestado. Llevaremos nuestros impermeables y
algo de comida para hacer un picnic.

Guadalupe se rio.

—Te gusta planear cosas, ¿no es cierto?

—¿Y qué hay de malo con eso?

—Nada. Pero a veces las cosas no resultan como una las planea.

—Tú crees que Fabiana no vendrá, ¿no?

Por el rostro de Guadalupe pasó una expresión de dolor. Fue solo por un instante, pero Pamela se dio cuenta y reaccionó de inmediato.

—No hablemos de ella, Lupe. ¿Cuánto tiempo hemos estado aquí?

—Seis días.

—Parecen semanas. Perdí la noción del tiempo.

—Es difícil para ti, ¿cierto?

—¿Me hablaste en mam cuando era bebé?

—Por supuesto. Era nuestro lenguaje secreto. Nadie en el convento lo entendía.

—Chavela me está enseñando. Solo unas cuantas palabras, pero… es como si recordara otra vida.

Pamela habló con tal intensidad, que Guadalupe recordó cuando era una bebé; aquella frescura y vitalidad que la embriagaban y la llamaban.

Fue una larga caminata fuera de la aldea antes de comenzar a subir hacia el bosque de pino. Cuando Chavela decidió quedarse en casa y trabajar en su tejido, Pamela se alegró. Quería tener a Guadalupe para ella sola, pero, aunque deseó su atención en la semana anterior, ahora que la tenía, estaba callada. Caminaban con los brazos entrelazados y Guadalupe apoyó la cabeza en el hombro de Pamela, con aquel gesto afectuoso que había visto entre las mujeres de la aldea. Este lugar era tan distinto de la capital, tan diferente de cualquier otro sitio que Pamela conociera, y sin embargo se sentía perfectamente en casa. Al entrar en el bosque recordó a Iximche y el olor a pino caliente. En ese momento apenas había viajado y tenía mucha confianza en sí misma; estaba decidida a encontrar su camino. Ahora se sentía humilde e insegura, y sin embargo, más fuerte que antes; como si fuera otra persona, pero más ella misma que nunca. No se podía imaginar dejar ese lugar algún día. Cuando pensaba en regresar a la capital, encontrarse con Fabiana, llegar con ella a Toronto, le parecía imposible, como si fuera otro mundo que no podía habitar, ni siquiera en su imaginación. Así que se ancló en el bosque, paso a paso, con fuerza y por completo.

—Ya casi llegamos —dijo Guadalupe. Tomó la mano de Pamela y comenzó a correr, jalándola por el sendero cubierto de pinos que terminaba de pronto en un claro dentro de un círculo de pinos altos, intercalados con cedros rojos y amarillos. Pamela sintió la emoción de Guadalupe, pero no vio nada fuera de lo común; solo una roca, muy poco visible contra el fondo oscuro de los troncos de los árboles. Guadalupe corrió y se arrodilló delante de la piedra. Pamela la siguió y vio que había un círculo de piedras más pequeñas alrededor de la grande, que parecía crecer mientras la miraba. Había flores frescas y velas, algunas a medio consumir, otras derretidas sobre las rocas.

Guadalupe volteó y alzó la vista hacia Pamela.

—Mi padre me traía aquí —dijo.

Pamela se arrodilló en el suelo donde tantos otros se arrodillaron antes que ella. Guadalupe tomó su mano y le dio una piña.

—Mi aldea no estaba lejos de aquí. Mi padre venía a rezar a este santuario y le hacía ofrendas a Itzamna. Este es su santuario; es el Dios de toda la Creación. ¿Ves su rostro?

Pamela miró con detenimiento la piedra calcinada, oscurecida por el humo de las velas y el incienso de copal. Entrecerró los ojos y el rostro comenzó a aparecer: las oscuras órbitas de los ojos unidas por una grieta en la roca, la nariz marcada y las mejillas amplias. Era una imagen tenue, una cara que se fundía con sus alrededores.

El Dios de toda la Creación, sin cuerpo, solo una cabeza que contenía al mundo dentro de ella. Una cabeza de piedra que estaba en todas partes adonde se miraba si solo se hacía el esfuerzo de verla: por todo el bosque; en los ríos, con los rasgos suavizados por el agua; bajo la tierra, subiendo hacia la superficie; en el aire, como meteoritos que pasan a toda velocidad por el cielo. Pamela colocó la piña en el círculo y tocó el rostro de roca. Era fresco y poroso, y le trajo un recuerdo en la piel. Fue aquella vez que estuvo en la funeraria, cuando el padre de Hannah yacía tendido en un féretro abierto. Tocó su rostro céreo, sintió el vacío de la muerte y se preguntó adónde se habría ido Zaideh. Bubby quiso que lo besara, pero ella no pudo. Lloró y se fue corriendo. Ahora se inclinó hacia delante y besó la piedra. Pareció calentarse con su tacto, como si le extrajera vida del cuerpo.

Guadalupe se apoyó sobre los talones y volteó hacia Pamela.

—Nunca traje a nadie aquí. Por muchos años no pude venir, era demasiado doloroso. Este es el lugar más especial —inclinó la cabeza y murmuró unas palabras en mam. Luego volteó, dijo las palabras de nuevo y Pamela las repitió, comenzando a sentir el significado de los sonidos. Después de un rato, Guadalupe se puso en pie y alzó los brazos hacia el cielo. Una mancha de luz se escurría entre los árboles y se posaba sobre su rostro—. Conozco un lugar donde podemos nadar. Ven.

Corrieron por el bosque, regresando por donde habían venido. Guadalupe dobló hacia una senda estrecha, mirando atrás para asegurarse de que Pamela la seguía. Era el mediodía y el aire estaba espeso y cálido. Pamela oyó el río antes de verlo; una corriente burbujeante y rápida sobre las piedras. Para cuando la alcanzó, Guadalupe ya se mojaba los pies en la parte llana del río. Había un pozo profundo en el centro del río y Guadalupe se levantaba la falda al caminar en el agua.

—¿Puedo quitarme la ropa?

—Claro —respondió Guadalupe.

—¿No vendrá nadie?

—A veces la gente viene al río, pero a otro lugar, río abajo.

Pamela se quitó los *jeans* y la camiseta, y entró al agua. Guadalupe la vio sumergirse en el pozo y se quedó parada sin saber qué hacer. Entonces se dio la vuelta, se quitó la blusa y la falda con rapidez, las lanzó a la orilla y se metió al agua con Pamela. Sintió el impacto del agua fría sobre su desnudez al sumergirse con los ojos abiertos y salir con la cara y el cabello chorreando, buscando la voz de Pamela.

—¡Lupe, esto es maravilloso!

—Yo aprendí a nadar aquí, con mi padre.

Guadalupe se sumergió de nuevo y nadó en las profundidades verdes, rozando el fondo lodoso con el vientre. Después de un largo rato, Pamela la oyó salir a la superficie detrás de ella. Nadaron en círculos entre las muchas capas de agua, que las tapaban como si fueran telas. Guadalupe fue la primera en salir del río. Se sacudió, salpicando las rocas con el cabello, y se vistió veloz. Estaba recostada en un trozo soleado, saboreando el calor, cuando Pamela salió temblando del agua. Se vistió y se sentó junto a Guadalupe, acurrucada en sí misma para entrar en calor.

—¿Tienes frío? Déjame calentarte.

Guadalupe se sentó y tomó a Pamela en sus brazos, le frotó el cuerpo y la meció en el sol, dejando que los rayos resbalaran sobre su cabeza. Entonces se quedaron quietas oyendo cómo el aire se llenaba del murmullo de los insectos, del zumbido de sus alas. Pamela sentía el agua del río secarse sobre la piel, marcándola en el trayecto hacia el lecho del bosque. Tenía los dientes húmedos y la lengua flotaba ingrávida en su boca. Miró los labios entreabiertos y la silueta de la nariz de Guadalupe. Sus ojos se encontraron y el bosque las arropó con sus sonidos, espesándoles la sangre, caliente y dulce, llenándolas del aroma de savia que transpiraban los pinos.

—Pronto regresarás a tu otra vida.

Las palabras sobresaltaron a Pamela.

—Todavía no. No hables de eso, Lupe. No estoy lista.

En el silencio que siguió, se refugiaron cada una en su esquina. Pamela se puso de pie y caminó hacia una ceiba. Pasó las manos sobre el tronco liso; era el árbol de la vida, grande y fuerte. Se sentía como carne fresca bajo sus dedos, como tendones y ligamentos escondidos dentro del árbol. Volteó hacia Guadalupe y percibió la tristeza en sus ojos. Un momento después, Lupe estaba de pie, riendo, quitándose las pinazas de la falda.

—¿Tienes hambre? Comamos algo.

Regresaron, como si en el silencio hubiesen estado soñando.

*

En 1542, la hija de Malintzin, María, de dieciséis años, se casó con Luis de Quesada, de la familia Mendoza. Dieciocho meses después dio a luz a una niña.

Mi morada es junto al río, como una piedra enterrada en la suave tierra, pero estoy en todas partes porque mi espíritu vaga por toda la tierra y lo veo todo. Me llaman La Llorona porque lloro por mis hijos perdidos. Cuando me oyen por la noche, cierran las persianas y les ponen los cerrojos a las puertas; dicen que me llevaré a mis hijos de vuelta.

Veo a mi hija María en el patio de la casa de su esposo. Está de rodillas sobre la tierra, arrancando las malezas que salen alrededor de su maíz. Está creciendo bien. Habrá una buena cosecha con muchos elotes que colgar de las vigas del techo de su casa, donde las dejarán secar para hacer tortillas, atole y tamales para

*alimentar a su familia durante el invierno. Ella es mi hija, sin
duda. Zaachila viene con una bebé en los brazos. Está más vieja,
rellena; su rostro sigue siendo dulce y bonachón. La niña golpea el
aire con los puñitos y se tambalea dentro del círculo de los brazos de
Zaachila, luego voltea la cabeza y se ríe, estirando los brazos hacia
su madre, y entonces sé, inequívocamente, que mis dos hijos son de
él; son hijos de Quetzalcoatl, que regresó para engendrarlos, como
estaba previsto. Mi corazón se llena de amor por María, a quien
nunca pude amar como amé a Martín, sin saber si era de Jaramillo.
Ahora mi espíritu pudiera entrar a la tierra en paz, si no fuera por
mi primogénito, mi Martín. Lo quiero en casa, en la tierra que lo
vio nacer.*

*

El campo se alejó a toda velocidad y dio paso a
garajes y talleres mecánicos al tiempo que el autobús
entraba traqueteando a Huehuetenango, lanzando humo
de escape. El conductor mordía su chicle y cambiaba la
marcha, soñoliento mientras el cobrador saltaba sobre los
escalones y gritaba los destinos haciendo señas con los
brazos y dando indicaciones con un silbato ensordecedor.

—Aquí vamos de nuevo —dijo Pamela,
sonriéndole a Guadalupe—. Ya echo de menos la aldea
—llevaba un pequeño gajo de la ruda de Chavela en una
bolsa de plástico, enraizada en la tierra de Huixoc.

—Me sentiré extraña sin ti la próxima vez que
vaya a la aldea.

—Todavía tenemos unos cuantos días. Quisiera
que pudieras venir y quedarte conmigo en la hostería
Todos los Santos.

—Me esperan en el convento. Pero vendré
siempre que pueda… hasta que te vayas a la capital.

—Lupe, tengo una idea —dijo Pamela
entusiasmada—. Iremos a Mi Tierra y te abriremos una
cuenta de correo electrónico.

—Yo no sé usar las computadoras.

—Yo te enseñaré. Es fácil. Podemos escribirnos cuando regrese a Canadá.

—Tú me arrastras a tu mundo extraño y después me dejas aquí, sola.

—Oh, Lupe, por favor.

—¿Qué harás si Fabiana te falla?

—No lo hará. Sé que no me fallará. Ella me lo prometió.

—Ojalá me equivoque. Me equivoqué antes. Tú la encontraste, ¿cierto? Hiciste mucho más de lo que yo pensaba que podrías hacer.

—Apenas llegue a Canadá te escribiré un correo electrónico contándote lo que sucedió —dijo con seguridad—. Tengo una computadora en mi habitación.

—¡Estás loca! Te quiero, Pamela; pero dejar Guatemala te volvió loca.

Pamela sonrió y se encogió de hombros.

—Puede que Fabiana regrese. Para ella se trata solo de una vacación. Y tal vez... bueno, ahora pienso que puede ser lo mejor. La entiendo más desde que estuve en la aldea, aunque no me di cuenta sino hasta ahora. Si ella regresa, Lupe, vendré a visitarla, quizás cada año.

—Veremos lo que sucede —Guadalupe se vio a sí misma en el lugar de Fabiana, subiendo por la escalera de un enorme avión, volando por la frontera a los Estados Unidos, volando durante horas y horas a Canadá, entrando en un mundo nuevo. Sonrió por sus propias tonterías. Esperaba que Fabiana fuese suficientemente valiente.

*

Era el 2 de diciembre de 1547. Cortés tenía sesenta y dos años. Debió saber que la muerte estaba cerca, porque iba rumbo al sur para tomar el barco hacia México, a casa, cuando cayó enfermo cerca de la ciudad de Sevilla. Hernán Cortés hizo su último testamento, donde pidió que regresaran sus restos al Nuevo Mundo, para que descansaran en la tierra que, sin darse cuenta, había devastado con su propia existencia. Murió de la misma manera que vivió, rodeado de hombres; este hombre que amó a tantas mujeres, pero que no sabía nada del amor, como comprendió Malintzin. La vista lo abandonaba a medida que la vida se retiraba de su cuerpo. Así, abrigado por la oscuridad, escuchó con atención y oyó su voz en la lejanía; la suave lengua que tan hábil daba vuelta a las palabras. Ahora más cerca, aquella garganta se derramaba en palabras que caían sobre su regazo. Oyó a la voz convertirse en un grito desgarrador y luego hubo silencio. El oído es el último sentido en desaparecer. En aquel silencio eterno supo cuál era todo su deseo: Malintzin con su lengua conquistadora a su servicio, la palabra de Dios. Se supo un instrumento del rey, el azote de los dioses. Su codicia y pasión por el poder sirvieron para llevar a cabo una evolución inevitable en la que la cultura sustituye a la naturaleza. *Mi gobierno fue un sueño. Fui un títere.* Hernán dejó su cuerpo por voluntad propia, por fin libre de sus deseos, y se elevó por encima del pueblo de Castilleja de la Cuesta, donde su cadáver yacía en un cuartito de una casa humilde. Mientras ascendía sobre la tierra, encima del océano, vio el pequeño papel que tuvo en un gran plan, y al fin se supo esencial y prescindible. Fue perdonado.

*

—¿Trajiste tu tejido, Mamá?

—Ernesto quería que lo dejara —Fabiana estaba sentada cerca de Pamela, acariciándole la mano, meciendo su cuerpo de manera casi imperceptible.

—No tienes mucho equipaje.

—Tengo todo lo que necesito. Y mi pasaporte —lo levantó orgullosa.

El taxi las dejó en la entrada principal y se registraron en el mostrador de Continental, en el piso de abajo.

—Puedes llevar tu bolso en el avión, Mamá. Es suficientemente pequeño.

Fabiana se cambió el bolso de tela de un brazo al otro.

—¿Quieres que te lo lleve?

Fabiana negó con la cabeza.

—Para ti es difícil irte, ¿cierto?

—Todo es tan nuevo.

—Estarás bien, Mamá. Si decides quedarte conmigo en Canadá, regresaremos a Guatemala juntas y haremos la solicitud desde aquí; entonces serás una inmigrante legal.

Fabiana permaneció cerca de Pamela mientras caminaban por el amplio pasillo y subían por la escalera eléctrica hasta el siguiente piso para tomar un café. Cuando al fin llamaron su vuelo, Pamela respiró hondo.

—Aquí vamos.

Fabiana se levantó. Las manos le temblaban. Comenzaron a caminar hacia la puerta de embarque número 27. Pamela fue la primera en pasar por el puesto de seguridad. Lanzó su mochila sobre la correa en movimiento. Caminó por el detector de metales y se paró con las manos arriba mientras la guardia la registraba, entonces le hizo señas a Fabiana. En la puerta de embarque mostró sus pasaportes y tarjetas de embarque, y miró a Fabiana, que le sonreía con la mirada lejana. Pamela tuvo la mente ocupada con los pasos necesarios para su partida, pero ahora que estaban listas para volar, la invadieron los recuerdos de Guadalupe, del tiempo en la aldea con Chavela y de sus últimos días juntas en

Huehuetenango. Regresaba a casa con su madre como lo había planeado, ¿pero a qué precio? Su mente ya estaba en el avión, pasando por las nubes, atravesando el azul claro del cielo. Si no hubiese estado ya casi en Toronto con el pensamiento, hubiera sentido el miedo de Fabiana.

Pasajeros de las filas 21 a 35, listos para abordar.

Pero no hubiera podido hacer nada. Entregó sus tarjetas de embarque a la azafata de Continental, que las rompió y le devolvió los talones con una sonrisa cansada. Ya iba camino a la escotilla cuando percibió algo y se dio vuelta. Fabiana no estaba allí. Regresó corriendo y buscó entre los rostros borrosos de la muchedumbre de pasajeros que esperaban. La gente que pasaba por la puerta la empujaba. La azafata dijo algo, pero no pudo oírlo por la presión de la sangre en los oídos.

—Es demasiado tarde. No puedes regresar —dijo una voz de mujer y sintió una mano sobre el brazo.

—Perdí a mi madre —dijo jadeando—, ¡perdí a mi madre!

Se soltó de un tirón y se abrió paso a empujones por la multitud hasta la sala de preembarque. Estaba vacía; los pasajeros restantes estaban parados en fila. Corrió por el pasillo, casi ciega del pánico. Entonces vio la pequeña figura de Fabiana flanqueada por dos hombres. Caminaban de prisa en la distancia.

—¡Mamá! —gritó.

Fabiana volteó, cubriéndose la boca con las manos. Levantó los brazos y le hizo un gesto a Pamela de que se fuera. Pamela corrió hacia ella, pero los dos hombres fueron hacia la chica, la tomaron de cada brazo y comenzaron a arrastrarla hacia la puerta. La llevaban hacia atrás, alejándola de Fabiana, que estaba de pie en el corredor vacío, con el cuerpo compungido por la angustia. Aquella imagen de una mujer llena de deseos, incapaz de dar el paso, se quedaría con Pamela por siempre.

—Que te vaya bien —escuchó un susurro—. Que te vaya bien, mi niña. Siempre estoy contigo.

—La escoltaremos hasta el avión —dijo uno de los hombres a la azafata en la puerta. Ella asintió y les dijo que pasaran rápido, que el avión estaba por despegar. Pamela miró a su alrededor, desesperada, pero el lugar estaba vacío y las manos de los hombres eran como pinzas de hierro en sus brazos cuando la llevaban por la rampa cubierta hacia el avión.

—¿Por qué? —gritó—. ¿Por qué hacen esto?

—Tienes suerte de irte —dijo el segundo hombre—. No eres bienvenida en Guatemala. Ella te salvó la vida.

Pamela observó cada detalle de su rostro; el bigote bien cuidado, el rostro delgado, los ojos entrecerrados. Hoy no tenía la camisa amarilla.

—Nunca más intentes regresar —dijo—. Estás marcada.

*

Fabiana se acurrucó en los brazos de Ernesto al tiempo que la limosina abandonaba el aeropuerto. Él la abrazaba mientras ella lloraba. Después de un rato se fue calmando y se relajó contra él, mirando con expresión ausente los vidrios ahumados a prueba de balas. El chofer volteó para preguntar algo y Ernesto le ladró, pero todo su comportamiento cambió cuando inclinó la cabeza hacia Fabiana.

—Mi corazón —murmuró al acariciarle el cabello—. Gracias, Fabiana. Discúlpame, mi amor, perdóname —un cántico de disculpa y gratitud de un hombre que lo había apostado todo hasta el último minuto y entonces perdió el valor—. Perdóname, Fabiana, no podía arriesgarme a perderte.

Al fin alzó la vista hacia él. Lo miró con insistencia a los ojos viejos y arrugados, rojos por la falta de sueño. Levantó la mano hacia su rostro y acarició su mejilla cansada.

—Yo sé —dijo—. Es suficiente. No puedo pedir más.

Al llegar a la casa, la desvistió con gran ternura y la llevó a la cama. Se recostó junto a ella, completamente vestido. Acunó su cabeza en el brazo hasta que se durmió y entonces salió de la habitación. Cuando Fabiana despertó, lo encontró tumbado en un sillón profundo de la sala, con la boca abierta. Desempacó su pequeño bolso y pasó de puntillas junto a él para darse una ducha. Se lavó el cabello y se perfumó el cuerpo, se puso una falda y una blusa limpias, hizo café y lo despertó. Su tejido de colores vivos iluminaba la sala.

*

En 1540, los dos hermanos Martín, de siete y de diecisiete años, se encontraron por primera vez. Sin embargo, sus caminos se separaron pronto, cuando Martín el mayor se casó con Bernardina de Porras, hija de un hidalgo español, y reanudó su servicio a la Corona española. Su corazón ardió en deseos de regresar a México cuando acompañó al príncipe a Inglaterra en 1555 por la boda de María Tudor y cuando peleó por los españoles en Francia, Argel y Alemania. Pero las palabras de su padre resonaban en él; palabras que moldearon su vida: "Para combatir al enemigo tienes que aprender a ser como él. Tenemos que protegernos de los españoles. Recuerda eso, Martín. Nos tratarían con prepotencia". Martín estaba bien condicionado a resistir en un lugar al tiempo que deseaba estar en otro.

En 1556 se vivió el fin de una era, cuando Carlos V abdicó en favor de su hijo Felipe II. Europa, ahora unida a América, se volvió más severa y comenzó a controlar sus tierras de manera estricta. En 1560, Felipe proclamó que las tierras conquistadas en América no podían tenerse a perpetuidad, sino que debían revertirse a la Corona después de la segunda generación. Esto preparó el camino hacia una rebelión.

Después de la muerte de Cortés, Martín recibió lo prometido: los restos de su padre junto con una pequeña pensión anual mientras que su hermano menor heredó todas las propiedades y el título de Marqués del Valle en perpetuidad, eximido de la proclama del rey. En septiembre de 1562, a los cuarenta años, Martín zarpó a casa con su hermano el Marqués. Llevaban los restos de su padre para enterrarlos en México según la voluntad de Cortés. Sus restos brillaban en la bodega del barco, radiantes de conocimiento. Navegaban a casa, a la tierra que amaba; volvían al punto de partida. Pero pasarían 385 años, siete entierros y exhumaciones, antes de que sus restos llegaran al muro de la Iglesia de Jesús Nazareno, el viejo Hospital de Jesús construido por Cortés después de la conquista y más tarde convertido en iglesia. Un descendiente colocaría los restos de su ancestro en la pared a la izquierda del altar, donde serían sellados con una placa sobre la lápida al tiempo que la serpiente abría la discreta boca y se tragaba su cola.

El barco de los hermanos Cortés, dañado por una tormenta, primero fue confundido con un barco pirata al entrar tambaleándose al puerto de San Francisco de Campeche en el Golfo. Cuando Martín pisó tierra firme, pálido y cansado del largo viaje, oyó una lengua que le pareció familiar. Al principio no reconoció las palabras nahuas, pero luego su rostro se ruborizó con una repentina tibieza cuando los sonidos suaves y guturales se movieron en su interior. A todos lados que miraba había gente como él, mestizos de piel dorada y ojos almendrados, ni totalmente españoles, ni totalmente indios. Martín Cortés no era un hombre dado al entusiasmo, pero en él creció un nuevo sentido de pertenencia. Así, en febrero de 1563, cuando llegó a su ciudad natal, todos sus sentidos despertaron en la familiaridad del lugar y en su yo olvidado; aquel niño que fue abandonado antes de tener la oportunidad de saber quién era o de entender el mundo en que nació.

Él vino, mi hijo, está en casa y ahora recuerda. Ve mi rostro, siente la tibieza de mi cuerpo contra el suyo, me oye llamarlo por la noche, Xochitl xolotl. Abraza a su hermana, su hermana de sangre, y le pregunta por mí. Pero María recuerda menos que tú, Martín. La dejé con Jaramillo y su nueva esposa. Oh, mis hijos, tienen que encontrarse y abrazarse con fuerza. Yo soy la tierra por donde caminan, el aire que respiran. Yo soy el río y el fuego, mis lágrimas se consumen por mi corazón ardiente. Soy un fantasma en esta tierra y los cuidaré, mis hijos perdidos.

*

Caía una repentina lluvia de verano y se formó un arcoíris cuando Pamela aterrizaba en la pista número 9 del Aeropuerto Internacional Pearson.

—Oh, querida, estás en casa —Hannah abrazó a Pamela mientras Fern revoloteaba detrás, sosteniendo un enorme ramo de rosas rosadas que puso en los brazos de Hannah cuando pudo estrechar a Pamela.

—No llores, Pam. No llores, está bien. La encontraste, eso es lo que importa.

Pamela lloró durante todo el trayecto a Houston, donde estuvo sentada en el aeropuerto en un estado catatónico durante la escala de tres horas, reflexionando sobre su doble pérdida y la prohibición de regresar a Guatemala. Sintió que la habían engañado cruelmente al dejar Guatemala por segunda vez en su vida. Ahora no podía regresar al país, por lo menos mientras el General viviera. Justo cuando anunciaron su vuelo de conexión, recordó a Hannah y Fern. Se levantó y las llamó por cobrar para contarles lo que había sucedido. Durmió intranquila en esa última etapa del viaje, hasta que la despertó el auxiliar de vuelo para que pusiera el asiento en posición vertical, justo a tiempo para la desagradable sacudida por las ruedas que chocaban contra el asfalto.

—Querida, no puedo creer que de verdad estés aquí. Estoy tan orgullosa de ti y de todo lo que has logrado. Tu viaje fue todo un éxito, aunque no haya terminado exactamente como tú esperabas.

Hannah estaba junto a Pamela en el asiento trasero mientras Fern conducía a casa por las diferentes autopistas. Primero tomó la MacDonald-Cartier Freeway, luego la Queen Elizabeth Way y después la Gardiner Expressway. En todo el camino, Pamela habló rápido sobre Guadalupe, la masacre de su aldea, su trabajo en Casa Central, sobre Chavela y la aldea de Huixoc. Cuando Hannah le preguntó por su madre de nacimiento, todo lo que dijo fue que su pesadilla le había pertenecido a Fabiana y que ella se la devolvió como un regalo.

—¿Pero cómo una historia tan terrible puede ser un regalo? ¿No es mejor que lo olvide? —preguntó Hannah.

—No —dijo Pamela, categórica—. Sin eso, no hubiera sido capaz de tomar una decisión.

Para el momento en que viraron al norte en el paseo Don Valley Parkway, Pamela estaba dormida. Tenía la cabeza apoyada en el hombro de Hannah.

—¿Dónde estoy? ¿Ya llegamos? —dijo Pamela al despertar de pronto, cuando Fern viró de manera brusca hacia el carril de salida y el conductor de atrás tocó la bocina.

—Casi. Estamos en la salida a la calle Gerrard. Pronto llegaremos —volvió a virar con brusquedad cuando un camión de transporte adelantó al pequeño auto, sacudiéndolo—. Disculpen. ¿Estás bien, Pam?

—Solo quiero meterme en mi cama y dormir varios días.

—Todos te quieren ver, cariño —dijo Hannah—. Nosotras planeamos una fiesta para el fin de semana, pero en estas circunstancias... podemos hacerla cuando te sientas mejor.

—Por cierto, sacaste A en todos tus cursos.

—¿Sí?

—Excepto en Historia Latinoamericana. Tu calificación quedó pendiente del trabajo que estabas investigando. ¡Felicitaciones, niña!

—Qué bueno es verte sonreír de nuevo —dijo Hannah feliz.

Pararon en el bordillo frente a su casa en Albemarle. Pamela se volteó a mirar la estructura de tres pisos que se levantaba como una extraña pirámide en un jardín elevado con rocas, salpicado de arbustos y arces japoneses. El arce gigante estaba muy frondoso y hacía que la casa se viera pequeña. *¿Es aquí donde vivo realmente?*, se preguntó.

—Déjame ayudarte con tu mochila —dijo Fern mientras abría el maletero.

—Está bien, yo puedo sola —Pamela se inclinó y alzó la mochila, mucho más liviana ahora que cuando partió. Le había dado la mayor parte de la ropa y las sandalias a Lupe, y repartió el resto de sus cosas en la aldea.

Hannah y Fern se miraron la una a la otra; sus ojos hablaban de todo lo que pasó durante la ausencia de su hija. La vieron subir despacio por los escalones de la puerta del frente. Cargó la mochila hasta la puerta y buscó la llave escondida bajo un tiesto en el arbusto. Entró sola en la casa silenciosa, como si ellas no estuviesen allí, y caminó por el pasillo hacia la cocina. Todo estaba reluciente. La casa olía a su niñez, a limpieza y neutralidad, con un suave aroma a incienso de almizcle por algún lado. De pronto sintió añoranza de tortillas. Abrió la nevera y vio un paquete plástico sellado que la esperaba. Hubiera llorado, pero rio al recordar al señor Ruiz en el Consulado de Canadá; sus sabias palabras y su propia ingenuidad. Dejó la mochila en el suelo y caminó hacia la sala, donde las filas de libros y discos compactos la miraban; todo un archivo de la cultura contemporánea centrada en la mujer, todo dispuesto con cariño. Sobre la mesita baja estaba el montón de trabajos de Fern esperando ser corregidos. El tejido de Hannah se derramaba de un bolso de tela sobre el piso junto a su sillón; el piano abierto, con las teclas relucientes, le daba la bienvenida. Sintió que flotaba en el limbo entre el mundo de Guatemala que retrocedía veloz y este lugar donde había crecido, nítido y bien definido, salpicado de detalles que deberían consolarla, pero que ahora veía con ojos ajenos. *Es como un sueño*, pensó, *como si nunca hubiera estado allí, y Fabiana y Lupe no existieran en realidad.* Quiso llorar al recordar de nuevo aquel momento desgarrador cuando despegó el avión, pero ya no le quedaban lágrimas. Oyó la voz de Hannah al fondo y olió las rosas rosadas cuando Fern las puso en un florero y lo llenó de agua. Sintió una mano en el hombro, pero estaba casi dormida de pie y no podía responder. Se oyó a sí misma murmurar algo mientras caminaba despacio por el pasillo y subía las escaleras dos pisos, hasta su habitación. Era un cuarto alargado, de techo bajo, con un balcón que dominaba el jardín. Se sentó al escritorio, encendió la computadora y fue a su cuenta de correo electrónico. Había varios mensajes, pero ninguno de Lupe. No se molestó en abrirlos.

Tenías razón, Lupe, ella no vino. Por supuesto, Fabiana ama a Ernesto. Sí, no tomé en cuenta su vida. Te extraño todo el tiempo.

Caminó hacia la cama, se acostó bocabajo sobre la cobija de colores vivos y perdió el conocimiento.

Estaba parada en la puerta de la escuela. Había filas de niños sentados de espaldas a ella. Una niñita que chupaba pensativamente su lápiz volteó y la miró con atención. Se volteó de nuevo hacia su pupitre y comenzó a escribir sobre una pizarrita negra con el extremo húmedo del lápiz. Pamela giró y se alejó de la escuela; caminaba hacia el otro lado de la plaza. Donde estuvieron tendidos los papás había ahora un montículo verde; los huesos empujaban la piel de grama desde abajo, moldeándola como los montículos de Kumarca'aj. En su sueño, Pamela era una mujer adulta y veía todo al caminar por la aldea. Vio las huellas de sus zapatos en la tierra roja y seca. Vio la milpa a lo lejos; el maíz brillante dibujaba los campos al tiempo que salían hojas amplias del centro de las plantas y el aire se llenaba de un aroma verde pálido. Entró en una choza pequeña. Estaba oscuro. Los muros de adobe y ladrillo tenían huellas de manos. Cuando levantó la mirada, vio que el techo era de hojas de maíz secas, amarradas en manojos gruesos. Caminó por la fría cocina abandonada, tocó el comal vacío, metió el dedo en las cenizas frías que quedaron debajo de la rejilla de metal y se lo limpió en la frente. No había ningún sonido, nada. Era como si estuviera viéndose a sí misma en una película muda. Entonces se vio parada en otra puerta. Observaba a Fabiana sentada en su cama con la espalda apoyada contra la pared, sosteniendo a Ernesto entre las piernas, como un hombrecito recostado sobre su vientre. Sus brazos, con una mano en cada una de las de él, lo envolvían y le amarraban los brazos como una camisa de fuerza doble. Él veía la sábana con ojos vidriosos y Fabiana estaba en su propio lugar lejano, con la mirada ausente. Pamela se dio la vuelta y oyó las palabras susurradas que rompían el silencio de la aldea fantasma. "Que te vaya bien, siempre estoy contigo... siempre... contigo siempre". Cuando volvió a mirar, ya no estaban. En su lugar estaba Guadalupe con los brazos extendidos. Tenía los labios entreabiertos, el rostro radiante de deseo. Pamela caminó hacia el cuarto y a medida que caminaba, caía más y más profundo a través de la oscuridad...

Se despertó de un susto cuando la puerta del frente se cerró de golpe.

*

—¿Hannah? —Fern lavaba lechuga en la cocina y volteó por el portazo.

—Traje unos cuantos videos, una botella de vino y algunos mangos —Hannah lo puso todo sobre el mostrador y besó a Fern. ¿Ya se despertó?

—Ni un ruidito —se secó las manos en el delantal y siguió a Hannah a la mesa de la cocina.

—¿Crees que se ve distinta?

—Es difícil de decir. Aún está impactada, pobre niña.

—Me siento terrible diciendo esto, Fern, pero... —Hannah hablaba en voz baja, en tono de complicidad— casi me alegré.

—Yo también. Al menos podemos ser honestas entre nosotras. Odio verla tan triste, pero debajo de esa tristeza puedo ver que ha cambiado.

—Sí, maduró, y ahora que ya pasó, me siento tan tonta. Ese era todo mi miedo, en realidad.

—Siempre castigándote.

—Ya no, te lo prometo. Yo también cambié. Gracias por sacudir lo nuestro —rio.

—Tenía que hacerlo. Te quiero para siempre. Pam se volverá a ir algún día.

—Quizás más pronto de lo que pensamos. Sin embargo, parece más independiente, preocupada por su propia vida. Ni siquiera nos preguntó por nosotras.

—Bueno, mira por lo que ha pasado. Debe haber sido espantoso cuando aquellos matones la arrastraron hacia el avión.

—Yo sé, no puedo ni pensar en eso. Pero incluso si hubiese salido todo como estaba planeado y Fabiana hubiera llegado con ella, siento que Pamela está distinta, Fern. No puedo explicarlo con palabras.

—No es la niña que se fue con tantas esperanzas, ¿cierto?

—Ahora lleva otra carga, el peso de su propia cultura, su propio origen, aunque no ha mencionado un padre. Me pregunto si Fabiana le habrá contado algo.

—¿Crees que fue malo que la adoptáramos?

Hannah se rio.

—¡Creo que tu pregunta es ridícula!

—Recuerdo que tú me preguntaste algo parecido hace algunos meses.

—Eres tan puntillosa. Tú me obligaste, ¿no es cierto?

—¿Qué quieres decir?

—Tú me presionaste para que enfrentara mi mayor miedo: que mi bebé había crecido. Ahora no hay nada que temer.

—¿Ni siquiera cuando se vaya definitivamente?

Hannah sacudió con la cabeza.

—Tenemos todo el entusiasmo posmenopáusico por delante, querida. La gente comienza vidas nuevas cuando sus hijos se van de la casa. Jubilación anticipada, viajes, carreras nuevas...

—Vamos a abrir esa botella y brindemos por el regreso de Pamela.

Fern vio una sonrisa que jugueteaba en los labios de Hannah mientras descorchaba el vino y lo servía. Se miraron a los ojos cuando entrechocaron las copas.

—Por todos los regresos —dijo Hannah, y bebieron. Hannah se rio y limpió la barbilla de Fern, donde se había escurrido una gota de vino. Luego la besó en los labios con suavidad—. Hay algo que quiero decirte —susurró—, pero tengo miedo.

—¿Qué es?

—Una idea que tuve, pero recién me quedó todo claro hoy, cuando Pam nos habló en el trayecto de vuelta del aeropuerto.

—¿Ajá? ¿Y qué es? No me tengas en suspenso.

—Quiero llevar a mi mamá a Alemania... a Dachau.

—¡Dios mío! ¿Para qué? Ella está enferma, Hannah.

—Creo que le ayudaría. Tú también puedes venir si quieres. Cuando Pam nos habló de la masacre, en mi mente aparecían imágenes del campo de concentración. Para mí siempre ha sido algo vívido, aunque Mami nunca hablaba de ello. Ella decía: "No recuerdo. No recuerdo nada". Pam describió su sueño como un regalo para su madre, y cuando yo dije que era mejor que lo olvidara, ella respondió...

—"Sin eso, Fabiana no hubiera podido tomar una decisión". Sí, lo oí, ella fue tan categórica.

—Fern, creo que mi mamá dejó una gran parte de ella en Alemania. Pienso que tengo que llevarla de vuelta para que se encuentre a sí misma. Las personas pueden pasar toda su vida sin saber quiénes son.

Fern sacudía la cabeza, incrédula.

—Aquí está, otra capa más. ¿Cómo es posible que nunca me hayas contado nada de esto?

—Lo daba por sentado porque siempre estuvo allí; Mami y su distancia, como si en realidad no estuviera presente, y yo tratando de llenar el vacío. Sabes lo que pasa cuando se vive con algo; lo aceptas como si fuese normal. Pero cuando llamé la semana pasada, Mami estaba en la bañera y contestó la enfermera. Charlamos un poco y me dijo que Mami comenzó a hablar sobre su vida en Alemania, de cuando sus padres aún vivían. Fern, ella sigue diciendo "Quiero ir a casa". Tengo que llevarla. Es por las dos. Hay visitas guiadas desde Munich. Dachau es un suburbio con condominios nuevos a solo metros del muro del campo y del portón de *Arbeit macht frei* —agarró las manos de Fern—. ¡Sé que suena loco, pero estoy tan entusiasmada!

Por un instante, Fern miró a Hannah, inexpresiva, y luego lanzó una carcajada.

—¡Mi amante loca! Otro problema complicado. ¡Y tú me dices puntillosa a *mí*! —abrazó a Hannah y bailó con ella por la cocina, dándole vueltas hasta que terminaron en la esquina, mareadas de tanto girar.

—¡Loca, loca! —exclamó Hannah—. ¡Todo el mundo está loco!

—¿Qué hay? —Pamela estaba en la entrada frotándose los ojos soñolientos. En la mano tenía una bolsa de plástico con un gajo cuyas raíces estaban envueltas en papel húmedo—. Voy a plantar esto en el jardín —dijo—. Es de la aldea —mordisqueó una hoja y sintió el sabor amargo mientras cruzaba la cocina con los pies descalzos—. Ayuda contra el dolor —dijo, mirando a sus madres con una gran sonrisa.

*

—¡Guadalupe! —María Teresa estiró los brazos y se dieron las manos, mirándose fijamente. Una ola de rubor tiñó las mejillas de María Teresa y no pudo evitar sonreír—. Estás mejor, querida. Te ves radiante.

—Sí, Hermana. El aire de la montaña me ha revivido.

—Te extrañamos en el convento, pero hubieras podido quedarte más tiempo. ¿Por qué regresaste?

—Fue suficiente tiempo. Y usted, Hermana, ¿se recuperó?

—Yo estoy bien, Guadalupe, muy bien —dijo con una amplia sonrisa, y luego frunció el ceño por la preocupación—. El Doctor Ramírez me contó que había una extranjera en la aldea que ayudó en la clínica. ¿Quién era?

Guadalupe se detuvo un momento con la boca abierta.

—Una viajera.

—¿No sería Pamela?

—Sí.

—¿Lo planeaste?

Por un instante, Guadalupe no pudo contestar. Dentro de ella había una mezcla de renuencia y resentimiento, algo de rabia y rebeldía. No estaba segura de lo que implicaba la pregunta de María Teresa; si era una acusación, una reprimenda o simple curiosidad.

—¿Por qué siempre me siento culpable en su presencia, Hermana?

—¿Acaso hay algo de lo que puedas sentirte culpable?

—Es muy simple: tenía vacaciones, quería ayudar, se está buscando a sí misma. Estar en la aldea fue muy bueno para ella. Si solo la hubiera visto tan plena —dijo Guadalupe de pronto, con el rostro ruborizado mientras María Teresa palidecía.

—No estamos en este mundo para brindarles vacaciones a los turistas, Guadalupe. Estamos aquí para dedicarnos al trabajo de Dios, para representarlo a Él entre la gente.

—Pamela es parte de la gente, Hermana. ¿Por qué la menosprecia? Ella se merece el amor de Dios igual que cualquier otra persona.

—¿El amor de Dios?

—¿Qué me está diciendo?

—¿Qué sientes tú, con ese brillo en los ojos y el rubor en tus mejillas?

Guadalupe se dio la vuelta y huyó del patio. La buganvilla se convirtió en una mancha roja cuando pasó corriendo a su lado. Subió los escalones de dos en dos hacia su cuarto. Tiró la puerta y se lanzó sobre la cama. Cuando dejó de llorar, la envolvió un inquietante silencio y contuvo la respiración. Escuchaba atenta, convencida de que la Hermana María Teresa estaba al otro lado de la puerta. Se levantó de la cama y caminó sigilosa hacia el umbral. Su mano se movió de repente, agarró la manilla y abrió la puerta a un vacío espectral que la asustó aún más que si la monja hubiese estado allí, espiándola.

*

Chavela estaba de rodillas sobre la tierra apisonada al frente de su casa. Apenas comenzaba a amanecer y Antonio aún dormía. Cuando despertara, ella haría las tortillas y el café para el desayuno, y por la tarde irían a La Democracia. Desde la casa de su madre llamarían por teléfono a Canadá y hablarían con sus hijos, su hija y su nieto, para hacer los arreglos finales. Se preguntó qué estaría haciendo Pamela, si se habría llevado las palabras en mam a Canadá. Chavela sabía lo que era estar en un lugar y echar de menos otro, sentirse en un tira y afloja constante. Sabía que después de mudarse lejos uno siempre se sentiría desarraigado, nunca conforme, una vez que se ha dividido el corazón. *No fue mi decisión*, pensó, *pero ahora vivo en más de un lugar*. Hay muchos mundos en este mundo.

Pasó su lanzadera por el telar abierto; otra hebra fina quedó presionada en la larga estela de colores que se extendía entre su cuerpo y el tronco del árbol en la esquina de la casa. El tejido estaba casi listo; tenía inyecciones de rojo que atravesaban la luna amarilla y la noche oscura estampada de estrellas. Rojo, rojo, que corría por todas partes y formaba senderos en los Cielos. Oyó crujir la cama cuando Antonio dio la vuelta y se sentó. Estaba jadeando. Escuchó su resuello y la tos al despertar los pulmones de la pesadilla que los había dañado. ¿Cuántas veces le sumergieron la cabeza y la mantuvieron abajo hasta que sus pulmones estallaban por el vacío, rogándole inhalar el agua inmunda?

*

Una antorcha brillaba, lamiendo con sus llamas la pared de piedra del palacio. En la chimenea había leños apilados que iluminaban la quijada palpitante del joven Martín. El Marqués había crecido, arqueado como un cuerno, a la sombra de la humillación de su padre y con su misma ambición de gobernar. Albergaba un gran odio hacia el gobierno español y conspiró por la libertad de México.

—Nuestro padre estaba destrozado por el incumplimiento del rey, hermano. Tenemos que vengarlo y luchar por la autonomía de nuestro país. Él buscaba que lo restituyeran en el cargo de gobernador, pero más que eso, habría sido rey de México, y yo su heredero.

—¿Vengar a un hombre muerto? Déjalo descansar, hermano. Estamos en casa. ¿No es eso suficiente?

—¡Recuerda que eres mexicano como yo! Nacido en esta tierra, en un palacio construido con las piedras de un templo culhua mexica.

—¿Qué hay de tu sangre española?

—No tiene importancia, hermano.

—Te da privilegios.

—Júrame lealtad.

Martín agarró la mano del Marqués con firmeza.

—Te serviré, hermano —dijo solemne—. Me uniré a tu comitiva y usaré tu librea.

—¿A pesar de que soy español de pura sangre? —preguntó, torciendo la boca, irónico.

—¡Somos mexicanos! —declaró Martín. La luz de la hoguera titilaba en su cara calentándole la piel, acentuando la curva de los ojos. El rostro de su joven hermano estaba escondido en la sombra.

Martín, con sus hijos y su esposa Bernardina venidos de España, vivió en la casa de su hermano al lado oeste de la plaza. Cuando comenzaron de nuevo los rumores, recordó las hojas que se arremolinaban en el patio y el polvo alrededor de sus pies, así que se retrajo. Pero su hermano logró sacarlo de ese estado.

—Hay miles que se unirán a nosotros en una insurrección.

—No puedo.

—Para vengar a nuestro padre.

—Tú tienes sus tierras.

—Tú llevas mi librea. Ármate, hermano.

La nobleza desheredada se reunió alrededor del Marqués para conspirar en su rebelión contra la proclama del rey, hasta que los rumores sonaron en las persianas del palacio del virrey y las sacudieron de golpe. Muchos fueron arrestados, encerrados, interrogados y torturados. Los hermanos Ávila fueron ejecutados en la plaza ante una multitud muda de la impresión, y les siguieron muchos más. El Marqués, que tenía mucho que perder, se arrodilló, pálido y arrepentido, ante el virrey para hacer el juramento de lealtad. Fue enviado a España para que apelara ante la Corte Real. El hombre que quería ser rey de México se conformó con el título de su padre y la posesión de sus tierras mientras que su hermano permaneció en prisión.

Cuando lo llevaron encadenado, lo amarraron bocarriba sobre un burro y lo pasearon por la Plaza de Santo Domingo, Martín el primogénito mantuvo el silencio. La gente estuvo en silencio al ver al hijo de Cortés ser tratado como un criminal común. Martín guardó silencio cuando entraron al Palacio de la Inquisición, silencio cuando lo amarraron al potro de tortura, silencio cuando le dieron vuelta a la rueda. Silencio, silencio. Todo estaba en silencio, salvo la carne que se desgarraba, el crujido y el suave estallido de sus huesos al desencajarse. El único sonido en la ciudad durante esa larga noche fue el gemido de La Llorona. Ni una sola palabra de traición salió de sus labios, del hijo de Los Malinches. Al tercer giro de la rueda, su fiel alma susurró: *Nunca hablaré. Repararé todos los daños.*

Martín Cortés, nacido bajo el signo del sacrificio y la resistencia, aquel que debía reparar los daños de otros, sobrevivió el potro y fue sentenciado al exilio perpetuo de su tierra natal en marzo de 1568. Además de eso, se le prohibió la entrada a la Corte Real de España, donde creció y sirvió por treinta y tres años. Zarpó desde Villa Rica de la Veracruz y regresó a la única vida que conocía, la de la guerra. Martín luchó por España en la rebelión morisca de Granada, el último levantamiento de los moros islámicos. Murió en el campo de batalla en la primavera de 1569.

"Pasará su vida en medio del océano, en un exilio perpetuo, vagando, desarraigado…".

Malintzin se hunde en la tierra con el corazón fracturado, acunando con su lamento el deseo del corazón, sus hijos. Es una piedra rota que cayó al suelo y la tierra tiembla con sus gritos, que llenan las cavernas, suben por los fosos, retumban en la noche…

*

María Teresa vio su reflejo en la ventana oscura de la habitación; la curva de su seno, la prominencia del pezón, la línea ondulada de su tórax. No podía dormir. Su estrecha cama se había convertido en un potro de tortura. Se vistió y caminó en silencio por el corredor, con las llaves colgadas de la cintura. Cruzó el patio y pasó la larga columnata. Abrió la puerta de la capilla y entró. Estuvo parada en la oscuridad hasta que sus ojos distinguieron las columnas y arcos, los santos severos y los vitrales con las escenas de la Pasión. Avanzó por el pasillo hasta la Santa Virgen y se arrodilló ante ella sobre la piedra fría. Allí lloró toda la noche. Su cuerpo se aflojaba, se entregaba, y su corazón latía jubiloso ante la primera pena que se permitió tener. La Hermana Rosa la encontró con las primeras luces del amanecer, desplomada sobre el suelo, con una expresión de gozo en el rostro.

*

Guadalupe subió los escalones del autobús. Llevaba una pequeña maleta y usaba lentes oscuros. Se sentó en una ventana, con la cabeza cubierta, y haló su chaqueta de punto con fuerza. El autobús viajó hacia el norte por cinco horas. En la ciudad de Huehuetenango tomó otro autobús, hacia el oeste. Pasaron la salida hacia Huixoc y atravesaron La Democracia rumbo a la frontera. Allí se bajó del autobús y compartió un taxi con una pareja joven a Ciudad Cuauhtémoc en México. Cambió su dinero a pesos mexicanos, compró un boleto de autobús de la línea Cristóbal Colón con destino a San Cristóbal de Las Casas y se sentó a esperar junto al camino polvoriento. Las casitas humildes brillaban al calor de la tarde, acompañadas de un perro que jadeaba tendido en el camino. En el mostrador del café donde la joven pareja tomaba una Coca-Cola había un radio transistor que emitía un estruendo de música de mariachi.

El autobús llegó por fin. Guadalupe se sentó junto a una ventana y puso la maleta en la rejilla sobre su cabeza. Se recostó en el asiento cuando el autobús avanzó, sacudiéndose en una nube de polvo que molestó al perro. Miró por la ventana hacia una avenida de pinos que bordeaba un campo de flores amarillas. Al lado del camino pastaban algunos burros. Todo era igual, y sin embargo, distinto; más oscuro, más definido. Era la primera vez que cruzaba la frontera. Pamela la jalaba hacia el norte, pero parte de ella seguía en el convento. Sentía los ojos de María Teresa sobre ella cuando comía con las hermanas en silencio. Olía la tierra que bordeaba el patio, la sentía desmenuzarse entre los dedos mientras las azucenas temblaban. Ante sus ojos flotaba una luz azul, el aura que rodeaba a Nuestra Señora de la Medalla Milagrosa, y sus rodillas herían el banco de la capilla al levantarse, apremiando los recuerdos. No sabía cómo irse. Su gran corazón, la pasión de su vida, el amor de Dios; ¿podría vivir sin ellos? ¿Podía llevarse todo eso con ella o existía solo en los objetos que la rodeaban en el convento y se reflejaban en ella, alimentándola con años de rezos, dorando el triste corazón con repeticiones? Sus dedos envolvieron la pequeña figura de Ixchel que llevaba acurrucada en el bolsillo. Olió el humo que salía de los sitios donde presionaba con los dedos y vio los días venideros en el remolino de imágenes que se formaban en su mente. Sonriendo, se recostó hacia atrás y dejó que la cabeza rodara de un lado al otro con el movimiento del autobús.

*

Una mujer vieja con un mantón de colores brillantes cortaba gladiolas blancas y las arreglaba en un florero al frente del altar. Mientras Pamela oía las tijeretadas y el crujir de los tallos húmedos, volteó a mirar hacia el pasillo. Se encontraba en la Iglesia de Jesús Nazareno, que antes fue un hospital, el primero en el continente, construido por Cortés después de la conquista. Al otro lado de la calle estaba el palacio que construyó para él, que heredaron sus descendientes y que ahora albergaba al Museo de la Ciudad de México. El pasillo estaba bordeado de una llamarada de gladiolas rojas y el fresco de Orozco flotaba en el techo alto y abovedado. Aspiró la pureza dulce de las flores mezclada con el olor mohoso de la historia, muchas capas de ella; hombres tendidos en hileras ensangrentadas, gente que reza arrodillada, huesos llevados y sepultados en las paredes de ese antiguo lugar, construido sobre un sitio azteca. Pasó la mañana en el Palacio Nacional mirando los murales de Diego Rivera, trabajos minuciosos que documentan la historia de México desde la conquista. El palacio colindaba con la parte este del Zócalo, la plaza mayor de la Ciudad de México, donde una vez floreció la antigua ciudad de Tenochtitlán. Mientras caminaba hacia el sur por la Avenida Pino Suárez en busca de los huesos de Hernán Cortés, Pamela encontró el lugar donde Moctezuma y Cortés se encontraron por primera vez. Estaba marcado con una gran placa de piedra: 8 de noviembre de 1519.

Buscó en la iglesia, sin éxito. Había placas y monumentos a otros conquistadores, pero tuvo que pedirle a un niño que le mostrara dónde estaban guardados los huesos de Hernán. La llevó por los escalones a la izquierda del altar y señaló hacia una placa incrustada en la pared: Hernán Cortés 1485 — 1547. Encima del nombre había un emblema con una cruz en el centro y una corona. El niño le contó que los huesos fueron sellados en la pared de piedra en 1947 por un descendiente de una de las cuatro líneas importantes de la familia Cortés. Pamela puso la mano sobre la piedra fría. En su vida nunca hubo padres, solo madres: Hannah, Fern, Fabiana, Guadalupe. Tal vez un día vería a Fabiana de nuevo y le pediría que la llevara con su verdadero padre. Pero era un pensamiento pasajero, carente de la emoción que pudiera inducirla a buscarlo. Quizás era un hombre de edad madura, sentado en algún lugar frente a un escritorio, inclinado sobre sus libros bajo un foco de luz, con estantes llenos de libros detrás de él. ¿Qué tenía él que ver con ella? ¿Acaso siquiera sospechaba o le importaba su existencia? Fabiana estuvo esperándola; soñaba con ella antes de que llegara a Guatemala. ¿Cómo podía su padre ser otra cosa sino una decepción en este momento de su vida? Su herencia parecía tener más que ver con la historia que con la biología.

Pamela se dio la vuelta y caminó por el pasillo encendido de gladiolas hacia el cálido invierno mexicano. Eran los primeros días de diciembre y ya los vendedores pregonaban sus mercancías de Navidad por las calles. Intentó imaginar a Moctezuma saludando a Cortés; trató de rescatar el instante en esa calle tan concurrida, un hervidero de gente que iba y venía por todos lados, empujándose unos a otros en su prisa. ¿Fue así Tenochtitlán? ¿Eran los bailarines aztecas en el Zócalo, con sus tocados de plumas y las sonajas de caracoles en los tobillos, algo más que una broma turística? ¿Dejó Cortés a Malintzin en Coyoacán para visitar este hospital, para supervisar la construcción de su palacio, para hacerse cargo de las hijas del emperador muerto? Pamela fue a Cuernavaca a ver el palacio donde vivió con su esposa, Juana de Zúñiga, pero no había nada suyo allí. El palacio era como un museo. Acurrucado en la entrada hundida, como una curiosidad arqueológica, estaba el esqueleto de un hombre; un sirviente de la familia Cortés, no identificado y poco interesante.

Se dio la vuelta y comenzó a caminar rumbo al sur, hacia la estación del metro Pino Suárez. Viajaría a Coyoacán en busca de la Casa Colorada. A todas las personas que conoció les preguntó sobre La Malinche. ¿Fue una traidora? ¿Los mexicanos la odian? ¿Qué significa malinchista?

"Decimos que alguien es malinchista si se expresa mal de México, o si prefiere lo extranjero frente a lo nacional", le dijo un vendedor ambulante. "Pero no odiamos a La Malinche", dijo riendo; "ella es nuestra madre".

El rostro de todos se suavizaba cuando hablaban de ella. Había una claridad, una calidez, un sentimiento de compasión y quizás incluso de gratitud por la mujer que cambió la historia y parió a México.

*

El rostro de Pamela aparecía por instantes. Guadalupe no podía imaginársela, a pesar de que solo habían pasado cuatro meses desde su despedida. Nunca esperó esto, otra oportunidad. Estaba de pie frente al altar en la Iglesia de San Francisco de Asís y alzó la mirada hacia una pared grande, llena de medallones ovalados que representaban a los santos y flanqueaban las figuras centrales de la Virgen y san Francisco. Las emociones y tristezas se revolvieron en ella y de pronto se sintió muy, muy cansada. Volteó y salió hacia el sol brillante. La gente pasaba por el patio delantero de la iglesia. Unos cuantos turistas hacían parecer pequeñas a las personas de las aldeas cercanas, que usaban ropas tejidas a mano: los hombres iban en pantalones oscuros, con sombreros y camisas color crema; las mujeres, en sus faldas y huipiles como aves de colores brillantes.

Guadalupe cruzó el patio adoquinado y se sentó en un banco del Parque Fray Bartolomé de Las Casas. Era

un parque elegante con setos podados en formas de
pájaros y animales. Los troncos de los árboles estaban
blanqueados. El suelo estaba cubierto por flores rojas y
amarillas, cuidadas por rejas bajas de hierro forjado. Las
gladiolas grandes y rojas interrumpían la naturaleza
ordenada del parque como aves estridentes con el
plumaje desordenado. Guadalupe estaba sentada frente a
una fila de cafés a un lado del parque, donde unas cuantas
personas alargaban el desayuno en las mesas de afuera,
tomando café y comiendo pan dulce. Aspiró el aire frío y
vigorizante de la montaña y sintió el sol sobre el rostro.
Tenía el cabello suelto, pero se lo había cubierto con un
pañuelo que ahora se quitaba. Sacudió la cabeza hasta que
el cabello le cubrió los hombros. Aún usaba su sencilla
falda azul con una blusa blanca debajo de su chaqueta de
punto, aunque en la maleta traía bien doblados los *jeans* y
las blusas de colores vivos que le había dado Pamela.
Tenía el rostro demacrado por la presión de las últimas
semanas; el dolor de la pérdida, la mezcla de añoranza
con sentimiento de culpa, los tantos correos electrónicos
que fueron y vinieron, la decisión imposible. A la entrada
del café había un santuario de la Virgen de Guadalupe
bordeada del aura familiar, estriada y en forma de oruga,
pero este parecía distinto. Guadalupe fue hasta allá y se
paró delante de él para asimilar cada detalle de su tocaya.
El altar mostraba hileras de velas encendidas a la luz del
sol. Grandes rosas rojas recordaban el diseño en la tilma
de Juan Diego, y ahí estaban las azucenas queridas de
Guadalupe junto con las gladiolas pálidas y los globos
anaranjados de las dalias encendidas. Las fieras flores
protegían y se reflejaban en la Virgen, cuya cabeza estaba
inclinada un tanto hacia la derecha, con las manos juntas
en un rezo eterno. El aura esculpida con los bordes
festoneados la sostenía. Esta evocación parecía casi real,
como si la Virgen pudiera salir de su lecho de luz, caminar
por la calle adoquinada y entrar directamente en el cuerpo

de Guadalupe. Respiró hondo y se llevó las manos al pecho. Miró el angelito con las alas abiertas y los brazos extendidos que sostenía las puntas de la túnica. El manto de la Virgen cubría la luna nueva acostada, como lo está en esa parte del mundo. Guadalupe se imaginó a la Virgen acunada en la luna y pensó en Ixchel, la Vieja Diosa Luna, Madre de todos los Dioses, con su esposo Itzamna. Entonces, en el fondo de su corazón, se dio cuenta de que Ixchel y Guadalupe eran una y que ella misma era una con las dos, y que llevaba todo el color, la fragancia y la belleza de ese santuario dentro de sí. El encanto de su niñez en la aldea, los años en el convento, su futuro en Canadá con Pamela la atravesaron como un río crecido que se desbordaba, formando nuevos cauces. Era libre y su libertad no era la despedida que imaginó. Era una llegada, un pertenecer a algo. Guadalupe desplegó su brillante sonrisa y giró a ciegas; el altar flotaba ante sus ojos mientras caminaba hacia la Avenida de los Insurgentes. Cada pocos pasos volteaba a mirar de nuevo a la Virgen, girando en círculos como una niñita, con pasos ligeros y saltarines. Se sentía de doce años otra vez, antes de la devastación, antes de todo eso. Oyó la voz de su madre, tibia a la luz del sol: "Déjennos vivir". Sintió el olor a tortillas, los brazos de Isabela alrededor de su cuello, los juegos bruscos de Mynor y Felipe. *Soy Calixta*, dijo su alma jubilosa una y otra vez, siempre. Entonces supo que había dejado el convento y que lo llevaba con ella. No había necesidad de regresar.

Guadalupe vio a Pamela bajar del autobús y su corazón se llenó de gratitud al verla mirar a su alrededor ansiosa, esperando que el chofer bajara su mochila. Saboreó ese momento de voyerismo. La observaba, sabía antes de que *ella* supiera. Era algo que recordaría toda su vida.

—Te ves distinta —dijo Pamela cuando al fin se separaron después de un largo abrazo.

Guadalupe tenía una blusa de seda amarilla, *jeans* desteñidos y sandalias rojas.

—¿Mi ropa?

—No, tú. Tu cara, tus ojos —dijo Pamela.

Guadalupe asintió.

—Todo cambió. Ahora me puedes llamar Calixta.

—¿No regresarás?

Guadalupe sonrió y sacudió la cabeza.

—Dejé mi país. Lo dejé todo atrás. Estamos en camino, Flor de Mayo. Celebraremos el final y el comienzo aquí en San Cristóbal.

*

Su tejido estaba listo. Chavela lo quitó del telar, cortó las hebras y amarró los extremos. Comenzaba a anudar los hilos cuando oyó las voces de sus hijos. El oído es el primero y el último de los sentidos. Se puso en pie de un salto y los vio a lo lejos, subiendo por el camino lodoso con zapatos de deporte y *jeans*. Su hija llevaba de la mano al niño. Había crecido. Caminaba. Chavela dejó el tejido en el suelo frente a la casa y bajó corriendo por la loma hasta donde estaban ellos. Sentía que se le desbordaba el corazón. Se saludaron en español, la lengua que hablaron entre sí en Canadá. Alzó a su nieto en brazos, y cuando ella le habló en mam, al niño se le dibujó una gran sonrisa en la cara. La recordaba.

Por la noche se recostó con él en la hamaca, se mecieron sobre la tierra y se cubrieron con el tejido. Y cuando el niño durmió, soñó que él mismo estaba dentro de la luna, recostado con la Abuela Ixchel.

Epílogo

******

Suspendida en mi hamaca veo que todo se repite una y otra vez. Victoria y pérdida, éxtasis y desesperación, creación y devastación se funden como bolitas de mercurio en una sola esfera que luego se rompe, se reagrupa, cambia. La Tierra es mi caleidoscopio; la miro, sacudo los diseños, juego con las capas y configuraciones transparentes del universo. La historia es un manuscrito del instante eterno en que yo existo.

GLOSARIO

cenote	pozo natural profundo de piedra caliza
comedor	cafetería, restaurante económico
oreja	espía, alguien que escucha las conversaciones de otros
comal	disco de barro o metal que se usa para cocer tortillas o para tostar granos
huipiles	blusas sin mangas y con bordados de colores vistosos
cha'x a'jan	mosca color jade
q'ab q'anup	rama de ceiba